パロール・ジュレと魔法の冒険

吉田篤弘

角川文庫
18447

目次

パロール・ジュレと魔法の冒険

本文デザイン　吉田篤弘＋吉田浩美
（クラフト・エヴィング商會）

奇なり奇なり

彼はたったいま書物の頁から抜け出てきた。これは比喩《ひゆ》ではなく。

その書物の名を不用意に明かすわけにいかないのは、彼が諜報員《ちょうほういん》だからであり、これもまた同じく比喩ではない。仮に彼のことをフィッシュと呼ぶとして、いかにも黴臭《かびくさ》い書物にふさわしいその古めかしい風体は、「フィッシュ」と口にしたときの清新な響きと釣りあわないが、彼はフィッシュである。十一番目の。同伴者を持たない。冷たい声をした。

乾いた骨の音がする体の節々を動かし、さっそく彼は「再登場、完了」と冷たくつぶやく。四つボタン。襟ぐりの引きしまった黒ジャケットの裾《すそ》のたわみを気にし、額に粒だつ汗をハンカチでぬぐう。右、左、右足、左足と歩行の確認。問題なし。四方を窺《うかが》い、暗い書庫の予想外の寒さに身震いする。

彼のつぶやいた〈再登場〉とは、文字どおり、この世の空気に再び触れることをいう。「触れなおす」と彼なら正しくあらためるかもしれない。触れなおすことで、彼はこれまで自らの任務を果たしてきた。触れなおすからには、ひとときこの世を離れなくてはならないが、そうした手続きを彼らは〈消失〉と呼んでいる。これも比喩ではなく、まさしくそのとおり忽然《こつぜん》と姿を消す。

「裏返る」と彼らは〈消失〉の体感を仲間うちで語らう。彼らは何人もいる。正式な人数は誰も知らない。この春に登録された新参者のフィッシュは「三十二番目」と呼ばれている。まだ若いフィッシュだが、フィッシュと認定された以上、彼もまた早々に任務を与えられて泳がされる。水の中ではなく、本の頁を泳ぎ渡るのが彼らの仕事である。

　本の中の時空に潜り込み、そこから自在に移動する——と、これはいささか比喩的かもしれない。彼らが息を殺して開かれた書物の頁に潜り込むとき、この世の空気が裏返る心地がする——と、これもまた比喩だろう。が、裏返る心地の次の瞬間、彼らはもう本の中にいる。つい今しがたまで人のかたちで本を開いていたのに、本だけが残されて姿は跡形もない。目に見えぬ回転扉がまわり、コチラからアチラへさらわれる。アチラとはつまり書物の内側である。そうして本の中に潜り、殺した息を再び吸い込むとき、彼らは本の中の空気を肺に取り込み、コチラの言葉でいうところの紙魚《しみ》と化す。すなわち、紙の中の魚である。

「寒いな」とフィッシュはつぶやく。

〈指導部〉から渡された手引きには「防寒不要」とある。思い違いでもしたのか、それともその書庫がとりわけ寒いのか、足が地に着かぬフィッシュには即座に判断が出来ない。〈再登場〉の後は必ず足が浮つく。しばらく正しい感覚が戻らない。寒さはむしろコチラに戻るための気つけ薬のようで都合はいいのだが。

　書庫には曇った窓がひとつのみ。外はすでに夜を迎え、遠くネオンが動くのは広告塔か。

「長居は禁物」とフィッシュは冷たくつぶやく。常に長居は禁物。そこが居心地の良いところであればなおのこと。これは書物の中に於《おい》ても同様で、これまでにも何名かのフィッシュが書物に耽溺《たんでき》して〈再登場〉が無効となった。

もとより紙魚とはそうした存在であるとしても、彼らフィッシュは紙魚であって紙魚でない。紙魚を超越したところのものでなければならない。長居は禁物。人であれ紙魚であれ、自らを律したときにのみ超越は生じる。

が、気まぐれな彼は禁を破った。いたずらに振り返って書庫の棚を見た。埃《ほこり》をかぶった『嘆き鼠の回想』なる背文字に目を凝らし、決して不用意に明かしてはならないその書名を視線でなぞった。つい今さっきまで、彼はその本の中にいたのだ。じつに六冊もの書物を経てその本に辿《たど》り着いた。彼らはその冒険を〈漂着〉と名付け、年長のフィッシュは〈着地〉と呼び慣《なら》わしてきた。

＊

遡《さかのぼ》ること十日前。

黒雲が覆い始めた空のもと、〈指導部〉からの指名を受けた十一番目のフィッシュは中央区の中央停車場まで足早に歩いた。待合室というより喫煙室と呼ぶべき煙たげな小部屋で待機していると、おなじみの「その場限りの男」が姿を見せて、「今回は同伴者なしだ」と簡潔に言い放った。男はせわしげに煙草を吸い、小部屋には他に三名の男がいて、彼らもまた一様にせわしく煙草をふかしていた。沈黙の中でフィッシュが手渡された封筒の中を覗《のぞ》いてみたところ、中にはしわだらけの数枚の札と潜航の手引きがあった。

「すべて、帳面につけておくよう」

その場限りの男がそう言い残して立ち去ると、同時に三名の男もそそくさと煙草をもみ消して立ち去った。待ちかねたように遠雷が響く。非常な雷が迫るのを感じ、フィッシュは高架下を横切って街の反対側へ出た。列車の吐いた煙がたちこめ、空を見上げる間もなく雨粒が落ちてくる。街路を叩《たた》く雨がはねて靴が濡《ぬ》れた。ズボンが濡れた。仕方なく、目にとまった店に入り、肩の雨滴を払いながら窓辺の席に着いた。一拍置いて、年齢不詳のウエイトレスがやって来る。回数券は持っているか、とフィッシュに訊《たず》ねた。いや、と彼は冷たく答える。濡れたズボンのポケットから封筒を取り出し、炭酸水を注文して窓の外を見た。窓枠のペンキが著しく剝《は》げている。乾いた木肌に雨が染みてゆく。

フィッシュは額の汗を手の甲でぬぐった。低気圧のせいか頭痛がひどい。そのうえ、寝不足がたたってどうにも冴《さ》えない。仕事が転がり込むときはいつも雨だ。窓に映った顔は無精髭《ぶしょうひげ》が目立つ。追いつめられた鼠のように浮かない顔だ。自分は他のフィッシュと違い、流れるように事を運べない。追いつめられて息をついて髭も伸びるまま。そこにはひとつとして澄明や透明といったものが見受けられない。それどころか、見すぼらしく曇っている。君はいかんせん視野が狭い、と〈指導部〉から注意を受けた。右を見ながら左を見ろ。それが君たちの仕事だ。見逃してはならん。いかなるときもだ。

彼はいまいちど窓の外を見た。雨は律義に垂直に降り、路《みち》をへだてた向かいの仕立屋が縞模《しまも》様《よう》に見えた。仕立屋は休憩なのか休業なのか静かである。何かの広告の裏を使った水色の紙に「春物コート」と書きなぐって入口に掲げている。

ふたたび閃光《せんこう》と雷鳴——。

ウエイトレスが炭酸水を持ってきたついでに何ごとか口走った。雨の音が強く、彼の耳まで届かない。彼は適当に相槌《あいづち》を打ち、彼女がテーブルを離れるのを待って封筒の中身を確かめた。

手引きには、定石どおり暗号が使われていた。特務機関の責任者の名が織り込まれた冒頭の一文を読みながら彼は姿勢を正して静かに息をつく。雨に消され、自分の息の音も聞こえない。ウエイトレスがカウンターの客と笑いあっている声も伝わらなかった。あまりに喧《やかま》しいと、それは静寂と同質になる。彼は軽く頭を振って、手引きを読み解いた。

——さて、親愛なる十一番目のフィッシュ。再び君に新しい潜航と漂着が与えられる。漂着すべきは北の街キノフ。その地にしばらく滞在して〈パロール・ジュレ〉なるこの世の不可思議を探って欲しい。すでに存在は明らかだが、それがいかにして形を成し、またいかにして解かれるのか、ごく一部の限られた者のみが、その術《すべ》を会得している。君がすべきは、その全貌《ぜんぼう》を把握して我々に報告すること。それが我々の作戦にどれほど有益であるか計り知れぬが、私が君に命じるのと同じく、私もまた上から命じられている。

現時点で知り得た断片的な情報を列挙する。

〈パロール・ジュレ〉とはフランス語で〈凍った言葉〉を意味する。これは比喩ではない。原因は不明だが、キノフでは人の発した言葉が結晶して凍りつく。が、その奇怪な現象に暢気《のんき》な街の住人は誰も気付いていない。いや、正確には、気付いている者が数名だけいる。彼らは〈解凍士〉と呼ばれ、国の極秘任務に連携している。それ自体が我々に脅威を与えるとは思えないが、我々はむしろ神秘の解明という別の興味をもって、この特務を君に託したい。

参考までに結晶学の博士の意見を書き添えておく。

「言葉の凍結は人為的なものではなく、キノフの気候と住人の気質が生む自然現象であろう」

「その解凍は熟達した技術を要し、おそらくはひそやかに受け継がれてきた錬金術に類する」

キノフは地図上で想像するほど寒い街ではない。私もかつて〈離別〉の前に立ち寄ったことがあるが、穏やかで居心地のいい街だった。防寒は不要。君一人だけが着ぶくれて怪しまれぬよう。では、快い潜航と漂着を祈って――。

読み解くと雨があがっていた。フィッシュは彼の住《す》み処《か》である煤《すす》けた屋根裏の小部屋に戻り、雨に湿ったシャツの袖《そで》をまくりあげて渡航の計画を練った。渡航とはいっても、キノフは地続きの街だ。海や湖といった水の領域を渡る必要はない。〈離別〉による分断が施行される以前は、現在の地図上でひしめく小国群を自由に渡り歩くことが出来た。そこで命を奪いあうほどの争いが起きないのは幸いとしても、諍《いさか》いと対立は絶えることなく、人々は常に首をすくめて日々を過ごしてきた。

堂々と往来が許されているのは、今や花嫁だけである――と各国の修繕大使が苦笑まじりに表明して久しい。花嫁たちは隣街へ嫁いだつもりが、いつからか、ふたつの街がそれぞれ別の国家に化けてしまった。歴然と境界線が引かれ、彼女たちはふたつの足場を引き裂かれる羽目に陥った。が、〈離別〉の穏やかさを証明するように、各国の政府は「隣街」転じて「隣国」に籍を移した女性に限り、自由な越境を許す通行証を配布した。こうした配慮が法のもとに制定される程度のゆるやかな対立である。「頑固」や「強情」といった子供じみた言葉もしばしば囁《ささや》かれ、対立の根を掘り下げてみたところで、そこに宗教的な、政治的な、倫理的な相違は見つからない。

奇なり奇なり。

もっとも、婚姻の際に女が戸籍を移すこと自体が、そもそも「奇なり」だろう。女性はもとより越境的で、男がこだわる歴史や土地の呪縛《じゅばく》をあっさりと、あるいは豪快に飛び越えてきた。事実、いまも飛び越えている。すべての男性および未婚の女性にたちふさがる国境の壁を、女房だけが特赦に守られ、生誕の地と嫁ぎ先を自由に往き来している。

奇なり奇なり。

必然的に、各国いずれも諜報活動の大半は彼女たちの帰郷を利用するようになった。が、その分かりきった筋書きを前に、いずれの国々もささやかな秘密しか保持しない。まことに奇なり。いや、まことにめでたしか。

そこには諜報部のトップたちの困惑も滲《にじ》んでいる。にわか諜報員に仕立てられた女房らの活躍は推して知るべし。「国家機密」と「女房たちの噂話」の区別がつかなくなり、この世の真実は曇ったレンズの向こう側へ遠のいた。

いずれにせよ、通行証などなくても、女房たちの大半は噂話の好きな諜報員だ。彼女たちに訊ねれば、世の大抵の秘密が容易に解かれる。三面記事と一面の大見出しが紙一重であることは、彼女たちのこだわらぬ「歴史」が証明してきた。

が、それでは、われわれの存在意義が保てないとばかりに、すべての小国のすべての諜報部で、円卓を囲んだ男たちが、日夜、議論を重ねていた。

奇なり奇なり。

お互い、大した秘密を抱えているわけでもないのに、職務を全うすることで存在を主張する男たちが、ありもしない機密を探るべく机上の空論にいそしんでいた。が、机上の空論は、ときに怪しげな空中楼閣を生む。おぼつかない楼閣とて、そこから望遠鏡で見渡すうち、極秘の度合いはともかく、興を引かれる事柄を偶然見出《みいだ》すこともある。

〈パロール・ジュレ〉もそのひとつに数えられた。

このとっておきの材料を前にして、円卓の男たちは「帰郷を装う女房の諜報員」を送り込むことに懐疑的になった。そこで、次なる手として選ばれたのが他ならぬフィッシュである。これはこれで、また別の「奇なり」と言えよう。

彼らフィッシュは、彼らなりの技術の更新により、時空を超えたすべての書物を渡り歩く。仮に任意の書物『a』に潜り込んだとして、その『a』が半世紀前に上梓《じょうし》されたものであれば、フィッシュもまた書物の耐えてきた時間を遡って自在に半世紀の時を超えられる。『a』の辿ってきた運命に従い、たとえば、古書店を介して三代の持ち主を変遷してきたのであれば、『a』がそのときそのときで収められていた三つの書棚のどこにでも漂着できる。また、別の書物への乗り換えも、書棚で隣りあわせた書物であれば難なく移動しうる。いや、たとえ隣りあわせていなくても、いったん書物から抜け出し、外気に〈再登場〉して、あらためて潜り直せばよい。

こうした奇跡的な超越を、彼ら自身はさほど有り難がるわけでもなかった。彼らの発展は気ままにおもむくまま自由を求めた偶然の産物でしかない。書物は第一に彼らの住居であり、第二に彼らの主食であり、それらに次ぐ第三の目的として「移動の手段」が挙げられた。

が、円卓の男たちはその移動法を「潜航」と呼び、あたかも書物の内奥に書物同士をつなぐ水路があるかの如く解釈した。

「本か」「なるほど本か」「そういう手があったか」

女房の望郷に通行証を配布して応《こた》えた心優しき小国群の協定である。女房の他にも、ごく限られた物品の流通に「許可」の印を捺《お》していた。その筆頭が書物であり、役人たちは「諍いはあれども文化は埒外《らちがい》」とうそぶいた。その実、『キャプテン・プロフェッサー』のつづきを読みたかっただけじゃないの、と女房らがしきりに噂したが――。

この『キャプテン・プロフェッサー』なるは、〈離別〉以前の小国群がひとつにまとめられていた頃、誰もが夢中で読みふけった〈プラネット・オペラ〉誌の連載小説である。キャプテン・プロフェッサーという謎のサイボーグ・ヒーローにして大学教授が、異星間の争いを独自の宇宙的視野を駆使して解くスペース・アクション教養ファンタジーだ。現在でも連載は続き、〈プラネット・オペラ〉誌の版元を抱えた某小国は、そのB級パルプ・マガジンが外貨の稼ぎ頭であることを誇ってきた。ゆえに、同誌の国境を越えた流通の自由度は女房のそれさえを上回っている。

「キャプテン・プロフェッサーは地球人ではないからね」

誰かがいみじくもそう言ったが、まさかその薄っぺらな粗悪紙を綴《と》じた小冊子の中に諜報員が潜んでいるとは夢にも思わない。が、ある国の円卓を囲んだ男たちが独占的にフィッシュの特性を利用し、彼らをそのパルプ・マガジンに潜航させて各国に送り込んできた。今回もまた。

十一番目のフィッシュは「渡航計画」の手順の中心に〈プラネット・オペラ〉誌の最新号を配し、それから、前後に数冊の書物の名を書き並べた。

完成した手順は次のとおり。

まずは国立図書館の第二閲覧室に何くわぬ顔で落ち着き、閉館の五分前に閲覧者があらかた退席したのを見計らって、チャーリー・ベンダー著『もつれる糸、逆立つ髪』の第二巻に潜り込む。監視カメラの死角を衝《つ》き、きわめて迅速に。この書を選んだのは指導部のベテラン調査員だが、彼の報告によれば、一週間前に同書の第一巻を借り出した女性がいて、彼女の図書館の利用ペースから推察すると、まもなく第二巻を借りるであろうことは必至。彼女はこのときすでに予約済みの新刊——ラングストン・デイ著『衣装部屋の混乱』——を同時に借りるはずだから、二冊が重ねあわされた機を逃さず、早々に新刊の方に移動する。この新刊は人気が高く予約待ちの利用者が八十六人も名を連ね、その二番目の読者——男性である——が今回のキー・パーソンとなる。

彼が『衣装部屋の混乱』を借りる理由は、報告によると、彼が新しく取り組む彫刻作品の参考にするためとか。彼が制作を始めると寝食も忘れてしまう性質であるのも、すでに調査済みだった。予測される制作期間はおよそ三週間。その間、制作の邪魔にならぬよう、彼の妻は実家へ里帰りする予定である。そして、その帰郷の地が他でもないキノフなのだ。

重要なのは、その妻が〈プラネット・オペラ〉誌の定期購読者であること。彼女の目当ては『キャプテン・プロフェッサー』ではなく、同じく長期にわたる名物連載の『デッド・エンド兄弟』である。ちなみに、『デッド・エンド兄弟』は実在の兄弟を題材にしたピカレスク・ロマンで、彼女が申請した帰郷の前日が、ちょうど〈プラネット・オペラ〉誌の最新号が彼女の手もとに届く日に当たった。

その一夜限りの機会に、夫妻が寝静まったのを見はからい、『衣装部屋の混乱』から〈プラネット・オペラ〉誌に乗り換える。あとは、パルプ・マガジン特有のひどい悪臭に耐えながら国境越えの時を待つ。無論のこと、たとえ「女房」であっても、入国時の荷物検査は慎重をきわめる。が、彼女の手荷物から両親への土産に用意したブランデーが没収されることはあっても、〈プラネット・オペラ〉誌が審査の対象になることはまずない。

滞りなく事が運べば、彼女は読みかけの〈プラネット・オペラ〉誌を携えて実家を目指す。国境越えの列車内で読み終えるだろうその雑誌を、帰りついた実家の台所テーブルの上に無造作に投げ出す。「ほう」とそれを手にとるのは、今年五十七歳になる彼女の父親だ。年齢と職業から察して、この父親は九分九厘、『キャプテン・プロフェッサー』の愛読者である。思いがけない御馳走《ごちそう》の出現に舌なめずりし、「おお、これは」と自らの書斎に持ち込んで、しばし読みふける。

経験豊かな熟練のフィッシュのデータによれば、この手の隠れ愛読者は、大抵、読み終えたマガジンをやたらに難しい学術研究書が並ぶ棚の一角に潜ませる。ここが勝負どころ。すかさず、隣りあわせた一冊――たとえば『光と三次元情報』というような本――に移動し、そのあとで、この父親の勤め先である大学の研究室に運ばれてゆく一群の本のひとつにまぎれ込む。これで、ほぼチェック・メイト。程なくして運ばれた本は、予定された最終漂着地の「書庫」へ辿り着く。ひとけの途絶える夜を待ちながら適当な書物を探し、やはり、書庫の片隅にこっそり隠されている大学教授らしからぬ趣味の通俗本――たとえば『嘆き鼠の回想』といったような本――に居心地よく収まって機をうかがう。

そして〈再登場〉。

微小なる紙魚の姿からヒトのかたちに化け、関節のきしみを確かめつつ暗い書庫に立つ。これにて、潜航と漂着の完了である。

＊

「それにしても寒い」と、フィッシュは冷たくつぶやいた。

〈RETINA〉と無愛想にアルファベットが並ぶビルの看板を眺め、帳面を、と命じた待合室の男の言葉を一応反芻《はんすう》してみた。が、ノートなど不要である。頭の中に脳内ノートをひろげ、そこへ頭の中のペンで書きなぐっておけば事足りる。子供じゃあるまいし。

さっそく開いた最初のページに、フィッシュは「RETINA」と書きつけた。おそらく何かの商標だろう。その言葉をどこかで読んだ。これまで渡り歩いてきた膨大な書物の記憶を検索すればいいが、今回の潜航途上に出逢《であ》った数冊の書物の文言がでたらめに目に焼き付いて邪魔になる。毎度ながら、〈再登場〉した後の小一時間は、経由してきた書物がもたらすイメージが頭の中で氾濫《はんらん》し、たとえば、見知らぬ街の情景を脳内ノートに焼きつけようとしても、悪臭にまみれた『デッド・エンド兄弟』の場面が、割り込むように二重写しになる。

それにしても、彫刻家の女房の気が知れなかった。『デッド・エンド兄弟』はじつにむごたらしい小説で、二頁ごとに誰かの首がはねられ、主人公の兄弟二人もたびたび傷を負った。行間から絶え間なく血の匂いがたちこめる。

それに反して、フィッシュを取り囲む現実の街は不気味なほど静寂を保っていた。漂着した書庫を擁する大学はそれほど大きな規模ではないが、街なかに構えているので、構内を抜け出るとそこはもう市の中心部に近かった。黒々とした建物のシルエットが重なり、あらかたの窓は暗く、冷えきった窓ガラスに時おり行き過ぎるタクシーのあかりが映る。

フィッシュの脳裡《のうり》に『デッド・エンド兄弟』の残像がよぎった。銃弾の薬莢《やっきょう》をくわえた兄弟の胸もとに鮮やかな赤い肉塊が吹き飛ぶ。

かと思えば、常に大混乱をきたしている衣装部屋を右往左往する女主人公が、ペチコート姿のまま髪を振り乱して果てしない苦言を並べたてた。

はたまた一転し、前歯を欠いた老鼠が、嘆きに充《み》ちた生涯を「麗しき下水のほとり」で、しみじみ振り返る。

現実の街の冷たい空気と引き換えに、少しずつ書物の記憶は薄れてゆくが、正しくノートに記録されるべきものが見きわめられない。フィッシュは何度も脳内ノートの頁を破り、書きかけた言葉を手の中に握りつぶした。先達に比べれば経験はまだ浅い。が、国境越えの長い潜航の後に味わうフラッシュバックには少しずつ慣れていた。

にもかかわらず、選んだ書物のアクの強さに悪酔いしたのか、それとも意外なほど街が大人しくてそうなるのか、いずれにしても微動だにしないのは〈RETINA〉の看板のみで、フィッシュの頭の中には舌打ちと共に丸めた紙屑《かみくず》が溢《あふ》れ返っていた。

彼は頭を振って四《よ》つ辻《つじ》に立ちどまる。起きたことと、これから起きることを整理しながら足もとを凝視する。履き古した靴に無理矢理塗り込めたクリームの匂いが鼻先まで漂う。砂利が靴底で音をたて、右か左かまっすぐか、ためらう靴先を椅子に見立てた嘆き鼠──の幻影──が、じつに浮かぬ顔で腰をおろした。

「今日も新聞は来ないであろう」

嘆き鼠がかすれた声でつぶやき、口癖の「憂慮すべき事態である」を繰り返した。まことに憂慮すべき事態。新しい新聞が刷られぬまま、すでに二週間になる。

「活版工のストライキが続いております」と、これは鼠の声ではなく、四つ辻に一時停止したタクシーから漏れ出たラジオのアナウンサーの声だ。フィッシュは声の方に目をやり、靴先の嘆き鼠を蹴散《けち》らしながらタクシーに歩み寄った。窓ごしに運転手の横顔を認め、瞬間的に判断して窓をノックする。横顔は若くない。事故でも起こしたのか、鼻柱が無惨に陥没している。左の頰に稲妻の光跡を思わせる生々しい縫い跡。

「ん」と声をあげ、運転手は貧弱な体をひねって後部ドアを開いた。「悪くない運転手」と乗り込みながらフィッシュは思う。「鼻柱が陥没」と脳内ノートに記す。さりげなくフロントパネルのデジタル時計を確認し、「PM11：48」と追記する。ラジオはニュースを終えて天気予報に変わりつつあった。

――バラフ方面で突発的な雷雨があるでしょう。

タクシーは心なしか小ぢんまりしていた。すでに〈離別〉から十二年が過ぎようとしているが、かつて、ひとつの様式にまとまっていたものが、国境という見えない線が引かれたことで、タクシーの内寸まで仕様の変更を強いられた。それを豊かと呼ぶか混乱と呼ぶか。

「バラフまで」

聞き慣れぬその地名を、フィッシュはアナウンサーの発音を真似て運転手に告げた。「雨が降ってこないうちに」と独り言のように付け足す。

「ええ、南から天気が怪しくなってきました」

運転手はフィッシュの判断どおり穏やかな男だった。左右を確認して滑らかに音もなくアクセルを踏む。乗り込むときからそうだったが、タクシーの中は言いようのない香りに充ち、フィッシュが「この匂いは」と指摘すると、運転手は「煮込み料理に使うスパイスです」と前を向いたまま肩をすくめた。指差した助手席に茶色の紙袋がひとつ。無造作にたたまれた黒いコートの上に載せられている。

「何て名前のスパイスなんだか、いくら聞いても覚えられなくて。女房が買ってこいと言うもんですから。やっぱり気になりますか、匂い」

「いや、そうじゃなくて」フィッシュはシートに身を預けた。「偶然、私も女房にスパイスを買ってこいと言われたものだから。しかもこれと同じ香りで」

「本当に？　そりゃまた奇遇ですね。やっぱりアレですか、煮込み料理とか」

「ええ」

フィッシュはジャケットの内ポケットを探り、「ここにあるんだけど」と言いかけ、「ところで運転手さん、鼠は好き？」と唐突に話を変えた。窓外の街は依然として暗さに沈んでいた。道端に並んだ街灯の投げ出す光が、車の速度に応じて規則正しく車内に飛び込んでくる。

「鼠って、まさかお客さん、鼠を料理するんですか」

「いや、そうじゃないけど、何というか、もし、あなたが鼠と同居することになったら、彼と仲良くやっていけるものかと」

「彼って――その、鼠のことですか」

「だいぶ年寄りだし、嘆いてばかりいるんだけど」

「さて」と運転手は陥没した鼻柱に指先をあて、ラジオの音量を絞りながら「何の話です？」

とバックミラーを覗いた。

「いや、これですよ」

フィッシュは内ポケットに潜ませた右手を取り出し、掌《てのひら》に載せた小瓶を左手でつまみ上げながら「ほらね」とミラーに映るよう掲げてみせた。

「ほう」と運転手の目がミラーの中で光る。「私のこれは」と助手席に目くばせし、「なんだか枯れ枝のようなものです」と苦笑する。

滑らかにブレーキがかけられ、赤信号の光がフロントガラスの一面に濡れひろがった。車は暗い三叉路《さんさろ》の端に停止する。

「その枝を粉末にしたのが」フィッシュは瓶の蓋《ふた》をはずした。「これです」

間髪入れず、運転手の哀れにつぶれた鼻先にあてがった。

「同じ香りでしょう？」

一瞬のこと。すぐにフィッシュは蓋を元に戻し、運転手が呻《うめ》く間もなく目を閉じたことに安堵《あんど》した。助手席の紙袋とコートを手もとに引き寄せる。

寒い。

「冷静沈着」と円卓の男たちに評された十一番目のフィッシュだが、いささか冷静さを欠いて慌ただしくコートを着込んだ。まだ信号が変わらぬ赤い光のもとでコートのポケットの中身を確認する。たったいま安らかに気を失った男の運転免許証。それと、鼻柱のつぶれた男が誂《あつら》えた奇妙な形の老眼鏡。

内ポケットに小瓶を戻し、かわりに書庫からくすねてきた小型本――それは今さっきまでフィッシュが身を潜めていた『嘆き鼠の回想』である――を取り出すと、これぞ紙魚の諜報員のみが為《な》しうる魔術、彼らだけが発音できる短い呪文を唱え、あらかじめ端を折ってあった頁を開いて、さらにもう一度、言葉にならぬ言葉を唱えた。

信号が青に変わる。タクシーの掲げる表示が「回送」に変わった。運転席に青い光に染まったフィッシュがいて、彼は鼻柱も正常であり、ラジオの音を元に戻すと、聴いたような音楽が流れ出したのに気を良くした。手にした空の紙袋を「冷静沈着」な様子で助手席に置きなおす。

この小さな国のどこかのキッチンで、鍋《なべ》に仕込まれた煮込み料理が最後の仕上げのスパイスを待っている。おそらく、このコートのポケットの免許証入れには、鍋の前で夫の帰りを待つ女房のポートレートが挟み込まれている。

が、残念ながら料理は完成しない。のみならず、女房はこの先しばらく夫の頰の傷あとを指先でなぞる愉《たの》しみを奪われる。

震えてかじかんだ手に息を吹きかけ、十一番目のフィッシュは膝《ひざ》に置いた小型本の頁を開いた。そこに一枚の挿し絵――鼻柱を折られた男が名前の不確かなスパイスの小枝を手にして眉《まゆ》をひそめている絵――を見出す。どうやら、彼は鼠が好きではないらしい。まことに憂慮すべき事態。

さて、とフィッシュは本を閉じてフロントガラスの向こうを見た。彼を待ち受ける夜の街の闇を見据え、「長居は禁物」と冷たくつぶやいた。

閃光を浴びても影が出来ないとは、
これいかに

複雑に込み入った地図を思わせるシャツの柄が、その日その日で変わりゆく。

あるいは、実際に街の地図を切り裂いて日々のシャツを賄っているのではないかと思われた。それだけでも充分に奇怪なのだが、男の頭部からは得体の知れない強烈な匂いが漂ってきた。そのポマードを、さっそくフィッシュは〈すさまじい香油〉と名付ける。

男の名はまだ知らなかった。何も言わずに部屋の鍵《かぎ》を差し出す控え目な手つきに、もしや、無言がこの国の礼儀なのかと思えた。が、その実、地図シャツの男は三年ほど前に気管支をやられたようで、以来、話すたび喉《のど》から空気が漏れ出るという。

……ですから……ヒュ……うまく……ヒュウ……喋《しゃべ》ることが……ヒ……できないわけです……

……ヒ……すみません……ヒュウ……。

文字どおり気の抜けた声である。彼はフィッシュがこの街で言葉を交わした三人目の男だった。奇抜ではあるが、考えようによっては日替わりシャツの柄で客を楽しませてくれる。それに、声の不自由さからくる無言のやりとりは、余計な詮索《せんさく》を受けない分、フィッシュには都合がよかった。

そこに彼が立っていなければ、誰もそこが宿のフロントとは思わない。申し訳程度のカウンターがあるのみ。日がな一日、彼は湿ったマッチを何度も擦って黒く細長い煙草をくゆらせた。

宿の名は〈蜜月《みつげつ》〉という。

どう考えても蜜月など過ごせそうにない薄汚れた安宿で、フロントの彼のシャツとポマードの匂いに目をつむったとしても、いかにも不可解なことが宿とその周辺に蔓延《まんえん》していた。

街娼《がいしょう》の姿が途切れる旧市街の路地奥――〈就職斡旋《あっせん》協会〉の裏手に、どういうものか見世物レスラーが集い住む一角があった。なにゆえ、レスラーが身を寄せあっているのかはともかく、レスラーの他には怪しげな製革業者と気のいい移動写真師が住んでいた。

フィッシュに宿を教えたのは、その移動写真師である。

キノフに忍び込んで七日目、思いつくままでたらめな探索をつづけてきたフィッシュは、街なかで「お前さん影がうすいな」と件《くだん》の写真師に呼びとめられた。次の瞬間にはもうフラッシュの不意撃ちを喰《く》らい、「ほらな」と写真師はフィッシュの背後の路面を指差した。

「閃光《せんこう》を浴びても影が出来ないとは、これいかに」

不思議がるというより面白がってなおも閃光を放ち、肘《ひじ》をあげて顔をかばったフィッシュは、「やめろ」と写真師のレンズを睨《にら》み返した。

「それだ。お前さん、いい目をしてる」

写真師は縮れた頭髪を壊れたバネみたいに四方八方に飛び出させ、レンズから離した目は三日月形に細く笑っていた。

「いや、すまない。無礼を許せ。俺はいい目を見たら盗みとらずにおれん」

そう告げられて、フィッシュは確かめるように指先で右目を押さえた。閃光の残像が視界を紫色に覆っているが眼球は無事にある。

「あわてなくていい。俺は肉体には興味がない。俺が見たいのは水晶の義眼と光に射られた人さまの影だけだ」

写真師の息がたちまち白くけむり、寒さに気おされた二人は街角のコーヒースタンドでつづきを話した。この七日間、懐の書物に封じた運転手との会話以来、フィッシュはほとんど誰とも口をきいていなかった。その写真師が二人目である。手がかりひとつ見つからない七日間の彷徨《ほうこう》は、フィッシュの胃の底までを凍らせ、放り込むように口にした熱いコーヒーが胃を通り越してつま先まで染みわたった。

「水晶の義眼」とフィッシュは写真師が口走った言葉を諳《そら》んじた。

「そう、あれは間違いなく水晶の義眼だった」と写真師は細めた目に力をこめた。

写真師はその昔、路地裏に写真館を構えていた。さして華々しいこともないこの街の住民に、だからこそたまには記念写真でも、と苦しい宣伝文句を言いつらねた。が、そんな口上が通用するはずもない。苦しまぎれに路地裏に遊ぶ子供たちを現像室に呼び込み、二束三文で手に入れた映写機を回して小型映画の上映会を開いた。

そのうち、その怪しげな密室での上映が子供から親の耳に伝わると、子供たちのポケットから小銭を騙《だま》しとったと罵《ののし》られて、追われるように路地を逃げ出した。

それから、彼は「移動写真師」を名乗るようになった。そうした成り行きなので、「移動」は彼が望んだものではない。が、いざそうなってみれば、それはそれで悪くなく、路地裏の写真館でくたびれた暗幕をかぶって嘘くさい記念写真を撮るより、街なかで出会った活《い》き活《い》きした顔を写しとる方がよほど心躍らされた。

「ハンターのように」と彼は目を細める。

「ハンター？」とフィッシュは確かめる。

「そう。移動しながらシャッターを切っていると、獲物を仕留めたような手応《てごた》えを感じる」

撮影したらただちに獲物、すなわち被写体本人に交渉し、所番地を訊《き》いて代金をいただく。焼いた写真とネガを郵送するのはその後。迅速かつ適確に。そもそも移動して撮り歩く縄張りはさして広くもないから、代金のみ頂戴《ちょうだい》して郵送を怠れば、すぐに「詐欺」と呼ばれて路上で御用になる。「ところが」と写真師は上着のポケットから勿体《もったい》ぶって一枚のプリントをとり出した。「これだけは」と掌《てのひら》に収めたそれを眺め、「これだけは」ともういちど繰り返した。

「手放したくなくて」

遂《つい》に送らずじまいとなった一枚の写真をフィッシュに披露した。

プリントはモノクロで、男にも女にも見える瘦《や》せた上半身がとらえられていた。冷静に眺めれば、短く整えられた髪の黒さが印象的だ。が、それがすっかり霞《かす》んでしまうほど、画面の中央で透明に光る一点が見る者を引きつけた。

ひとつの「眼」が。

水晶の、と写真師はもどかしげに言いよどんだ。「水晶の眼だ」と念をおしたそのとおりのものが画面の中から見ている。

それは似せて造られたレプリカの眼というより、あらゆる眼球の原型とでも言うべき輝きをたたえていた。純度の高い水が一瞬にして結晶したような。見るほどに戸惑いが増し、フィッシュは脳内ノートに記録すべき言葉を決めかねて、ただその麗しい眼に見入った。

ひとつの「眼」。両眼ではなく。写真師の説明を待つまでもなく、右目の隅には、それがカラープリントであれば赤く走っているはずの血の筋が見受けられた。血走ったその目は生きており、生きているという証《あか》しに、ハンターの一撃に反応してこちらを見据えていた。

が、透明な左の「眼」はただ透明で、当然のように血の筋も見つからない。生きていなかった。が、死んでもいなかった。外れたピントは写真師の腕の限界か、それとも、あわてて構えた一瞬のゆらぎなのか、いずれにせよ、こちらを見返したその人物の半身はブレて定まらないのに、その左の眼だけは特殊な印刷でも施されたように妙な光を放っていた。

「そのときばかりは詐欺と告発されても構わなかった」

写真師は懐かしむように過去形を用い、時間の経過を感じさせる古びたプリントを指先で撫《な》でていた。

「いまいちど、この眼を拝めるなら」

写真師はその「いまいちど」の思いから、あえてプリントをポケットに秘め、自らに律したルールを破ったという。

「しかし、彼女は現れなかった。郵送先の住所も存在しない架空のものだった」

彼女、と写真師はそこで初めてそう言った。それで性別が判明し、やはり過去形で言いきった口調に、写真師が長いあいだ、その眼を追い求めてきたことがうかがい知れた。

十一番目のフィッシュは、このハンターの体の中に自分と同質の何かが流れていると感じ、彼の住む旧市街での生活に話が及ぶと、「そのあたりに安い宿はないだろうか」と親しみを込めて尋ねた。そうして教わったのが〈蜜月〉である。

＊

軋《きし》む、軋む、キシム、キシム。寒さにインクまで凍りつく。

仮に〈指導部〉の手引きに従ってこれまでの彷徨をノートに書きとめていたとしても、果実が熟すより早くインクが凍り、言葉が凍るより早くインクが凍り、ペン先からこぼれた一滴も凍って、凍りついたペンは冷たいノートに見えない文字を刻むしかなかった。

——飛ばずに羽ばたく鳥のように。

フィッシュは移動写真師の口癖を思い出した。かろうじて凍りついていない頭の中のノートを拡げ、その口癖を記した次の行に「隣室の寝台の軋み」を血のインクでギシギシ書きつけた。そのうち血も凍るのかと、インク壺《つぼ》の蓋《ふた》をライターの火で炙《あぶ》り、融《と》けたインクを指に滲《にじ》ませて蓋を外した。凍ったインクは黒いジュレとなってガラスの容器にへばりつく。

キシム、キシム、キシム、キシム。

恐るべき薄い壁に囲まれた〈蜜月〉の部屋は、刹那《せつな》的に寝台を軋ませる隣客の気配を日替わりで伝えた。フロントの男のシャツが、日々、うつろいゆくように。耳を澄ます必要もなかった。

ある日——夜勤帰りで「疲れた」を連発する男と「舌平目が食べたい」とつぶやく女。

ある日——「いい額縁が見つからない」と嘆く青年と「額縁より絵が肝心でしょ」とたしなめる年上の女性。

ある日——環状鉄道の運転手と〈就職斡旋協会〉の女事務員。

ある日——ロケット打ち上げ跡地の警備員と熱帯植物園の受付嬢。

来る日も来る日も、ささやき声とすすり泣きと押し殺した笑い声。艶《つや》めいた。奇っ怪な。甲高い。ハスキーな。息も絶え絶えの。しのび笑い。豪快な。陽気な。陰鬱《いんうつ》な。鳥のような。羽ばたくような。慰め。ののしり。密談。無駄話。昔の話。昨日のこと。明日の予定。何を食べるか。舌平目を。俺は鳥料理を。また？〈瘦猫亭《やせねこてい》〉？あそこの女主人、このあいだ行ったら化粧が剝《は》がれ落ちてまだら模様の顔してた。このあいだって？いや、夜勤の帰りに。誰と？いや、ひとりで。このあざは何？酔ってあちらこちらにぶつかって。どこまで本当？

そして沈黙。やがて、キシム、キシム、キシム、キシム。

フィッシュは震動する壁を背にし、この国では言葉が結晶して凍りつくと教えられたが、はたしてそれは事実なのかと根本に返りたくなった。もちろん、口からこぼれたすべての言葉が凍りつくとも思えない。が、インクや果実さえ凍るのに、壁越しの言葉は熱を帯びてとても凍りそうになかった。

ここは――と、脳内ノートのつづきをしたためる。ここは、いつでも旅の終わりのようなところだ。この二週間、背を丸めて息を殺して過ごしてきたが、人々もまた背を丸めて舗道を行き交う。たったいま終列車でこの地に辿《たど》り着いたばかりというような顔で。硝子《ガラス》の削り屑《くず》に似た雪が降り、地下食堂の異様に細い階段を降りてゆくと、火薬庫を思わせる静寂の中で客がスープをすすって、いかにも堅そうなパンをかじっていた。

＊

ある日。

暦の上での四月はまだ遠いが、雲か太陽か風かそれとも神か、いずれかの仕業によって気温がわずかに上昇しているのをフィッシュは感じた。

いつもは寒さに耐えかねて目覚めるのに、深い水底から引きずり上げられるようにゆるゆると眠りが解かれ、まぶたに陽を感じて爽快《そうかい》な香りに目を開いた。

窓辺の果実が解凍されていた。同じようにインク壺も解凍され、火をかざさなくとも蓋は開いてブルーブラックの液体に戻されていた。小さな黒い水面《みなも》に起きたてのフィッシュの顔が映る。それは明らかに締まりのない顔で、その日までどうにか失わずにきた緊張がほどけていた。

その緩慢さが意味するものを考えながら、彼は起きしなの夢の最後の場面を反芻《はんすう》した。

夢の中で、あの水晶の眼をもった女が泣いていた。女が泣いているのか、写真が泣いているのか、そこが夢の不可解さで、掌に収まっていた手札判のプリントが拡大されて女が等身大になっていた。ブレて滲んだ写り具合もそのままに、こちらを見返すポーズも変わらない。何か言いたげであるのは手札判のままだが、そこに涙が重なると、声を喪失したもどかしさに泣いているようにも思えた。フィッシュは寝台の上に身を起こして、しばらくぼんやりしていたが、不意に、

「帰ろう」

と、くぐもった女の声が聞こえてきた。

夢の中の女が口を開いたのか、それとも、壁の向こうの軋みが始まる合図なのか。フィッシュは身じろぎもせず耳を澄まし、しかし、声はひとつきりで途切れて、壁に耳を押し当てても隣室はそのまま静まり返っていた。

ならば、言葉どおり帰ってしまったのかもしれない。気配も物音もなく、男の返事も聞こえず寝息も聞こえなかった。夢の名残が聞かせた空耳なのか——そう思いかけたところで、

「ねぇ、帰ろう」

今度ははっきりと壁の向こうから聞こえてきた。フィッシュは散らばっていた意識を集めて壁に集中し、いつもの聞かずとも聞こえてくる他愛《たあい》ない会話や嬌声《きょうせい》を聞き流すのと違い、諜報《ちょうほう》員《いん》として養ってきた耳で見るように聞いた。

沈黙。軋みもなく。

耳が見た隣室の空気は客人の息に乱されることなく埃《ほこり》さえ鎮められていた。そこに声だけが

響く。声の主はなく、鳥などいないのに羽ばたきがある。

　それでもまだフィッシュは思い当たらなかった。空き室に声だけが響く奇異を感じながら、この〈蜜月〉ならそんなことも起こり得ると安宿を選んだ報いと理解した。

　まったく——と冷たくつぶやく。まったく、ここはいつでも旅の終わりのようなところだ。つぶやきながら身支度を調え、念入りに髪に櫛《くし》を入れて部屋を出た。すでに馴染《なじ》みになり始めた歪《ゆが》んだ階段を降り、その足どりがいつもより軽いのは、温度に筋肉がほぐされたせいか。

　名ばかりのフロントに鍵を預けるべく立ち寄ると、フィッシュのつぶやきに応えるように〈すさまじい香油〉が匂った。男の地図シャツは当然の如く更新されている。

「旅が好きなのか」とフィッシュは思いついたように尋ねた。男は少し考えて首を横に振る。

声を発するより早くヒュウと気の抜けた音が出た。

「旅人は……ヒュウ……あなたの方……ヒュ……でしょう……私はもう……」

　苦しげに言葉を継ぐ男の様子に、「もういい」と制した。が、フィッシュは男が「旅人」と言い当てたときの意味ありげに光った目が気になった。

　反射的に懐の小型本に上着の上から触れる。

「が、鼠は好きか、とフィッシュは言いかけてとどまった。男に手渡した鍵がホルダーに戻され、そのひとつだけが振子のように揺れている。部屋の並びどおりにさげられる鍵は、朝早くであれば不揃いで、客たちが一夜を明かして街に戻る頃には整然と並んでいた。このとき鍵に添えられるプレートは青色で、青は「空き室」を意味する。これを裏返すと赤。これは「入室」で、この宿の常連客に則して言えば「お取り込み中」である。

ひとつだけ揺れているフィッシュの部屋の鍵は、当然、赤のプレートと共にフックにさがっていた。フィッシュが耳を当てた壁の向こうの隣室は、その時間の常で青い。

「おかしなことがあった」

フィッシュはそこで少し考えて次の言葉を選んだ。

「誰もいないのに声が聞こえた」

「……ヒュウ」

「部屋に一人でいたら背後で声がして」

「それはおそらく……ヒュ」――即答だった――「声霊でしょう」

「セイレイ?」

「声の……ヒュウ……幽霊です」

男の話を要約すればこうなる。

古くから伝えられ、この街に暮らす者であれば何度か耳にしたことがあるかもしれない。その声を聞いたという者もあれば、実際に声を聞いていなくても、声だけがあの世から帰ってきて独り言をつぶやくのを誰かに教えられた者もある。

地図シャツの男は「私も何度か聞いています」と頷《うなず》き、「ここには……ヒッ……明らかに声霊が宿っているの……ヒ……です」と声をひそめた。それは女の声なのかとフィッシュが問うと、いや、女だけではなく複数の声霊ですと地図シャツは首を振った。

フィッシュはそれで確信した。凍ったインクも融ければ言葉を紡ぐ。同じように〈パロール・ジュレ〉なる凍りついた言葉も、上昇した気温に応じてその結晶を自《おの》ずと解くのではないか。言葉が凍るその謎を解き明かすのは容易でないが、凍ったものが融けて元の姿に戻されるのはどこでも同じだ。おそらく尻尾《しっぽ》はつかんでいる。つかんだ途端に声となって霧散してしまったが、問題は〈パロール・ジュレ〉が如何《いか》なる形をしているかだ。

キノフに来て、絶えずフィッシュが反復してきた疑問がまた繰り返された。羽ばたきが聞こえるなら必ず鳥はいる。これは比喩《ひゆ》ではない。フィッシュは自らにそう念じた。

＊

翌日には寒さが戻り、束の間の四月陽気は遠のいて、ふたたび凍結日和となった。フィッシュは「寒い」とつぶやいて策を講じている。

——鍵をくすねるという手がある。

——どうも、あの地図シャツ男は何やら嗅《か》ぎつけている。やはり、思いついたときに書物に封じてしまえばよかった。

——が、あの男から盗み出せるものがまだある。その気になれば、封じるのはいつでも可能だ。しばらく様子をうかがった方が利口だろう。それに、書物封じの荒技を繰り出さなくても、とりあえず鍵をくすねる程度なら、ちょっとした目くらましでいい。試しにふたつみっつ

「青」が示された鍵を拝借すればいい。「軋み」が始められる前にひととおり部屋をあらため、それなら三分もあれば済むはず。

とはいえ、フィッシュは〈パロール・ジュレ〉の形状を知らないので、三分であろうが一時間であろうが、見つかる見つからないは勘だけが頼りだった。それなりの幸運を手にしているのは間違いないし、そうでなければ、そもそも十一番目のフィッシュはこのような特務を託される熟練者ではない。一応、冷静さが買われたことになっているが、元よりあらゆるフィッシュの美質はそこにある。ゆえに、冷静さに加えて、わずかな幸運とあり余るほどの鋭い勘が必要となる。

すでに幸運は尻尾としてつかんでいた。aを求めて潜伏した安宿の隣室で、他ならぬaの尻尾を壁一枚の隔たりで捕らえたのだから。あとは父親譲りの勘だ。

フィッシュの父はよく言っていた。勘はアンテナではない。少なくとも頭の上に立てて求めるものじゃない。それは幸運と同じように突然向こうからやって来る。が、幸運はただ一頭の羊がやって来ることだが、勘は羊が何頭もやって来て、そのうちの一頭だけが本物で、あとは羊の皮をかぶった狼でしかない。本物を捕らえなければこちらが喰われる。そればかりか、羊にまったく気付かないこともある。というより、あらかたは気付かない。羊は、日々何頭も現れているはずなのに、そのほとんどが目にとめられることもない。人々の傍らを音もなく過ぎ去ってゆく。

となれば、実行あるのみ。

アンテナを立てる必要もないなら、何ら準備することもない。ただ、地図シャツ男の目を逸《そ》らして「青」の鍵を頂戴する。

が、実行する前に運が尽きた。とうに街が動き始めた時刻なのに、地図シャツが背にした鍵のホルダーはすべてが赤で「取り込み中」だった。華やかに赤く染まった満員御礼の珍しさをフィッシュが指摘すると、地図シャツは「いえ」と首を振った。

「今日は……ヒュ……月に一度の……ヒュ……点検日……ヒ……なのです」

運の尽きにとどめを刺されるかたちで、「なるほど」とフィッシュは力なく応えた。なるほどそういう運命か。幸運もあれば不運もあろう。たとえ、羊が何頭放たれたところで、「不運」に狙い撃ちされたらひとたまりもない。フィッシュは鼻白みながら地図シャツに鍵を預け、〈蜜月〉を出ると、さて、珈琲でも飲みに行くかと幸運に見きりをつけた。

が、そこにまた次なる羊がやって来た。

「どこへ行く?」と声をかけてきたのは写真師である。

「珈琲」とフィッシュは冷たく答えた。

「俺も行こう」

写真師とその界隈《かいわい》で顔を合わせるのは初めてだった。街では嫌というほど出会っていたが。

「俺は街が好きだから。家に閉じこもっていてもつまらん。だが、今日はもういい。今日は充分歩きまわった。写真もたんまり撮ったし。だからどうだ、珈琲は俺のところで」

俺のところ、というのは写真師のスタジオを指す。〈蜜月〉からそれほど遠くもないビルの裏手に地面に埋まり込むようにしてそれはあった。えらく細長いスペースで、そのうえ半地下になっているのが潜水艦を思わせる。狭い玄関を抜けると、そこから先は小さな部屋が数珠《じゅず》つなぎになっていた。まるで〈蜜月〉の数部屋を串刺しにしたかのように。

「これでなかなかどうして陽もはいる」

壁の二重カーテンを開くと、窓の下半分に目の前の路地の地下断層が覗《のぞ》いた。上半分には舗道を往く人の足もとが切りとられて見える。

「陽なんて俺には必要もない」

カーテンを元に戻すと、写真師は次から次へとサイコロのような小部屋を無言のまま通り抜けていった。フィッシュがそのあとに従う。空き瓶ばかりが転がった部屋があり、見すぼらしい本棚が並んだ部屋があり、かと思えば台所があって浴室があった。

「ここはひどい」と注釈のはいった乱雑な納戸部屋をかき分けるように進み、そうしていくつ部屋を通り越してきたか分からなくなってきたところで写真師が立ちどまった。

「ここから先は言わば聖地だ。今日は気まぐれが勝ったので特別に公開する」

言っている意味がフィッシュには理解できなかったが、最奥と思《おぼ》しき部屋のドアが開かれると、ようやくそこに写真師らしいアレコレが見つけられた。

折り重なるように壁に貼り出されたのは数えきれぬほどの肖像写真——それらは、いずれもこの街の空の下で写真師がモノクロでハンティングしたものである。出合い頭でフィッシュが閃光を浴びたように、そこに並んだ顔は、驚き、笑い、眉《まゆ》をひそめ、おどけていたり、睨《にら》んでいたり。目を丸くし、口を結び、若かったり、老いていたり、しかし、皆一様にこちらを見ていた。すべての視線が例外なくこちらに向けられていた。

そして、この無名の肖像群を司《つかさど》るように、あの水晶の左眼をもった女が他を圧倒して引き伸ばされていた。それはちょうどフィッシュが夢の終わりに見たのと同じ等身大である。

「これは」とフィッシュが等身大に近づくと、写真師は「女神だ」と言って、光を宿した左眼に自身の指先を当てた。

「俺はこいつを探してきた。この女じゃない。この左眼を」

眼に触れた手に力をこめると、パネル状の写真は回転扉のように裏返り、その奥に隠されていた小さな部屋を晒《さら》して写真師が手招いた。暗室に赤ランプが灯《とも》され、その秘密の小部屋は暗いばかりか妙にひんやりしている。現像作業にはこんなに強い冷気が必要なのかと訝《いぶか》るフィッシュに、写真師が「これだよ」と差し出したのは、まさにあの女の水晶の眼だった。

目を見はったフィッシュに、「いや、そうじゃない」と写真師が首を振る。「似ているが違う」つまらぬ拾い物でもしたように床へ無造作に放り投げた。

「俺はいくつもこいつを拾いあげてきた。今度こそあの眼ではないかと期待して。だが、どれも違った。しかし、また見つければ拾ってしまう」

そのとき、赤ランプの暗さに慣れたフィッシュの視界に、床に転がったのと同じ「似ているが違う」ものが、あちらこちらに浮かびあがった。頭の中にはいま見たばかりのいくつもの肖像写真が折り重なって焼きついている。足もとに転がったひとつを拾いあげると、それは指先に吸いついて冷たく輝いた。

「これは」とフィッシュはつぶやいて言い直す。

「これが——」

そいつを言わないと、
あんたの女房は未亡人の仲間になる

気の毒だが、鼠になど用はなかった。たまたま選びとった手に馴染《なじ》む一冊が『嘆き鼠の回想』であったまでで、老いぼれ鼠の昔がたりなど趣味ではない。哀れな主人公ではあろうが、物語の中にかしこまっている者に何を訊《き》いても無駄だ。

十一番目のフィッシュは体勢を整えると、糊《のり》のきいた寝台のシーツの上に置いた『嘆き鼠の回想』を垂直に見おろした。常時、持ち歩いていたので角が擦れて丸みを帯び、綴《と》じ糸がゆるんでほつれかかっていた。バラバラになると後が厄介だ。ぎりぎり書物の体裁を保っていればいいが、体裁が損なわれると、書物に封じた〈捕らえ人〉が二度と娑婆《しゃば》に出られなくなる。場合によっては潜水を試みたフィッシュさえ紙の牢獄《ろうごく》に閉じ込められる。そのうち吸う息も吐く息も失われて、最後にはひからびた紙魚《しみ》の骸《むくろ》となる。

ゆえに、慎ましく丁重に。

書物に流れる詩情と叡知《えいち》を信じ、ときには猥雑《わいざつ》と醜悪の匂いも嗅《か》ぎ、みずみずしい果実の搾り汁と傷ついた舌から溢《あふ》れでる血がまざった酒を最上とする。が、決して酒に溺《おぼ》れてはならない。文字どおり書物に溺れるべく、ひたすら垂直に身を投じてクロス装の表紙より頁に消え入る。

紙魚にして、紙魚を超越したフィッシュとして。

詩句の余白を入口に。ノンブルを足場に。注釈にこんがらがって。次から次へと行間をくぐり抜け。すると、おい俺たちを無視するな、とでも言いたげにうるさく言葉がからみついてくる。羽虫を払う要領でねばりついたアルファベットを振り落とし、場合によっては言葉から滴るエキスを啜《すす》って朝食がわりにする。文字を喰《く》らってこその紙魚だ。が、おもむくまま食い意地に身をまかせていたら、そのうち、書物の柱を食いつぶして頁の片隅で生き埋めになる。

ゆえに、慎ましく丁重に。

見惚《みほ》れるような銅版画の挿し絵頁にさしかかっても決して立ちどまらない。主人公の背後を忍び足で通過して目的の頁を目指す。

慎ましく丁重に。鼠など用はないのだから。

慎ましく急速に。意味や比喩《ひゆ》はこの際どうでもいい。Bからfへ、fからgへ、mへ、sへと三段跳びの要領で文字から文字へ跳び移る。少々面倒だが、こうしたプロセスが重要だとフィッシュは学んできた。優れた諜報員《ちょうほういん》は一見無意味とも思える迂回《うかい》を経て、知らぬ間に核心の扉に辿り着く。いきなりドアを叩《たた》くのは不躾《ぶしつけ》だ。丁重に。ここではない、ここではないと幾度もつぶやき、めくった頁の果てにようやく探しものが見つかればいい。「ここだ」とあげたい声を抑え、背後から近づいて目的の人物の肩に手を置く。あのタクシーでもそうだった。あの妙に小ぢんまりしたタクシー。いまはさらに窮屈なはず。『嘆き鼠の回想』第三章の最後に残された十行分にも満たないわずかな余白。そこに、身動きもとれない哀れな彼はいた。封じられたときの名も知れぬスパイスの小枝を手にし、鼻柱を折られた運転手の姿で。

フィッシュは肩に手を置いたまま彼の背中に声をかけた。それがタクシー・ドライバーと会話するときの——この場合はとっておきの情報を聞き出すときの——由緒正しきスタイルである。

訊くべきことは山ほどあった。が、迂回を欠いていきなり核心を衝《つ》くと、細部が排除される。紙魚の諜報員に致命的な欠陥があるとすれば、この一点、すなわち「俯瞰《ふかん》的視野の欠如」だ。これが海に泳ぐフィッシュであれば、魚眼レンズのワイドアングルで物事を捉《とら》える。が、虫の目はあくまでクローズアップの連続で、周囲を完全に正しく把握できない。

しかるに雑音を厭《いと》わず、砂から金を洗い出す手間を省かない。着々と遂行する。得るべき情報を絞り込み、フィッシュはあえて「唯一の手がかり」を運転手から聞き出す。

簡潔に問う。そして、簡潔に答えよ。

密入国者同士の情報交換所——フィッシュたちの隠語で言うところの〈指貫屋《ゆびぬきや》〉——の所在はどこか？　怪我ひとつせずに小さな穴に糸をとおしてみせる彼——フィッシュもその一人のようなものだ——が、どこで落ちあってお互いの境遇を報告しあうのか。確実ではなくても「ああそれなら、おそらくあそこだ」と、およその見当をつけられるのが「街の働き鼠」たるタクシー・ドライバーではないか。

「そいつを言わないと、あんたの女房は未亡人の仲間になる」

これが殺し文句。

フィッシュにしては慎ましさを欠いているが、これでも洗練を極めた結果の決めゼリフである。効果は百発百中。ついでに背中に人差し指と中指を揃えて突きあてれば、それが指だと分かっていても、「おそらく、あそこが」と相手は口を割る。元より、ドライバーたちは機密を維持せよと誰かに命じられているわけではない。だから、背中に当てられた脅しに威圧されたというより、むしろ、「おそらく」と誰かに話したくて仕方がない。話して減るものでなし、たとえ冗談であっても、女房が未亡人になるのは女房より自分にとって最悪だ。

それで彼は「おそらく、西六丁目の香草薬種商が」と〈指貫屋〉の隠れ蓑《みの》をフィッシュに伝えた。手にした小枝から、一瞬、遠くに誘われるような香りがフィッシュの鼻先に漂う。「香草」という言葉とつながり、なるほどそんなところに、とまずは鼻腔《びこう》から納得した。

以上。

その先のことは、また次の面会にて。次があったらの話だが。

慎ましく余計なことは訊かず、この唯一の情報をもとに、まずは同業者たちがフィッシュよりも先にパロール・ジュレの謎を調査していないか見定める。もし、すでに先客があるのなら、先客が調査した結果をとりあえず横から頂いてしまうやり方もある。無論、これはひとつの可能性である。その方法は著しく慎ましさを切り捨てることになる。

「あの、ちょっと待ってください。わたしはいつまで――」

弱々しく声を絞り出すドライバーをそのままに、フィッシュは「申し訳ないが、いましばらく」と告げて本の外へ抜け出た。

その香草薬種商の屋号は〈五色〉という。由来や歴史を語り出せばきりがなく、代々、女主人が取り仕切ってきた女帝の店で、それが血筋の証《あか》しなのか、彼女たちの誰もが首筋に五色のほくろを持っていた。赤、青、緑、茶、黒の五色に彩られた五つの小さなほくろは、女帝らしからぬ華奢《きゃしゃ》な肩から首もとへ辿る稜線《りょうせん》に星座の如くある。

現店主にももちろん五つ星は打たれ、受け継がれたのはほくろのみならず、美声と小柄な体と香草をめぐる魔術的な知識。真に妙薬と呼ぶに値する万能治癒の粉末を調合し、あるいは惚れ薬の類《たぐい》を、あるいは安眠を約束する一包を、五色の香りを匂わせて店先に並べている。

効能を講じる女主人の声色は夜どおし語られる夢うつつの物語を聞くようだ。甘く刺激的な香りと相まって、耳と鼻に色や光が注がれる。

乾いた草を粗く挽《ひ》いて壜《びん》づめにして、そこから掬《すく》いとったひと匙《さじ》を瑪瑙《めのう》でつくられた乳鉢で擂《す》りつぶす。滑らかなパウダー状に仕上げ、ひと吹きで消えてなくなるような微細な粉末を半透明の薬包紙に封じる。最後に女主人自ら赤い舌をちろりと覗《のぞ》かせ、据わりの悪い薬包紙の端を舌先でつつくように舐《な》めて密着させる。

＊

貝細工のアラビア文字が打たれた店の古時計が午後四時を示す。道を隔てた向かいの燭台屋《しょくだいや》の硝子《ガラス》戸に夕陽が射し、その照り返しが薬包紙を操る女主人の横顔を彩る。一包ずつ、時計のコツコツいう音だけを聞きながら包んでは舌を覗かせ、客の来ないその時間を女主人は愛《いと》おしく思う。彼女の母親も、そのまた母親も同じように愛おしんだ。

折り重なる彼女たちの横顔は、寸分違《たが》わぬ凜々《りり》しさに引き締まっている。つい見とれてしまう男があるのも当然。燭台屋と薬種商に挟まれた路地の敷石を磨きながら、いや、磨くふりをしながら窓の中の横顔に見とれる男がひとり。西陽のまぶしさに目を細めて。

吐く息が白かった。赤らんだ頰には幼さが残る。男と呼ぶにはまだ少し早い気もする。では青年か。青年にしては肉のつきすぎた立ち姿は、背をまるめた子熊のよう。ついでに言えば、その性格もじつにまるい。まるすぎて恋や愛の対象として物足りなく思う女性が、これまでに三人ほど彼のもとを去った。

――気にするな。

――どうってことない。

――カジバはこれから本物の伴侶《はんりょ》に出会うんだから。

友人や同僚から、あたたかい言葉が向けられた。それもまた彼のまるい性格によるものか。ちなみに、カジバとは彼の名だ。敷石磨きは彼の生業《なりわい》ではないが、彼の父が長くつづけてきた仕事である。ときどき、老いた父のかわりに磨いて歩くうち、あるとき、西六丁目の〈五色〉を覚えた。覚えたのはその店のたたずまいではなく、店の中で薬包紙に接吻《せっぷん》を繰り返す端正な横顔だった。が、遠く覗き見ていた憧《あこが》れに近いまなざしが、たび重なるごとに前のめり、見つめるまぶしげな目は夕陽のせいだけではない。もうあと一歩を踏み出す勇気がためらわれ、あきらかに年上と思われる女性に声をかけるにはどうしたらいいかと思案していた。

しかし、ほどなくして扉は開かれた。カジバに力を貸したのは大理石の断面を思わせる曇り空である。街の名物の炎のような夕陽を雲が隠し、いつもは逆光の中に溶け込んでいたカジバを女主人が窓の外に認めた。思わず後ずさりしかけたカジバだが、彼を見る女主人の目の力に引き戻され、磨いていた敷石の上を滑るようにして、気付くと〈五色〉の店内にいた。

そこに音楽を持ち出すのは大げさかもしれない。が、たとえば五重奏の調和のように、溶けあったいくつもの香りが店内の隅々にまで潜んでいた。女主人が広口壜の蓋《ふた》を外し、乳鉢を取り出して香草を擂りつぶすと、ソリストの妙技を聴くようにひとつの香りが際だった。

午後四時を過ぎた他に客のいない店の中で、カジバは香りの音楽の中にいて、薬包紙のかさかさと触れあう音と女主人のお伽話《とぎばなし》を語るような声を聞いていた。

——何か、お悩みがありますか。

不意に彼女がそう言ったような気がした。

「あ、いえ」

カジバはそのとき、階段の途中の麝香猫《じゃこうねこ》を思った。

「よく眠れないのです」

いつのまにか口がひとりでに答え、自分の安眠を妨げるあのしなやかな猫の幻影は、他でもないこの女主人の分身ではないかと気付いた。

眠りに入るか入らないかの無重力のひととき、カジバはすでに磨き終えた美しい敷石の舗道を離れると、そこにゆるやかな石階段を見出す。階段の途中には一匹の猫が。さして猫に詳しいわけでもないが、カジバはそれが雌の麝香猫であると承知している。何色ともいえない、艶《つや》のある茶やグレイやココア色が細かく織りまぜられた奇妙な絵模様を思わせる柄。微笑んでいるような、困惑しているような、ひどく疲れたような顔。それが猫の顔でありながら女性の顔として記憶されるのがいかにも夢らしい。そして、猫はどこか甘い声で言葉にならぬ言葉らしきものを語り始めた。

カジバは耳がいい。言葉にも人一倍、敏感で、聞きとりにくい言葉を聞きとるのが彼の特技だ。夜中にラジオ受信機のダイアルを回し、ちょっとした加減で受信できる聞いたことのない言葉による異国の放送を好んだ。ひどいノイズのせいもあって、最初は何を言っているのか分からないが、声の抑揚や聞き覚えのある単語から察して、少しずつ見当がつけられる。

そんなカジバであっても、その階段途中の麝香猫が語り聞かせる話は、残念ながら理解不能だった。ただ甘い声色に心地良くなり、より深い眠りに誘われながら、一言一句漏らさず聞きとろうとする思いが眠りを妨げた。

「では、こちらのお薬を」

女主人が差し出したのは、通常の倍の効果が期待できる希少な安眠薬だった。

「今日は御代をいただきません。御試しになって、もしよろしければ」

遠くから見慣れていた薬包紙がカジバの手にあった。それだけではない。「もし、よろしければ」につづく言葉はおそらく「また、この次」だろうし、「今日は」と前置きした以上は、この先に「明日」や「あさって」があるかもしれない。

カジバはニヤつきそうになる顔を平静に保った。気がかりなのは、明日やあさってのことを考えると眠れなくなってしまうことだ。何のことはない、それでは本末転倒になる。

いや、待て。よくよく考えてみれば、そもそもあの階段の猫が自分の安眠を奪っている。あの猫こそ、カジバの推測では眼前の女主人の分身。となれば、原因と対策の双方に彼女がいて、薬を服用すれば、彼女の言うとおり安らかな眠りを得られるだろうが、そうなると、もしかして、あの麗しい猫には会えなくなる。

カジバはニヤつきながら眉《まゆ》をひそめた。希望と不安に交互に見舞われながら家路を辿った。途中の四《よ》つ辻《つじ》で移動写真師とすれ違い、やあ、と声をかけられても、ぼんやりして何の反応も示さなかった。「どうしたんだ、おい」と写真師は面白がってシャッターを切ったが、後で現像してみると、それは写真師が知っている敷石磨きの倅《せがれ》の顔ではなかった。顔の半分がニヤリと笑い、もう半分は嘆き憂いている。それも鼻筋を中心にして黒白塗りわけられたように明暗が明らかだった。これによく似たものを知っている。トランプのジョーカー。これは比喩ではない。

長いこと俺は人様の顔ばかり撮ってきたが、こんな変わり種はそうない。可哀想に。どうかしちまったんだろう。あれでなかなか神経質なところがある。昔から彼のことは知っているが、俺にしてみればイイ顔で、ハンサムではないが独特の味がある。親父さんのこともよく知ってる。大将はいわゆるイイ男だ。あれはどこか他所《よそ》から来た顔つきだろう。

――あんたと同じで。

行きつけのコーヒースタンドのカウンターに焼きあがったばかりの写真を並べ、写真師はフィッシュの顔を見ずにさらりと言った。

「いや、俺だって同じようなもんだから。俺だって元をただせば純血種じゃない」

フィッシュは写真師の話をほどほどに聞き、店の喧騒《けんそう》から孤立して「ジョーカー」と呼ばれた男のプリントに見入った。

見覚えがある。そのときは、ニヤついてもいなければ嘆いてもいなかった。ただぼんやりと薬種屋を遠くから眺め、そのうち気をとり直したように足もとの敷石を磨き始めた。あの男だ。「除外」とフィッシュはそのとき脳内ノートに書きなぐった。〈五色〉に近づく者のリストから、いち早く外した。まだ、張り込みを始めたばかりの頃だ。怪しげな連中が出入りする夜の時間帯を知る前のこと。おそらく、陽の暮れる前に見かけた一人である。以降、〈五色〉の様子を窺《うかが》うのは夜に集中していたから、彼の顔は記憶からも除外される寸前だった。

勘が働いた。偶然写された「明暗を持ったふたつの顔」に、何かしら探しもののヒントが隠されているような気がしたのだ。

写真師の縄張りはそう広くもない。おそらく写真師に訊《たず》ねれば、ジョーカーの住所は難なく入手できる。が、それこそ勘のいい写真師は、フィッシュの何気ない問いから、その背後にある思惑まで嗅ぎとるかもしれない。

ゆえに、慎ましく丁重に。

写真師自らが口走ったのを聞くまでもなく、すでにフィッシュは彼に自分と同質の「他所者」を読みとっていた。だから、彼には恩義以上のものを感じるところもあり、それゆえ間違っても彼の勘の鋭さを誘発するような愚を犯してはならなかった。まさか彼を『嘆き鼠』に封じる事態にならぬよう。余計なことは訊かない方がいい。そう広くもない彼の縄張りを、彼に見つからぬよう歩けば、彼がすれ違ったように、そのうちジョーカーに巡りあうはず。

そして、それはそのとおりになった。

そこは写真師が足を運ぶハンティングの場としては最も東寄りの区域。それより東にはハンターを気どる彼にふさわしく、かつて市営の動物園であった廃墟《はいきょ》が撤去されずにそのまま残されていた。ありし日はそれなりの広さを誇る歴史の長い公共施設で、街の象徴のひとつであり、その印象があまりに強く、廃園後の利用法を市はいまだ決められずにいた。近年は管理の杜撰《ずさん》さも指摘され、荒れ放題になった園は異常なほど植物が繁茂していた。一刻も早く動物園を再建しろという市民の声と、広大な廃墟の処置に頭を抱える市の逡巡《しゅんじゅん》を、両面からレポートした新聞記事をフィッシュも目にしていた。

実際、まるっきり手つかずのままで、園を取り囲む灰色の壁は格好の不法宣伝の場になっていた。メジャーとマイナーの隔てもなく、ありとあらゆる告知が色とりどりに貼られては剝《は》がされ、不法の歴史を物語る紙の地層が幾重にも重なっていた。

その壁ぞいの舗道を歩き、フィッシュが〈環状鉄道〉の駅を目指していると、駅の方角からこちらに向かってくる男の顔が見紛《みまご》うことなきあのジョーカーだった。探し始めてまだ三日目である。フィッシュの描いたイメージでは、街なかを行き交う一群の顔の中からジョーカーの「ニヤリ」を拾いあげるというものだった。が、意表をついて正面から、ニヤリでも嘆きでもぼんやりでもない表情で、しかし間違いなく彼がこちらに向かって近づいてきた。

そのままでは尾行に移るタイミングが難しい。とっさにフィッシュは壁に視線を泳がせ、何かに気付いたというふうに壁に歩み寄った。何でもよかったのだが、二週間後に〈円柱劇場〉で幕開けを迎える『バルバラ』という芝居のポスターを立ちどまって眺めると、その背後をジョーカーが茶色い紙包みを抱えて足早に通り過ぎた。敷石磨き用の縞《しま》の制服ではなく、丈の長い濃紺のコートを着ていた。

今日は敷石磨きをしないようだ。となると、フィッシュの勘にスイッチを入れた「ふたつの顔」という言葉がいい具合に立ち上がる。それはつまり、彼の「もうひとつの顔」を示唆し、写しとられた表情ほどの明暗はないとしても、彼のカレンダーには敷石磨きが予定されていない他の曜日があるはずだ。

〈指貫屋〉の近くにいたのは偶然だろうが、写真師にジョーカーのふたつの顔を晒《さら》したこの男は、この街におけるフィッシュの狭い視野を何度も横ぎってゆく。

いまのところ、追うべき背中は彼の背中をおいて他にない。

背中は動物園の壁を離れると、車道を渡って住居区のアパート街にはいっていった。閑静とまでは言えないが、〈環状鉄道〉の騒音からも遠く、子供たちの叫声や宅配トラックのクラクションも耳に届かなかった。よし、ここで彼が「もうひとつの顔」を見せるのかと、フィッシュは背中を見失わないよう付かず離れずの距離を保ったが、意外にも彼はアパート街を素早く抜け、裏手に設けられた駐車場に迷うことなく歩を進めた。かなり広い駐車場で、コンクリートさえ敷かれていなければ、すぐにでも公式野球場に造り変えられるくらい四角い抜けた空間だった。

ジョーカーは「いつもこうしている」といった身のこなしで正方形の対角線上を斜めに歩き、さすがにそこでは目立ってしまうので、フィッシュは駐車場のフェンスごしに背中を追いながら小走りに迂回した。対角線の延長にある出口に追いつき、なんとか付かず離れずを維持したが、駐車場を出ようとする車が彼の背中を隠した。ゆるゆると徐行する間にジョーカーは姿を消し、むせかえるような排気ガスだけが濃厚に残された。

フィッシュは左右を確認したい衝動を抑え、ここでうろたえて走り回ると、こちらの存在を主張するだけで何の得にもならないと考えて大きく舌打ちをした。勘の正しさが遠のいてゆくのを顔をしかめて見送るしかない。

さすがに、そのしかめた顔までは目にしなかったが、ジョーカーと呼ばれていることなど知るはずもないカジバは、舌打ちの音だけは鋭い耳が聞いた。車をめぐってトラブルでもあったんだろう。あんなに大きな舌打ちは聞いたことがない。喧嘩《けんか》にならなければいいが。いずれにしても巻き込まれるのは御免だ。

彼女との約束の時間に遅れていたカジバはさらに足早になり、この近道をこうして行くのも今日が最後になるのかと足がもつれそうになった。

彼女は学生のときからの友人だ。頻繁に交流があったわけではないが、ときどき思い出したように彼女から電話があって、花やワインを携えてこの近道をアパートまで歩いた。一方通行の細い道をゆく思いで、やはりそのときもニヤついたり嘆いたりしていたかもしれない。暖かい色あいのモザイク・タイルがところどころ施された小さな三階建てのアパート。その一階の二号室。右のアキレス腱《けん》に古傷を持つ彼女は、雨が降ると階段を昇れなくなる。もっと駅に近い部屋を探したらいいのにとカジバは何度か助言した。

「でも、駅の近くは家賃が高いし、それならお金を貯めてもっと静かなところに行きたい」

答えはいつも同じだった。そしてその「静かなところ」に引っ越す日が来たのだ。荷物だけひと足先に「静かなところ」へ送り出したと聞いていたので、花を活《い》ける花瓶がないだろうから、いつもより少し値の張るワインを一本抱えて彼は来た。

——いらっしゃい、ちょうどよかった。

彼女の曇り空を思わせる声で開かれるドアもそれが最後だ。何かにつけ感傷的になってしまうカジバは、下手な芝居のように努めて明るく振る舞おうとした。

それでも部屋にはいるなり、一変してがらんどうになった空き部屋のよそよそしさに戸惑った。「とうとう」とつぶやき、カジバは彼女の痩《や》せた背中を眺め、こんなにも白く薄ら寒い部屋だったかと信じられぬ思いでキッチンを見渡した。

わずかな食器が残る片隅に背を向けて立つ彼女が、「烏賊《いか》が残っちゃって」と、すでに下ごしらえの済んだフリッターを鍋《なべ》にひとつひとつ沈めていた。何もない部屋にオリーヴ・オイルの香りが流れ、五センチ角に揃えられた烏賊はすぐに火がとおって大皿へ移された。最後におまじないのように塩が振られる。

「いただきましょう」

かろうじて残されていた栓抜きでワインのコルクが抜かれた。床に敷いた茶色の紙袋がテーブル・クロスがわりになり、フォークがないので手でつまんだ。床に腰をおろした二人は、何となく手持ち無沙汰《ぶさた》に窓の外に目をやって烏賊を食べた。

彼女いわく「つまらない風景」——駐車場とその向こうのアパート街をいつもより低い位置から眺めた。駐車場はフェンスの端だけが見え、アパートは屋上のあたりしか見えない。二人ともふた口ほど飲んでから「乾杯するのを忘れた」と言いあった。つまんで食べるフリッターは烏賊だと知らなければ、これは何？　と食べるたび確かめたくなるほど柔らかい。ほの甘く、それでいて舌にねっとりしたものを残して消えた。

カジバは何も言わなかったが、彼女も何も言わなかった。ときおりポツリと話した声は驚くばかりに部屋に響いた。

「すごく静かなところ？」とカジバが訊くと、

「すごく静かなところ」と彼女が答えた。

「すごく遠いところ？」とカジバが訊くと、

「すごく遠いところ」と彼女が答えた。

紙きれに走り書きされた街の名は、カジバには馴染みのない響きだった。いかにも遠くて静かなところなのだろうとカジバは紙きれをポケットにしまった。

大皿いっぱいのフリッターを二人であらかた食べ尽くしてしまったが、カジバが最後に口にしたひときれは妙に固く冷え、味も分からないままに無理に飲み込んだ。

「父が車で迎えに来るから」

そう言って彼女は立ちあがり、キッチンに作り付けられた白い戸棚から、布にくるんだ四角いものを取り出した。

「ここで描いた最後の絵」

押しつけるようにカジバに渡し、「もらって」と言い添えた。

＊

どこをどんなふうに遠まわりして帰ってきたのか。ただひとこと「寒い」と声を漏らし、帰り着いたアパートの浴室でカジバは湯をためた洗面器に足の先を浸した。

彼女の絵を見たのはそのあとだ。

彼女には伝えていなかったが、彼女が小さなギャラリーで個展を開くたび、カジバは匿名で彼女の絵をもとめていた。それがもう六枚。彼の殺風景な部屋に飾られている。

そして、布を開いた中からあらわれた七枚目は、その日、目にした低い位置からの視線ではなく、何度か食事を共にしたあのテーブルからの「つまらない風景」だった。

――楽しかったよ。

耳のいいカジバが、そのとき胃の底に甦《よみがえ》った彼女の声を耳にしたのは錯覚だったろうか。

行きたいところなど特にはないが

彼は痩身《そうしん》にして剛腕だった。周囲の人々からは「辣腕《らつわん》」の一語にその功績が込められて辣腕刑事と呼ばれる。またの名をロイド。

　時代遅れのボタンダウン・シャツを着た刑事。ノー・ネクタイ。神経質に磨かれた革靴。つぶれた煙草。ゴマ塩のひげヅラ。年齢不詳。M型に禿《は》げあがった額を自ら「フラジャイル、取扱注意」と称し、同色同型のロイド眼鏡を一ダースも所持して日替わりで順繰りに着用する。

　妻子なし。学歴不詳。当然ながら〈離別〉以前の何もかもが広々としていた時代を経験している。そこで穏健に日々を送っていたか、それとも改革に身を投じて危うい火傷《やけど》を繰り返していたか、無防備に晒《さら》されたフラジャイルからは正確な背景までは窺《うかが》えない。

　謎多き男だ。部下は彼への献身を誓う忠誠派と、事務的にしか接しない反発派に分かれる。が、当のロイドは忠誠にも反発にも関心がない。常に「我が道を往く」に徹してきた。それはそれで困ったものだと煙たがる者も少なくない。つきあいの浅い者は、おそらく実像以上に彼を恐るべき人物とみなしている。その顔を直視することも出来ないほど。

　左の頰にホチキスの留めあとのような傷あとが何ヶ所かある。彼はその傷あとを親指、人差し指、中指の三本の指でひとつひとつ確かめるようになぞる。無意識にそうしているが、何ごとか考え込むときの泳いだ視線と相まって、たしかにその仕草にふける彼には近寄り難い。いつでも遠くに一人で立っている男。「ではここで」と一人で道を外れてゆき、その後ろ姿ばかりが印象に残る男。

その後ろ姿が、土曜の午後のまだ早い時刻に、〈十七番バス〉のロータリーを硬い靴音を響かせて横ぎっていった。深い海のような色のコートを着て、その下に深い森のような色のセーターを着て。靴は磨きたて。柑橘《かんきつ》系のコロンの強い香りが目に見えるように背後にたなびく。

ロータリーの脇から美術館通りへ抜ける一帯は、〈血管路地街〉の異名を持つほど細い小路《こみち》が入り組んだ迷宮的街区となっている。誰かが思いつきで掘り進んだようなジグザグの路地と、あきらかに計算されて設計された路地がからみあっていた。

「思いつき」は歴史の深いところで形づくられた。そして、しかるのちに「計算」が〈召使い衆〉と呼ばれる策士たちによってアレンジされ、それは〈召使い衆〉が蜜蠟《みつろう》商《しょう》と組んで企《たくら》んだ闇の売買のためにめぐらせた目くらましの網の目だった。それとて、すでに歴史の奥底に忘れられた。闇の商いは〈蜜封屋〉と呼ばれ、鮮度と濃度の高い麻薬を蜜蠟で封じ、物乞《ものご》いに偽装した運び屋たちによって、血管路地街から大量に送り出されていった。

いまはもう〈召使い衆〉も、その後継たる結社も姿を消している。汚れた指紋だらけのこの街区も役所の手が入って一掃されたことになっている。が、それで汚れた血がすべて洗い流されたのだとしても、入り組んだ血管状の路地はそのまま残された。それがそうしてある限り、やはり目くらましを利用するために、どこからか逃げ延びてきたいわくある者たちが隠れ住む。三面記事がしばしばそう伝えていた。

蜜蠟商そのものはそれこそ歴史の長い商売である。彼らの名誉のためにつけ加えると、不埒《ふらち》な権力を行使して彼らを牛耳った黒幕が消えたあとは、本来のきわめて芸術性の高い職人として正しく理解されるようになった。蜜蠟によって封じられたものは一切の変質を免れて保存され、とりわけ上級職人の秘術によって封じられた「蜜封」は、溶けない氷と評されるほどの保存性を誇った。一枚の写真、真珠の一粒、抜け落ちた前歯、粉々になった模型飛行機、指輪、古時計、あるいは果実、乾肉、最上級の葡萄酒《ぶどうしゅ》。遺品から食品まで、この街の人々は「これは」と思うものを蜜蠟商に持ち込んで時の侵食から守った。いまでも利用者は少なくない。めいめい思い思いのものを携え、この迷路のような路地の奥を遠方から目指してくる。

そこに、どことなく血の匂いが漂うのは気のせいか。

蜜蠟はミツバチによる賜物《たまもの》だが、中世から同じ場所で商ってきた彼らが、いつのまにかミツバチの巣に似た街区にとり込まれることになろうとは思いもよらなかったろう。

その蜂の巣の中に、辣腕刑事ロイドが靴音を響かせて分け入ってゆく。勝手知ったる足どりで。あたかもそこで生まれ育ったかのように。似たような路地を次々渡り歩く。

ロイドの頭の中にはこの蜂の巣街が精巧なミニチュア・セットになってそっくり仕舞い込んである。件《くだん》の三面記事は、かなり潤色されているが、たしかにこのブラック・ボックスの中に逃げ込んで行方をくらます不審者はあとを絶たない。ロイドは追手として路地を駆けまわるうち、体が血管の一筋一筋を覚えた。この街区は地図上では空白になっている。しかし、ロイドのように体そのものが磁石になってしまえば、足が自然に行きたいところへ運んでくれる。

――行きたいところなど特にはないが。

ロイドは自らを蔑《さげす》んでそうつぶやく。ある種の人々――彼らはおしなべて詩人を名乗っているが、彼ら自身もその自称が憶測の域を出ないことを知っている――にとって、この界隈《かいわい》は特別な感興をもたらすとたびたび称賛されてきた。ロイドはそうした言葉によって美化されたその路地が、不当に競り上げられた競売品のように感じられる。ここには安息がない。禍《わざわい》の気配ばかりが匂う。何か得体の知れぬものが重い尾をひきずって立ち去ったあとのようだ。路地を歩くたび、意志とは無関係に体が反応して立ちどまる。わけもなく耳を澄まして身構える。

上空を雷鳴のような音をたてて貨物機が通過する。路地の底から見上げる空は、不法に次ぐ不法で建てられた節操のないビルやアパートの集積によってさえぎられている。水底から見上げたような眠い太陽が見え隠れし、くたびれたシーツが干され、すべての窓が裏窓で、すべての玄関が裏口である。

得体の知れぬものは他にも数知れない。

黒く散った羽。破壊されて捨て置かれた油染みた機械。水を吸って折り重なった古雑誌。壁に延々と綴《つづ》られた「否、否、否」の赤い落書き。決して蒸発しない水たまり。無数の吸い殻と色鮮やかなハズレ馬券。足裏にべとつくもの。走りかけたまま白骨化した鼠。突如、吹き出す排煙筒からの風と嬌声《きょうせい》、悲鳴、うめき声。それでいて、人の姿は鳥の影のようによぎるだけですぐに消えてゆく。

この掃きだめられた空気と、蜜蠟に封じられたさまざまな物の記憶が、この迷路をさまよう者の五感を圧倒する。悪魔と結託したことのある本物の詩人なら、言葉が湧き出て貧血を起こしてしまうかもしれない。

だが、ロイドは表情ひとつ変えない。同じ歩幅で正確なリズムを刻むことが目的であるかのように、コツコツと靴を鳴らして機械仕掛けの如く歩く。何かが焦げる匂いがコミックの吹き出しのように襲いかかる。次から次へと男や女の声が裏窓から響いてこだまする。

「俺の倅が……俺の倅が……」「ああっ」「立会人が必要なの、そう言ったじゃない」「分かってる分かってる」「後生です、今日はペリカンを見に行くことになっているんです」「いや、そんなふうに切り捨てればいいってもんじゃない」「ねぇ、桃を煮てるんだから鍋《なべ》から目を離さないで」「いや、そこじゃないんだ、もっと右なんだよ」「準備は出来てる？」「そら、帽子が脱げ落ちた」「気をつけろ」「あ、しまった、落ちてゆく」

にごった風にあおられて、帽子は路地のはずれまで狭い空を飛んでゆく。路地全体が街のはずれであるような界隈の、そのまたはずれの、しかし、それでも人の暮らすしるしが蠟燭《ろうそく》の灯のようにかろうじて消え残っている巷《ちまた》。その巷の鳥料理屋の前に帽子は力尽きて着地した。

鳥料理屋の店先には青い布張りの古い椅子がかしこまって置いてあり、そこへ「夕刻開店」と書かれた板看板が傷だらけの背もたれに立てかけてある。

料理屋の名は〈砂のテーブル〉という。キノフに鳥を食わせる店が多いのは、たまたまこの街の庶民の口に合っていたからだ。一律に同じ味かといえば、これがそれぞれに違う。大きくはふたつに分かれ、ひとつは肉汁がたっぷり詰まった野趣あふれるもの、もうひとつは、あっさり洗練された味わいの宮廷料理の流れを汲《く》んだもの。

が、〈砂のテーブル〉の老主人がメニューに並べているのは、野趣でも洗練でもない無所属の味だった。それが同じく無所属の道ばかりを選んできたロイドの舌を満足させる。

ロイドは「夕刻開店」を横目に見ながら店の戸を叩《たた》き、中から返事が聞こえる前に、もう店内に身を滑らせた。

「ギー」

老主人の名を呼ぶ。料理の味が無所属の印象を与えるのは、このギーと呼ばれる主人が無所属に生き延びてきた由だ。何かにつけ「派」や「系」や「流」を主張しあうこの国では、よほど覚悟を決めなければギーのように水の如く生きられない。

「くだらん」とギーはその話になると必ず言い捨てた。おそらくは、その歯ぎれの良さもロイドには心強かった。「くだらん」と語気を荒らげる不作法さが店のつくりにも反映され、濃密な路地をくぐり抜けて辿り着いた店の意外な素っ気なさが、どこか小気味良く感じられたなら、ギーの店の客として歓迎される。

「お待ちかね」

ギーは店の奥から譜面台を手にして現れ、照明を落として数本の蠟燭だけで照らしている薄暗い店内を見渡した。

「カジバがまだのようだが」

店の奥に目をやり、壁ぎわの一角に譜面台をガシャリと置いた。

「いや、今日はカジバは呼んでないので」

ロイドは譜面台の上に開かれた楽譜を盗み見ながら、「今日の集まりはカジバに内緒なんです」と補足した。

「もう仲間割れか」とギーが愉快そうに笑う。

「いいえ、じきに彼の誕生日なんで、ひとつ盛大なパーティーでもと。今日はその相談です」

「ほう。となると、いよいよ我らがクァルテットの出番もあるか」

ギーは譜面台のそばのテーブルに載せてあったヴァイオリン・ケースを手もとに引き寄せた。

「じきに四楽章までお披露目《ひろめ》できる」胸のポケットから煙草を取り出して蠟燭で火をつけた。

「今日もこれから練習で？」

「いやいや、邪魔はせんよ」

うまそうに煙草を吸い、仙人のようにゆるゆる煙を吐いた。

「食事はするかね？」

「いえ、今日は手短に終わらせますので」

「じゃあ、構わずにおくよ」

「そうしていただければ」

ロイドはギーに芝居めいた一礼をし、路地を歩いてきた足どりのまま奥の個室へつながった細長い通路を進んだ。

土曜日に解凍士を集めることは滅多にない。定期ミーティングは木曜と決められ、土曜に招集をかけるのは速やかに対処すべき事態が生じたときだけだ。

個室のドアをノックし、遅れて申し訳ない、とロイドが扉を開くと、円卓を囲んだお馴染《なじ》みの面々が待ちかねたように一斉にロイドの顔を睨《にら》んだ。お馴染みと言ってもカジバが不在だから並んでいるのは三つの顔である。

「待つのは構わないんです」とニシムクが切り出した。

「カジバを呼んでいないのが、僕らとしては不満なんです」とタトイが後を継ぐ。

もうひとりのタテガミは、こういうときの常で沈黙していたが、彼はそもそも土曜の午後を奪われてしまったことが何より不服そうだった。

ロイドは三人の気を静めるべく指揮者のように手を広げ、部屋の空気そのものを制すると、いつもそうしているように円卓から少し離れた椅子に腰をおろした。

「今日は、そのカジバのことで――」

円卓の顔ぶれをもう一度見まわした。〈砂のテーブル〉というこの鳥料理店からして、さして大きくもない店構えである。この個室は物置として使われていた小部屋を改造したもので、家族連れでやって来て鳥料理をゆっくり楽しむというより、人目を忍んで特殊な任務を遂行する四人の技術者が、週に一度顔を合わせて密談するために用意された隠し部屋にこそふさわしい。部屋の中心に据えた円卓にのみ照明が当たり、四方の壁にはいずれも窓ひとつない。血管路地街のはずれというロケーションも手伝い、外界から遮断された感覚はいかにもロイド好みだった。

　彼がここにこうして通いつめ、四人の解凍士の報告に耳を傾けていることは、彼にそれを命じたトップの数名以外誰も知らなかった。少なくとも、彼の知る限りではそういうことになっている。この仕事はロイド一人がすべてを掌握してきた。ギーに掛けあってこの部屋を提供してもらったり、解凍士の活動をサポートしてきた役人たちといがみあってきた。

　まったく雲をつかむような仕事である。多少、風変わりであることは否めないとしても、ロイドが多くの時間を割いてこの四人に一目置いてきたのは、刑事が見過ごしてきたものを彼らが思いがけず探り出すからだ。そこに事件と呼ぶべきものが浮かび上がる以上、ロイドとしては彼らの果てしない作業を根気よく見守る必要がある。

　が、その探り出しは、まさに雲をつかみとることに似て、しいて言うなら「哲学」や「詩」を構築する作業に近かった。刑事の仕事に哲学がどれほど有効なのかロイドには分からない。少なくとも、哲学が先立つものではない。ましてや、詩や物語をかたちづくる言葉の切れ端を扱うとなると、何かを追っていることは間違いないとしても、事件を追っているつもりが、いつのまにかありもしない物語に自分が組み込まれているような錯覚に陥る。

　それはおそらく、ロイドが四人と円卓を囲むうち、いつしか解凍士ならではの手つきに染まってしまったからに違いない。

　事件というものが言葉によって語り継がれるものである以上、言葉から事件があぶり出されるのは当然である。人が人に裁かれるのは、言葉に残して語り継ぐに値する大それたことを犯してしまったときだ。にもかかわらず、言葉はときに安っぽく見過ごされる。それが記録に残らぬ「声」によって発せられたものとなれば、発した本人の記憶にさえ残らないことがある。排泄物《はいせつぶつ》や屑《くず》のように吐き捨てられ、その声がある一瞬の空気を震わせた事実など当たり前のように「なかった」ことになる。が、もし「声」が形を成し、蒸気が結晶して雪や氷となるように、物質としてこの世に痕跡《こんせき》をとどめるとしたら。

そして、それが高度数千メートルの上空や、南北の極地でひっそり精製されるのではなく、人の行き交う街の中で、声がこぼれ出るたび結晶するとしたら。

「演説や解説は省略していただいて結構です」

ニシムクは円卓に置いた手を組みあわせると、皮肉まじりの指摘を前もってロイドに投げかけた。「僕らも察しています。あなたが事を大げさにしなくても」

「そうなのかね」

ロイドは緊張を解いて椅子に座り直し、「それなら話は早い」と頬の傷あとを三本の指で玩《もてあそ》びながら目を閉じた。

「ただ、私の方が君たちよりも多くの情報を手にしていることだって、たまにはあるんじゃないか？　私だって――」

「ええ」とニシムクが先んじた。「あなたは掛け値なしに優秀な刑事です。でも、優秀な刑事はたいてい冷徹で、冷徹でなければ優秀な刑事は務まらないとあなたは考えている」

ロイドは空っぽの円卓を見ながら苦笑した。

「私の独り言でも解凍したのかね」

「解凍するまでもないです」とニシムクが畳みかけるように答えた。

「では、それは憶測か」

「事実はいつでも憶測に導かれるものです」

「それはそうだ。だから私も、その事実のための憶測を君たちに聞いてもらいたい」

「冷徹な憶測を――」ニシムクが口を挟んだ。

ロイドは黙って小さく頷《うなず》き、傷あとに触れるのをやめて両手を開いた。

「では仕方ない、こうしよう。これはあくまで物語であって、いつも我々がこの部屋で探り出そうとしているものと同じだ。それならいいだろう？」

あきらめるような、なだめるような口調で問うた。が、三人は答えない。その様子を見て見ぬふりをし、ロイドは「聞きたくなければ、聞かなくてもいい」と前置きした。

「他でもないカジバの話だ。彼の様子がこのごろどうもおかしいと君たちも気付いているだろう。私は君たちの個人的事情に興味はないが、いかんせん仕事が疎《おろそ》かになってくれば、立場上、何らかの対処を考えなければならない。しかも、彼がある捜査の過程に姿を現した。とある薬種商が複数の諜報員《ちょうほういん》が集う密会所であることが判明し、情報の受け渡しをする交差点として機能していた。彼がそこへ来た。問題は彼がその隠された事実に気付いているのか、知っているのか、もしくは通じているのか、その段階によって憶測も物語も変わる。そればかりか、この薬種商の女主人が神秘的な魅力を湛《たた》えた麗人であるというのが、私としては、いや、君たちも聞き捨てならんだろう。彼はいつでも到底かなわぬ高嶺《たかね》の花に憧《あこが》れる。ひとたび花に触れてしまうと――」

「さっきも言ったとおり、演説と解説は結構です」ニシムクがロイドの話をさえぎった。「結局どうなんです？　カジバは何か知ってるんですか」

「昨日から彼には尾行を付けてある。そのうち、追い追い浮かんでくるだろう」

「浮かんでくる？　浮かんでくる前に彼を救い出すべきじゃないですか」

「いや、だからこれは物語であって――」

「じつにつまらない物語です。ここでは、つまらない物語はすぐに排除すべきだと、そう言ったのは、たしかあなたです」

ロイドが口を閉ざした。その静寂に応《こた》えるかのように、蠟燭の灯に照らされたテーブル席から調弦するヴァイオリンの音が聞こえてきた。

ややあって、おもむろにクァルテットの演奏が始まる。

それはギーの頭の中にだけ響く合奏で、実際にはギーが第一ヴァイオリンのパートを一人で弾いているに過ぎない。

やっぱりそうなのか

三人がタテガミの部屋で顔を合わせたのはロイドの臨時招集から三日後のこと。火曜日。マルスの曜日。赤い星が夜空に際だつ冷たい夜に、カジバを案じた三人が、ロイドには未報告で会合を持った。念のため、三人の名をいま一度ここに並べたい。ジョーカーを囲むトランプの絵カードを並べてゆくみたいに。

ニシムク。

タトイ。

タテガミ。

示しあわせたように彼らは素っ気ない服を着ていた。ひとつの目的を共有する小編成のチームにはよくあることで、言葉づかいに始まり、髪型、身なり、歩き方、食べ物の嗜好《しこう》、それに仕事に対峙《たいじ》する顔つきまで、いずれも時を重ねるごとに似かよってくる。血のつながり以上の類似をしばしば苦笑して確認する。特にこの三人は体つきまでよく似て、声も喋《しゃべ》り方もそっくりである。強いて言えば、ニシムクは賢く、タトイは生真面目で、タテガミは頑固だ。ただし、これをシャッフルしても、それはそれで納得できる。だから、彼らの会話は、誰が何を言ったとか、誰が誰に反発した、というようなスタイルをとらない。

「ロイドは今日の集まりに気付いてないのか」「気付いてるかもしれない」「でも、気付かないふりをしてる」「会合を持つときは必ず報告しろと言っていた」「だけどルールを破る手本を見せてくれたのがロイドだ」「ルールなんて丸めて捨てろと」「あの痩《や》せ細った指」「頬の傷をなぞりながら」「大丈夫か、こんな陰口をたたいて」「我々にも尾行が付いているのか」「僕は付いているつもりで何度も道を変えて来た」「その方がかえって疑われるよ」

タテガミの部屋は三階にあった。どういう事情によるのか常に廊下が水浸しで、いつでも雨が降っているような古アパートの三階である。一階は浸水がひどくて住人がいない。雨でもないのに水が滴り、雨滴の音が絶えないのだ。

「七不思議のひとつだよ、あれは」

アパートの水道管を調査した水道局員が、仕事を終えた夜の食卓で妻に語った。

「まったく訳が分からん。ぱっと見は雨漏りなんだが、よくあることで、屋上に敷きつめたコンクリートが腐敗する。隙間からはいり込んだ雨水が天井裏に集積し、あるとき決壊する。天井にあいたわずかな穴や埋め込み式のエアコンを介して水滴が落ちてくる。症状としてはそれによく似てる。だけど、屋上にのぼってみたら、そこは鳥の巣窟《そうくつ》になっていて調べようがなかった。けれど、あれはじつに大した屋上だ。おそらく、鳥どもが運んできたんだろうが、まるでちょっとした森だった。動物園の廃墟《はいきょ》と植物園に挟まれた区域だから運んでくる植物が豊富にあるんだろう。それにしても働き者の鳥だ。あの調子でいけば、あそこはいずれ屋上庭園になる。いや、そんなことはともかく、その問題の天井裏だ。最上階にあたる五階の天板を外して点検したが、どう見ても何の不具合もない。というか、まったく水の気配がない。ここが妙なところだ。漏水の量は階をおりるごとに増えている。となると配管の亀裂が疑われるが、これも要所要所を見た限り何の問題もない。水は正常に流れ、強制的に断水しても滴る水の量に変わりはない。長年の経験で分かる。あれは亀裂で洩《も》れた水じゃない。何かもっと深いところから染み出てくる水だ」

水道局員は食事を終えるまで休みなく語りつづけた。が、妻はそれをほとんど聞いていない。妻はといえば、その日、外出先のショウ・ウインドウに見つけた緑色の鞄《かばん》について考えていた。あの鞄がいまの自分にとってどのくらい必要なものか。あるいはまったく必要ないのか。いや、必要不必要ではなく、水道局員の妻である自分に、あの緑色のバッグがどう調和するのか。あるいは、調和しないのか。ワードローブの服を順に頭の中に並べ、服とバッグのバランスをひとつひとつ検討しては○×を付けてゆく。それが第一次審査。残るは金銭的な問題である。

ショウ・ウインドウに掲示されていた値段は水道局員の妻にとっては天文学的な数字だ。分割払いは当然としても、はたしてそこまでのリスクを背負ってでも買うに値するバッグなのか。もう一度、気持ちを白紙に戻して考えなおす。あの緑色のバッグを手にして街を歩くとき、自分は一体どれほどの幸福感を得るのか。もしかして、それは他愛《たあい》ない優越感に過ぎないのか。それとも本当に幸福な気分なのか。

機能性の不備などこの際大した問題ではない。出合い頭でピンと来るものがあり、それはおそらく君のものになる、と神が囁《ささや》く一瞬があった。でも、それは本当にそうなのか、信じていいのか。あらゆる角度から眺めなおし、どこかにもっと確実にして正当な理由はないものか、とにかく考えられる限りのことを並べてみる。食器を洗いながら考え、ゴミをまとめ、猫のトイレの掃除をし、シャワーを浴び、眉《まゆ》を整えたり爪を磨いたりしながら考える。その頃にはもう「正当な理由」の探索は天文学的な境地に及んでいる。

宇宙は広い。それは確かなこと。その広さを私はとても理解できそうにない。そんな宇宙の中の埃《ほこり》のような点の中のさらに小さな国のそのまた小さな街。そこで水道局員の夫が稼ぐささやかな給金による細々とした生活を送っているこの私が、緑色のショルダー・バッグを買ったとか買わないとかで、どれほど宇宙の運行に影響を及ぼすというのか。

水道局員の妻はベッドにもぐり込んで目を閉じ、宇宙空間に無重力で浮遊しながらその胸に緑色のバッグを抱えていた。

たとえ宇宙に一人きりで投げ出されたとしても、私はこのバッグを手放さない。それほど私はこのバッグが好き。他に何も要らない。宇宙と私と緑色のバッグ。この快い重力からの解放のためにも私はあのバッグが必要だ。いいえ、必要、不必要ではなく、ええと……。いいわ、明日またつづきを考えましょう。浮遊していたら眠くなってきた。いい夢を見られそう。

妻の背中の体温を自分の背中に感じながら、夫である水道局員の彼は水浸しのアパートの不思議を考えていた。

もし、あの屋上で暮らしたらどんなものだろう。限りなく空に近い生活。鳥たちとの共棲《きようせい》。その足もとには生涯をかけて謎を解くことになる永遠の漏水。やるべきことは沢山ある。昼夜に関わりなく生活と仕事の一体化を図る。うまくすれば、ギネス・ブックにも載る。自分が死んだあと、この怪現象およびその解明に一生を捧《ささ》げた自分のことを本に書く者が現れる。『水道局員ジョスと永遠に雨の降るアパート』とか。

その本が非常にいい本でロングセラーになる。語り継がれてゆく。ときどき思い出したように国営放送で特集が組まれ、屋上の鳥たちと語らう自分の写真が画面に大写しになる。女性ナレーターが自分の略歴を語り、ありし日の働く自分の姿が傷だらけのモノクロ・フィルムで流される。まさに伝説の男。だが、そうなるためにはすべきことが山ほどある。水道管の点検。天井裏の補修。水質の検査。一階の水の撤去。防水加工の検討。

――と、これほど深遠な問題を抱えたこのアパートは、仮に水の件を除いたとしても、一見してアパートには見え難い。工場か病院かあるいは刑務所か。はたして元はどのような施設だったのか。何であれ、どこか不穏な空気がそこかしこに消え残っていた。まずは「こんな所に住む者はいない」と誰もが敬遠する埒外《らちがい》の場所である。

が、そうした不安定な場に自分なりの居心地の良さを見つけ出すのがタテガミの趣味だった。幸か不幸か、彼は物心ついたときからそんなところにばかり暮らしてきた。

「ここは水で守られている」

タテガミは水浸しのアパートの居心地の良さを、不幸など知らないという顔で挙げつらねた。「滴る水は、こう見えてまったく冷たくない」「むしろ温かな熱帯雨林を思わせる」「ここには生命力がある」「都会に残された原始の島だ」

「たしかに」とニシムクとタトイも弱々しく同意した。その二人とて、決して居心地が良いとは言えない小さな部屋に寝起きしている。毛布並みに分厚いカーテンで昼間から外界を遮断し、薄暗く狭苦しいひと部屋を解凍の作業場に当ててきた。

「それにしてもだ」「ロイドは何も分かってない」「カジバはロイドが考えてるよりずっと大人だ」「決して馬鹿なことはしない」「だから心配することはない」「たしかに惚《ほ》れっぽいけど、安易な恋だってしない」「彼はいつでも困った人を助けたいだけだ」「それが恋と誤解される」「ロイドはそこらへんが分からない」「ロイドは恋なんてしたことないから」「ないのかな」「ないだろう」「その気はあってもヒマがないし」

話はなかなか核心に辿り着かない。では、焦点のぶれた三人の会話から少しばかり離れ、タテガミの部屋の分厚いカーテンを透過して窓外へ。外気に漂いながら窓を眺めれば、虫が群がるようにびっしりと水滴が貼りついている。その水の温度はあたたかい。夜のネオンが水滴のひとつひとつに宿り、よく見れば、赤やら青やらの人工灯に紛れ、晴れた夜空から降りそそぐ月の光が宿っている。

いま、その月光の宿る水滴より飛び立つのは、一匹の名も知らぬ虫。これは比喩《ひゆ》ではなく。水分を補給して飛行も快適な羽虫は、しかし哀れにも己の名を語ることが出来ない。語るべき言葉を持ちあわせていないから。世に虫の数はどれほどあるのか。それにしては、虫の名を覚える前にあの世へ昇天する者の多いこと。虫の名と花の名と。覚えず天に召された者はあの世で大いに恥をかけばいい。

名無しの虫はひとまず三階の高さを保って空をゆく。ひたすら水平に目的地もなく。それなら、ここはひとつタテガミの部屋の窓からカジバのアパートまで虫のひとっ飛び。三階の高さのまま。偶然か血を越えた類似か、カジバの部屋もちょうど三階にある。そこまでひとっ飛びだ。

雲はちぎれて淡い霞《かす》みとなって空を覆っている。街の俯瞰《ふかん》を虫の目で見おろせば、その束の間の空中遊覧は丸ごと街をスパイする心地。街ゆく人々の声も三階の高みまでかろうじて届く。声の主の目印となる黒い頭と茶色の頭と金色の頭。それらが入れ替わり立ち替わり動いてゆく。あるいは色とりどりの帽子。ねじれたマフラーと両手に抱えた荷物。マーケットの紙袋。傘をステッキがわりに静々とゆく者。立ちどまってこちらを見上げる老人。うつむいて寄り添う男女。カートの中の太った赤児。つながれて歩く犬。もっと自由に歩きたいと願う犬。嫌々歩かされている犬。主人の用が済むのを店の前で待つ犬。

路面にはカミソリで削いだような夥《おびただ》しい数のタイヤのあと。舗道には自転車の。車道の端にはスクーターの。車道には大中小いくつもの。そのでたらめな軌跡を空中から見おろすのはなかなか見応《みごた》えがある。絵のようで。文字のようで。

しかし、それ以上に目を引かれるのは無数の街灯とネオンの展覧。発光して点滅するアルファベットの文字列が左から右へ。上から下へ。回転して踊り、花火に似せて散り広がる。ネオンに照らされた人々の目にも水滴のように赤やら青やらが宿る。

虫は自分の羽が唸《うな》る音をじっと聞く。そろそろ水平の飛行にも飽きた。三階から三階への期待に反して昇天しない程度に上昇を試みる。

もし、虫に思考と言語が与えられたら、彼あるいは彼女はここでこう思う。自分は点だ。空の中のほんのひとつの。誰も気付かないが、自分はいまここでこうして飛行し、この目には街の中心地のあらかたが映り込んでいる。凄《すさ》まじい風圧と煽《あお》られるような熱と間近に迫ったネオンのまぶしさ。どこへ行くあてもなく、行く必要もなく、極小の点としてただひとつ空に在る。この思いを誰かに伝えたい。誰も自分に気付いていないが、自分のこの目には街のあらゆるものが映っている。出来れば、この美しく猥雑《わいざつ》な混沌《こんとん》を伝えたい。

しかし、空中には住所がない。このビルの尖塔《せんとう》を回り込んだこの角度。このポイントから眺めおろす街の惚れ惚れするような構図。地上近くに〈あぶく銭両替所〉の看板が見え、路面にこぼれた光の中を黒いシルエットが次から次へと動く。そこから奥へつづくビル裏の路地は、狭くて車も入り込めない。ビルの二階や三階からバーのネオンサインが折り重なって飛び出ている。その眺めが好きだ。俺が俺がとひしめきあい、店の名を主張しあって思いつく限りの言葉が溢《あふ》れ返っている。言葉の数だけバーがある。バーの数だけカウンターがある。そこで酒を口に運ぶ疲れた男や女がいる。バーの名を列挙してみよう。

〈慕情〉〈襟首〉〈レトルト〉〈面汚し〉〈鱗粉《りんぷん》〉〈涙声〉〈少数者〉〈宙ぶらりん〉〈水平チョップ〉〈伊達《だて》眼鏡〉〈双頭〉〈二車線〉〈息の根〉〈マシンガン〉〈祈禱者《きとうしゃ》〉〈目つぶし〉〈狂犬〉〈板挟み〉〈逆鱗《げきりん》〉〈電気椅子〉――等々。

アルファベットの形に切り抜かれた発光体が宙に浮き出ている。〈宙ぶらりん〉とは、一体どんなバーなのかと虫は考える。数ある言葉の中から他でもない〈宙ぶらりん〉を選び、「この店は良さそうだ」と酒場の小さなドアを押す客がいる。おそらくどれも同じような店に違いない。なのに、それでも〈宙ぶらりん〉にその客が魅《ひ》かれるのはなぜか。もちろんこれは〈宙ぶらりん〉に限らない。なぜ〈目つぶし〉なのか。なぜ〈涙声〉なのか。なぜ〈電気椅子〉なのか。人の思いは虫の理解を超える。街往く人はこの情景を知らない。

もどかしい思いで再び上昇する虫の目に、街の屋根という屋根が映り、やがて、飛ぶというよりも流され始め、それ以上の上昇を断念せざるを得ない。虫は空の重さに押さえつけられるように下降する。三階の高さへ。三階のカジバの窓からもれる部屋の灯を浴び、バーの男たちのように疲れて湿り気を帯びる。感度の鈍った触角を震わせながら、ようやく辿《たど》り着いたのは三階の窓。窓枠にしがみついて体を休める。虫は動かぬ点となって次の飛行に備える。

窓の中にはやはり分厚いカーテンが。カーテンの内側の室内では時計の音。今宵は隣人のラジオから流れる騒音も聞こえない。いや、今夜に限らず、隣人の彼はこのところ夜になって外出する。カジバの鋭い耳は隣人の動向を正確につかんでいる。さすがにどこへ出かけているのかは分からないが、仕事から戻ったばかりで足どり軽く出向く所などたかが知れている。

自分もまた同じ身だが——とカジバはつぶれた薬罐《やかん》で湯を沸かしながら思う。湯気があふれて吐く息も白く、彼の部屋は思いのほか冷えている。彼は足もとの小型電気ストーヴひとつで暖をとり、部屋の空気が冷気を保つよう心がけている。ひとつは〈ジュレ〉の鮮度を落とさないため。もうひとつは彼自身の意識を律するため。

解凍士は冷気に脅威と敬意を感じている。蜜蠟商《みつろうしょう》に高価な蜜封をオーダーしなくても、冷気が律し、冷気が保ち、冷気が遊離や崩壊を守る。否。蜜封などより正確に保持する力が冷気にはある。その筆頭が〈声〉の保管だ。

声は凍りつき、そして解凍される。あるいは、言葉は凍りつき、そして解凍される。

その凍結の仕組みを正しく理解するには、いましばらくの研究を要する。が、積み重ねの中で確証されたことのひとつは、解凍された言葉がいずれも独り言の類《たぐい》であったこと。「馬鹿げてる」「あ、そうか。パンが残ってるか」「知らないよ、もう」「アスピリンを二錠、アスピリンを二錠」「ああ、いやになる」「間に合わないよ、もう」

それらの言葉は、いずれも誰の耳にも受けとめられず、行き場を失って凍結したものだ。研究の当初は、なぜ凍る言葉と凍らない言葉があるのか判然としなかったが、再生された声のほとんどがつぶやきであったり、あるいは鼻歌であったり、もしくは聞くに堪えないひどい罵《ののし》りであったりしたことから、それらがどれも、いわゆる独り言ではないかと、あるとき解明された。

凍った言葉〈パロール・ジュレ〉は、その多くが路上で収集される。路上を探査する解凍士には腹を空かせた野良犬が宿敵になり、うっかりしていると犬に先を越されて貴重なジュレを食われる。それはそれでなかなか愉《たの》しい。犬の腹の中でジュレが解けると、「馬鹿馬鹿しい」だの「こんちくしょう」だのと犬がつぶやいたように聞こえる。

もちろん言うまでもなくそれは犬の声ではない。それはその路地でかつてつぶやきをもらした誰かの声だ。その声が瞬時に凍りついて形を成した。形を成したものは犬の腹の中へ収まり、犬の体温に解けて声に還《かえ》される。

　解凍士はそうした凍りついた言葉を——犬と競いながら——ひそかに路上で採集し、研究室兼作業場に持ち帰って、ひとつひとつ丹念に解凍してきた。研究室といっても、この仕事は世に知られないよう維持されてきたので、なるべく大がかりなことは避け、解凍士四人のそれぞれのアパートの一室がそれに当てられている。

　当然、解凍にはそれなりのコツが必要だ。〈パロール・ジュレ〉の解凍作業は曇ったレンズを磨くことに似て、研磨の技術に限らず、仕事をするときの心の持ちようが厳しく求められる。カジバが自らを冷気で律するのもそうした理由からに外ならず、この点に注意を払わないと、解けた声が耳に届かなくなる。

　冷気に守られて正しく磨きあげたジュレは、真新しいレンズのように澄みわたり、その静けさの中から解けた言葉が声になって甦《よみがえ》る。その多くは「声」というよりむしろ「囁き」に近い。でなければ「つぶやき」か、あるいは声にならないため息だけということもある。

　彼らの解凍作業は〈環状鉄道〉の終電がすっかり車庫に収まり、街の雑音が途絶えたのを見はからって行われる。収集したジュレが携帯冷凍庫から取り出されると、まずは不純物がピンセットで取り除かれ、それからなめし革で時間をかけて丹念に磨きあげられる。ジュレの形状はコインに近い。解凍士は常に特殊な薄いなめし革の手袋を装着し、なめし革を敷いた台座の上で速やかに磨いてゆく。磨く段階で凍結を解いてしまわないよう、ジュレを硬い水晶のかけらのような状態に保つべく慎重に取り扱う。

そして、解凍。

ガラスのシャーレに移し、三十七度二分——人が微熱と呼ぶ温度にあたためられた湯を、鶴の首のような注ぎ口をもった琺瑯《ほうろう》のポットでジュレに注ぐ。注がれる湯が宙で細い軌跡を描くのを睨《にら》み、眠気を覚えるくらいゆっくり時間をかけて、すべてを微熱的に進める。熱くも冷たくもなく、わずかなほてりだけで手のひらに包み込んで温めるように。

すると、手の中でジュレの結晶が緩む。尖《とが》ったところが消えて蒸気に化ける。すぐにも空気に溶け込もうとするその湯気を、手袋を外した両手で宙に集める。他人が見たら何をしているのかと訝《いぶか》るような仕草を繰り返す。目を閉じる。ただし、これはちょっとした儀式のようなものだ。そんなことをしなくても蒸気は自《おの》ずと寄り集まって声に戻される。

解凍は一瞬のこと。その言葉が実際に声となって吐き出されたときと同じように、

「やっぱりそうなのか」

と、そのまま甦る。多くは聞きとれないくらいの小さな声で。

解凍された声は一度きりしか再生されないので、作業の間は常に集音器がジュレに向けられている。一瞬の声たりとも逃さず録音してデータ化される。そのジュレがいつどこで発見されたのか、担当した解凍士は誰であったか、クレジットを付して次々事務的に保管されてゆく。

妙な思い入れは禁物である。すべては事務的に処理されるのが望ましい。たとえば、それがフラジャイルなロイドの期待に応える犯罪の香りがするものであれば、場合によってはそれこそ蜜封レベルの封印が施されることもある。

が、多くは事務的に保管されたものが週に一度の定期ミーティングに持ち込まれる。四人の解凍士がそれぞれ解凍した言葉を報告しあって意見を交換する。もっとも、犯罪の気配はロイドを交えたミーティングの席――すなわち鳥料理屋〈砂のテーブル〉の円卓で嗅《か》ぎ分けられることもある。それゆえ、事務的に処理されたものも充分に検討しなくてはならない。

なぜその言葉が凍りついたのか、どうしてそのひとりごとを口にしたのか、声の持ち主の背景を読み、ロイドが言うところの「物語」を円卓の上に作りあげてゆく。ロイドはそこで「推理」という言葉を決して使わない。解凍士の誰かがその言葉を口にすると、すかさず「物語」と言い直す。「これは物語に過ぎない」と念を押す。あたかもロイドにとっては「推理」という言葉が神聖なものであるかのように。

しかしそれは誤解である。事実はまるで逆だ。ロイドは純粋に推理より物語を求めている。「物語に過ぎない」と解凍士たちに油断を与え、油断が生む何の変哲もない物語や常識はずれの物語を求めている。そこに、ロイドには思いもよらない推理の根が隠されている。

そうした思惑が裏打ちされているが、ロイドを除く四人の解凍士にしてみれば、ミーティングは円卓を囲むゲームに等しい。

たとえば、いまここに解凍されたばかりの声がある。円卓の上で録音されたデータを再生してみると、声は、

「これが最後のコーンビーフ」

と、つぶやいた。女性の声で。

円卓を囲んだ四人の解凍士は、しばらく考えてから思い思いに感想を述べる。

「妙に落ち着いた声だ」「最後だというのに」「これが、というのがおそらく鍵《かぎ》だ」「これが、とあえて言ってるんだから」「これまでがあったということになる」「いくつかのコーンビーフがあって」「いくつも、ではなく？」「そう。このニュアンスは、いくつか、だ」「いくつかあったけれど」「これが最後で」「最後と言っているわりには声が絶望的じゃない」「といって、さっぱりした風でもないし」「ごく普通に」「最後の、と」「なんとなく大切に食べてきた感じがする」「そう。大切に食べてきた。冷静に」「それは努めて冷静に？」「そう。努めて冷静にだ」「一人で」「一人でね。静かに」「静かに一人で食べてきた」「ひとつまたひとつと」「カレンダーに印をつけるように」「つけてたね」「間違いない」「印をつけるほど、数があったわけだ」「十は超えているだろう」「では一ダースか」「おそらくそう」「自分で買ったんだろうか」「それは違う」「この言い方にはどことなくコーンビーフとの間に距離がある」「では、距離が短いときはどんな風に言う？」「これで最後、とただそれだけ」「わざわざ、コーンビーフとはつけ加えない」「そう。わざわざ言わない。そういうときは、たいてい省略する」「それをあえて冷静に言っているところに」「距離を感じる」「それにしても、これで最後、というセリフは本当によく解凍されるけど」「大抵は男の声だ」「それがまた、全然、最後という感じがしなくて」「実際、最後なんかじゃない」「同じ男の声で二日続けて解凍したことがある」「あれは口癖みたいなものだ」「これで最後、これで最後って」「でも、この女性はあきらかに違う」「決意が感じられる」「というか、本当にこれで最後なんだろう」「ということは事実を述べているわけだ」「冷静に」「これが最後と」「その事実を受け入れようとしている感じがする」「自分で買ったのではないとすれば」「誰かに貰《もら》ったんだろう」「それが誰であるか」「そこだ」「恋人か」「まさか。恋人がコーンビーフなんて」「では肉親か」「母親か」「父親だろう」「父親だ」「母親ならもう少し気の利いたものを」「一ダースというのがいかにも父親らしい」「両親と離れて暮らしてるわけだ」「〈離別〉の影響か」「となると、密輸されたコーンビーフという線もある」

そこで、円卓から少し離れたところに座っていたフラジャイルなロイドの眉が開かれる。

「参考までに。君たちは解凍に忙しくて知らないだろうが、いまキノフではコーンビーフが容易に手に入らない。もしあるとすれば、よほど古いものか、でなければ密輸品だ」

——と、こうした具合に。

しかし、これはたとえばの話である。ここでもう一度、ロイドの言葉を繰り返せば、これは物語に過ぎない。密輸品の横行は特別珍しくもなく、こうして炙《あぶ》り出された「物語」が現実の捜査に発展することは滅多にない。彼らはほんのひととき「物語」に遊び、それからまた別の声を円卓に載せる。きわめて事務的な様子で次の「物語」にとりかかる。

そういうものが、あるとしての話です

幾重にも塗り込められた濃紺の宇宙空間を、切り裂くような軌跡を描いてひとりの男が落ちてゆく。まっさかさまに。

彼の名はキャプテン・プロフェッサー。

物語の中では宇宙を自在に駆けめぐる謎のサイボーグにして大学教授。物語の外でも絶大な人気を誇り、宇宙のみならず〈離別〉による境界線が引かれた小国群を、パルプ・マガジンの鼻につく香りとともに縦横に渡り歩く男。その絶対的ヒーローが、いま宇宙を落ちてゆく。

否。それがいわゆる宇宙空間であるのかどうかはきわめて疑わしい。そもそも宇宙空間に落下などあるものか――鍵屋《かぎや》のアトウはそう思う。

しかし、間違いなくそう書いてある。そう書いてあるからにはそうなのだろう。余計な詮索《せんさく》をしてはならない。それが、冒険活劇小説『キャプテン・プロフェッサー』を愉《たの》しむコツだ。そんなことはアトウも重々分かっている。アトウは余計なことを考えない主義だ。何より相手はパルプ・マガジンなのだし、いちいち真面目くさって考え込んでも無駄だ。

にもかかわらず、どうしたことかアトウはさっきから何度も同じところを繰り返し読んでいる。いっこうに前へ進まない。自分が繰り返し読んでいるのか、それともこの小説には同じシーンが何度も描かれているのか。なんとなくそんな気もしてきた。そんな気になってくる自分にも覚えがある。先月も同じことを考えたように思うのは気のせいか。

アトウは傷だらけのテーブルを眺め、テーブルの上に置かれたエッグ・ボールに薄い唇をつけた。頭《かぶり》を振ってもういちど同じところを読み直す。

我らがキャプテンが、広大な闇の中を微小な礫《つぶて》となって落ちてゆく場面——。

アトウは頭を振る。自分の記憶が正常に機能しているかどうか自信がなくなってくる。たしか、前回もキャプテンは宇宙空間を果てしなく落ちていった。というより、前回は全編が落ちてゆくキャプテンの独白で終始していた。なぜ落ちてゆくのか、その説明もないまま。ただひたすらキャプテンは落ちた。読んでいるこちらが不安になってくるほど。

が、「落ちてゆく」と書かれている以上、いずれどこかに着水なり着陸なりをして次の展開があるに違いない。そう期待して読んだ。ところが、いっこうにその気配はない。前回は遂《つい》に落ちながら〈つづく〉となり、今回はつまりそのつづきだ。つづきなのだから、当然、引きつづき「落ちてゆく」キャプテンが描かれる。そこのところは何も間違っていない。

しかし、あまりに長くないか。そこに、どれほど時間が流れているのか知らないが——。アトウには宇宙に流れる時間のあり方など見当もつかない。それにしてもだ。前回に引きつづき、キャプテンは落ちながら自分の置かれた状況を検討している。検討は思考から思想にまで転じる。それが果てしなくつづく。これはキャプテンが単なるスペース・オペラのヒーローではなく、大学教授というもうひとつの顔を持つことから生じたある種のリアリティだ。しかし、もし、今回もこのまま落ちてゆく途中で〈つづく〉となったら、冒険活劇の看板に傷がつきはしないか。

いや、宇宙をまっさかさまに落ちてゆくことはもちろん冒険だ。活劇であるかどうかはともかく、それが冒険である以上、アトゥは『キャプテン』の先行きを追わずにいられない。というか、いずれにしても他にすることがない。他にすることもなくて鍵屋などを開いてみたが、これがいっこうに客が来ない。それで店をそのままにしてコーヒー・バーに来ているわけだが、留守番を雇う余裕がない。だから、店の入口に鍵をかけなくてはならない。ところが、その鍵をなくしてしまった。正確に言うと、店の中にあまりに鍵があふれているので、どれが店の鍵なのか分からなくなった。

というわけで、鍵屋のアトゥは自分の鍵屋に鍵をかけずに欠伸《あくび》をしながらヒマをつぶしていた。店の空気がほとんど自分の欠伸で汚染されているのではないかと思う。思いつつ、さらに欠伸をしかけたところへ一人の男が店にはいってきた。

時代遅れのボタンダウン・シャツ。ノー・ネクタイ。神経質に磨かれた革靴。本人としては刑事の匂いを極力消しているつもりだろうが、店に入って来るなり、アトゥは男が刑事であると見抜いた。公然と許可されているにもかかわらず、素早くパルプ・マガジンの頁を閉じ、ほとんど反射的に姿勢を正して椅子に座り直した。

が、刑事は居ずまいを正した男に目もくれない——ように見えた。。足音を消して店の奥を目指し、奥の席で彼を待っていた男が着ているシャツを忌《い》ま忌《い》ましげに眺めた。

待っていた男は、あの〈蜜月〉のフロント・マンである。

「その後、例の男はどんな様子だ」

椅子に座るなりロイドが急《せ》き立てた。地図シャツ男はあわてて喉《のど》から空気を漏らす。

「それが……ヒュ……昨日から……ヒ……姿が見えず……」

「感づいたか」

「私に……ヒ……ですか」

「いや、我々にだ」

ロイドは息をついて長い指を組み、注文をとりに来た男に「炭酸水」と告げて口もとを歪《ゆが》ませた。「写真師は何と言ってる？」

「あの男は……ヒ……あれは食わせ者です」

ロイドは片方の眉《まゆ》を吊《つ》りあげ、こうした連中の誰もが気まぐれな協力者でしかないことは承知の上じゃないかと自分に言い聞かせた。諜報員《ちょうほういん》の活動を抑え込むのがロイドの仕事のひとつだが、敵を追いつめるためにはロイドもまた諜報員まがいの連中を抱き込まなければ相手に追いつけない。諜報員は追う者であると同時に追われる者だ。その論でゆけば、ロイドもまた追われる者でしかない。

＊

そのころ十一番目のフィッシュは〈蜜月〉から逃れて別の宿にあり、脳内ノートを拾い読みしながら報告書の準備をしていた。

報告書は通常の電信ではリスクが大きすぎるため、ガードを何重にも設定した共鳴板ツールを使用する。古典的な遠隔電信カーボンに鑞筆《ろうひつ》で書く。このシステムの優れたところは電網による通信と同等のスピードを確保しながら文字データそのもののやりとりをしないところにある。鑞筆の筆跡のみを送信し、本部に設けられた受信カーボンが筆跡から割り出したハンド・ライティングを忠実に再現する。欠点は書き直しがきかないこと。そのため、つい事務的な筆致に流れがちになってしまう。こうした通信はフィッシュのみならず、あらゆる系統の諜報員が利用している。いずれも無愛想で記号的な報告になり、送り手も受け手もいまひとつ甲斐《かい》がない。

この点において、フィッシュは書物と関係深いこともあり、独自の情報収集能力に加えて報告には出来る限り時間を費やすよう指導を受けてきた。

——報告は読み物としての首尾を整えよ。

特に今回のような「言葉」にまつわる情報収集であればなおのこと。

鑞筆を磨いて先を尖《とが》らせ、十一番目のフィッシュは共鳴板のスイッチをONにした。それから「核心への到達は近い」と書き起こす。それが彼のいつものスタイルである。たとえ、到達が遠くてもまずは「近い」と書く。

核心への到達は近いと思われる。導いたのはひとりの女性だ。彼女は首筋に五色のほくろを持つ。三代にわたる女主人のいずれの首筋にも芽生え、彼女たちが営んできた〈五色〉なる屋号に通じている。店はキノフの環状線西駅からさらに西へ。六丁目の高級食品市場に近い。〈五色〉が〈指貫屋〉の隠れ蓑《みの》になっていることは任意に捕らえたタクシー運転手から聞き出した。この街の治安を担う連中がどれほどの手腕を持っているか知らないが、おそらく〈五色〉が〈指貫屋〉であることは彼らも認識しているだろう。知ってはいるが知らぬふりをし、通過してゆく他所者《よそもの》を彼らなりの物差しで仕分けている。それこそ五色にでも色分けし、危険度の高い人物については尾行を付けて監視している。その尾行にも優劣がある。たとえば、私に付けられた尾行はあきらかにBクラスで、しばしば私を見失う。現にいまも私が宿を変えたことを知らない。私は彼を見失っていないのだが。

こうした背景の前に無防備に現れたのがひとりのジョーカーである。彼の名はカジバという。彼こそ、パロール・ジュレに関わる人物ではないかと睨《にら》んでいる。現段階ではすべて憶測だが、私はすでにパロール・ジュレなるものがどのような形状であるか移動写真師と呼ばれる男に示された。この男は食わせ者である。おそらく私の正体を見抜いている。最初は気付かなかったが、カジバの写真を見せられたあたりから言動が不可解になった。この男に治安部が目を付けぬはずがない。まずは何らかの特命を託されている。彼は私に水晶の義眼にまつわる話をした。仮にその話が事実だとしても、義眼と見誤って拾い集めた冷たいコイン状の「かけら」が、彼の話したとおりのものかどうかは疑わしい。もしかすると、彼は私に貸しをつくろうとしてでたらめなエピソードをでっちあげたのかもしれない。

そのうえで彼は私にジョーカー＝カジバの写真を示した。何度目かの尾行でカジバが〈五色〉の店先で蹲るのを目撃したとき、その手に握られていたのが同じ「かけら」だった。それを、彼が当たり前のように持ち去った様子に、私はやはり彼がジュレを扱う〈解凍士〉ではないかと目した。写真師による有力な手がかりがあったにしても、彼の行動はどことなく妙だ。が、残念ながら、いまのところこれ以上の展開は見られない。仮に彼が〈解凍士〉であったとしても、尾行にあれほど敏感であると、こちらとしても通常の作業進行では命とりになるというより、そちらから指摘を受ける前にあらかじめ付け加えると、すべてがあまりにうまく流れ過ぎている。こうした事柄は私を落とし穴に誘い込むための罠の可能性が高い。疑いの目で眺め直せば、私は写真師の目論見にからめとられ、追っているつもりが追われる身となり、こうして宿を変える必要さえ感じている。

もうひとつ付け加えると、今朝早くに〈五色〉の女主人が国境を越えて逃亡した。一応、そういうことになっている。少なくとも新聞はそう伝えている。が、この数日のあいだに〈五色〉の周辺で多くの怪しげな者が動いた。いくつもの耳と口を経た噂話をまとめると、女主人にはかねてより街を出て行く計画があったという。密入国者たちの面倒をみることに疲れたか、裏口から受けとっていた金の汚さに罪の意識が高まったか。あるいは、その美貌に惚れ込んだ裏事情を知る者が手引きして逃亡を促したのか。

いずれも憶測の域を出ない。そしてこの件は私の任務に直接関係ない。そういえば、私も密入国者の一人だが、私にはあのような美しい女性とめぐりあう機会が与えられなかった。もし、機会があれば私も「彼女」をこの街から連れ出す計画を練り、この馬鹿げた世界から逃亡する道を選んだかもしれない。これは比喩《ひゆ》ではなく冗談だが。

*

さて――。

いま再びロイドが刑事の風情を消しながらひっそり現れたのは、アトウの通うあのコーヒー・バーである。閉店に近く、アトウの姿もなければ、地図シャツの男の息の音もない。そのかわりにカジバがロイドを待ち、カジバがロイドを呼んだのか、ロイドがカジバを呼んだのか、どちらであれ、いまここでこの二人が馬鹿げた世界からひととき離れてお互いの思いを伝える必要があった。ロイドが席につくなり炭酸水を注文して首を横に振ると、カジバも同じように首を横に振った。

「いま」とロイドは言いかけて、しばらく考えてから言葉を継いだ。「いま、君が何を考えているのか私は知らない。だが、おそらく君の憶測は誤った道筋を辿っている。私は決してこのような結末を望んでいなかった」

「そうですか」

「君はいったい彼女のどんな言葉を解凍した？　そうなんだろう？　君はたまたま彼女の声を解凍して彼女の秘密に触れてしまったんじゃないか」

「秘密とは何です？　何を指してあなたは秘密と言うんです？　僕は解凍士です。僕に解凍できるのは言葉だけで、言葉の向こうにある秘密までは解凍できません。それはあなたの仕事でしょう。解凍された言葉は――」

「何と言ったんだ？」

「『帰りましょう』と。それだけです」

「それで彼女は帰ったわけか――」

「そうでしょうか。あなたの憶測こそ誤った道筋を辿っています。僕はあの店が密入国者の窓口になっていることを前から知っていました。それをあなたたちが見て見ぬふりをして利用していることも。でも、それ以上のことは知りません。知りたいとも思いません」

「結局のところ、我々は憶測でしか語りあえないということか」

「あなたがそう思うのなら、そうなんでしょう」

「君はまるで私がすべてを知り尽くしているかのように言うが、私にだって知らないことは山ほどある。だからこそ君たちの力を借りているんだし」

「すべてを知るためにでしょう？」

「いや――」

それから二人は次の言葉を思いつかず黙っていた。

「彼女は」とロイドがようやく沈黙を破った。「どこに帰りたかったんだろう」

「彼女に帰るところなんてありません。もしあるなら、もしかして僕は危ない橋を渡ったかもしれない。あなたの憶測どおり。でも、あの人に帰るところはない。それだけは確かです。それだけが、いま我々が知りうる唯一の事実です」

「事実か——」

「そういうものが、あるとしての話です」

沈黙の中、ロイドの手もとで炭酸水が小さな音をたててはぜた。

トラッシュ、トラッシュ、トラッシュ

さて、僕はいま何百回と通過してきた角を曲がろうとしている。角にはいつも立ち売りの花屋がいる。年老いた花屋のストウ氏は僕の顔を見るなり、「おう」とかさついた声を投げてくる。

「また買い物か。いじらしいなニシムク。一人暮らしのニシムク。寂しい男ニシムク」

それが決まり文句だ。僕は考えごとのふりをして取りあわない。手をひらひらさせて簡単に合図を送り、花の方は見ないで通過する。毎日毎晩。昨日を今日に写しとったように。

僕は花の名前を知らない。花を買うこともない。ときどき、値札を見てあまりの高さに仰天する。だから花には近づかない。いずれにしても僕の買うものじゃない。

僕は腕時計を見る。

時計が三本の針で足りているのはなんとも不可解だ。複雑怪奇な時間という化け物を、あの頼りない三本の針が伝えているのが僕には信じられない。

僕の体の中には訳の分からない時間と声が詰まっている。〈砂のテーブル〉の円卓に現れるジューシーな丸焼き料理のように。僕にナイフを突き立て、薄皮一枚むいてしまえば、僕の体から時間の肉汁が血だらけになって迸《ほとばし》る。僕は時間に毒されている。惑わされている。奪われている。僕だけじゃない、おそらく解凍士の誰もが時間の捉《とら》え難さに悩まされている。

ところで、僕は解凍士が僕ら四人の他にも存在するのではないかと疑っている。

――君たちはすべてを超越して選ばれた四人である。

ロイドは例によってそんな言い方をするが、あの二枚も三枚も舌があるような辣腕《らつわん》刑事は、同じセリフを僕らとは別の四人に同じ口調で告げているんじゃないか。彼ならやりかねない。彼はあえてそうした疑念を僕らに抱かせるために振る舞っているように見える。それこそロイドらしい。彼は安寧や常識を嫌う。不安や緊張を常に強いる。彼は彼自身にすら疑いを抱く。それゆえ、自問のつぶやきを絶やさず、頭の中を自らの声で充《み》たしつづけている。

それが僕にも伝染した。僕はいつでも自分の声を耳の奥に聞いている。自分の行動を逐一実況中継し、自分の声に動かされている。たとえば、夕食の買い物に出て街を歩きながら、

――午後六時三十分。僕はいつものようにうつむいて歩く。

自分に向けて自分を実況している。ときに、この実況は起きたことを瞬時に伝えるだけでは飽き足らず、行動より先に実況が先行する。実況が行動を追い抜き、行動の方が遅れて来る。時間の複雑さが立ちあがる。でも、不思議ではない。むしろ当たり前ではないか。頭が考えなければ手足は動かない。頭と手足のあいだに声があり、行動より一瞬だけ早く実況は始められる。

――午後六時三十二分。僕はさらにうつむいて歩く。

それとなく舗道を点検し、〈ニゼンの万能百貨店〉までいつもの道のりを足早に歩く。舗道には無数のゴミが散らばっている。そのゴミを「トラッシュ」と僕らは呼ぶ。

トラッシュ、トラッシュ、トラッシュ。

トラッシュばかりが舗道を埋め尽くしている。トラッシュのほとんどは常連だ。常連のチラシ。常連の吸い殻。常連の簡易ライター。常連のティッシュ・ペーパー。常連の半券。常連のチューインガム。常連のナンダカヨクワカラナイモノ。押しつぶされ、粉々に砕けて原形を失った赤やら青やら白やら黒やら。まさにトラッシュとしか呼びようのないもの。

僕はほとほとウンザリする。ウンザリして、またうつむいて歩く。あと二年もすれば、僕の背骨は老人のようにひん曲がる。動かなくなる。ときどき首筋と背中へ三日月形に痛みが走る。職業病だ。三日月形の職業病。病因はうつむいて歩くこと。

それだけではない。夜どおし窓辺で三日月の光を浴びながら作業に勤《いそ》しむ。三日月形の日焼けならぬ月焼けにやられる。微弱な月光による肌の損壊は日焼けのようなあからさまな色の変化を示さない。湯に浸すとヒリヒリくる。痛みが弓なりに走り、ヒリヒリはやがて鈍痛となって肉の内側から頭をもたげる。

これまで、騙《だま》し騙《だま》し僕はこの痛みとつきあってきた。うつむいて歩く以上、この先もこの痛みとつきあってゆくことになる。近い将来、僕は〈矯正士〉のもとへ通うだろう。〈矯正士〉は僕の背中をひととおり指で探り、「どんなお仕事ですか」と訊《き》く。彼は彼で指の骨が変形し、訊けば、やはり〈矯正士〉にも職業病はあるという。

「病を引き起こさない仕事など大した仕事ではないです」

まだ会ったこともない彼の声が耳の奥から聞こえる。この幻聴もまた職業病だ。

「人が仕事をつくったように仕事が人をつくるんです。精神的にも肉体的にも」

じつに〈矯正士〉らしい哲学だ。

「人の体をつくり変えてしまうような仕事こそ、全うすべき価値ある仕事です」

「どうでもいいけど、痛いんだ」背中を晒《さら》して俯《うつぶ》せで反論する。

「だから、私の仕事があるんです。安心して下さい。痛みを和らげてさしあげます」

治療のあいだ、彼はフーツラトスの『四重奏曲第二番』を流す。八楽章に分かれた長い曲で、LPレコード六枚分が費やされる。肩の治療にはちょうど六枚分の時間が必要で、彼はレコードのA面が終わると治療の手をとめてB面に変える。B面が終わると次の盤をとり出してC面をかける。C面が終われば――という具合に延々とL面まで、計十一回もレコードを裏返す。そのたびに消毒液で手を清めて、僕の体も裏返される。

彼は楽曲の調子にあわせて変形した指をこちらの体の窪《くぼ》みや平坦《へいたん》に這《は》わせる。音楽が盛り上がれば彼の手もリズミカルに躍動し、音楽が綱渡りのように弱音をなぞるときは、彼の指先も鳥の羽根のような柔らかなタッチに変わる――。

僕は舗道のトラッシュを点検しながら、いずれ我が身を矯正することになる彼と、彼をめぐる時間について探査する。

「それもまた仕事ですか」と誰かが僕に訊く。「それはちょっと違います」と僕は首を振る。

「それもまた、ではなく、それこそ僕の仕事です」

「彼と彼をめぐる時間を探査することが――」

「彼に限らず彼女であったり、時間だけじゃなく空間も」

レコードがG面に差しかかったあたりで僕は彼に同じことを告げる。彼は頷《うなず》いて、いくつかの芸術的職業を楽曲のリズムにあわせて並べてゆく。

「脚本家、小説家、画家。多いんです、背中の湾曲が。皆さん、背中を丸めて机や画布に向かうから」

「僕は芸術家ではありません」僕は早口で否定する。そう思わせておけばいいのに「違います」と本当のことを言ってしまう。余計な詮索《せんさく》のきっかけを与えかねないのに。

「ということは、精神科医か、あるいは犯罪に関わる――」

「違います」核心に近づく前に急いで否定する。「ゴミさらいですよ」と彼の想像力が妙なところに辿《たど》り着かないようごまかす。

「毎日、路上のゴミを拾っていたら背中が痛くなってきて。そうすると、こんなゴミを落として行ったのはどんなヤツなんだろうとおかしな想像が働いて――」

その説明はあながちでたらめでもない。解凍士がどんな仕事をしているのか子供に分かりやすく説明するなら、ほぼそんな感じだ。

「そうでしたか。それは大変な御苦労で。それこそ全うすべきお仕事です」

彼は短く頷く。その間も楽曲にあわせた手の動きは乱れない。僕は彼がその近未来の時間に於《お》いて三十六歳くらいではないかと推察する。父親の仕事を継いだわけではない。自分の意志で〈矯正士〉を選んだ。全うすべき仕事として。まだ独身だが、長くつきあってきた恋人がいる。

彼女はそこそこ名のとおったディスプレイ会社の受付で働いている。「ヒマな会社」と彼女は言う。一日じゅう受付にいて、同じような身なりの同じような顔をした人が自動ドアの向こうから現れて用件を言う。私の顔など見ないわ。かわりにロビーに飾られたタペストリーを眺める。あの人たちの頭の中はどうなっているんだろう。たぶん、計算で一杯なのだ。計算してはじき出された数字とその数字によるおかしな理屈で。

ねぇ、あなたは仕事で人が変形すると言うけど、それに、そんな仕事こそ全うすべきだと言うけれど、私が思うに、それだけじゃないわ。やりたくもない、ふさわしくもない仕事を足枷《あしかせ》のようにはめられて、それで体がひどいことになった人が沢山いる。動かしようもない数字が全身に棘《とげ》のように刺さって悲鳴をあげる人たちが入れかわり立ちかわり私の受付にやって来る。私はときどき彼らを哀れむ。せめて私の笑顔でもどうぞ、と素直に思う。

君は彼らにそんな関心があるのか、と矯正士が声を落とす。彼と彼女は行きつけの鳥料理屋の決まりきった窓際のテーブルにつき、自分たちの行く末ではなく、他人の人生を取り沙汰《ざた》して批判したり擁護したりする。

だって、関心を持たざるを得ないでしょう。彼らしかやって来ないんだから——彼女は自分の言葉に自分で驚く。自分は間違っていないと信じている。運ばれてきた料理を前にし、彼女はナイフとフォークを手にして考える。彼らのことを。

彼らの多くは三十代で、彼らがときおり見せる虚《うつ》ろな目の色は私が鏡の中に見る目と変わらない。その目はもう二十代の目ではない。彼らの大半は〈離別〉を既成事実として受け入れるしかなかった。彼らは自分の役割が定まろうとしているときに〈離別〉に巻き込まれたのだ。〈離別〉が施行されたあの季節が、彼らにとって最も青年らしい青くさい力を漲《みなぎ》らせていたときだった。それを手つかずで奪われた。

彼らは――私もだ――見知らぬ力に限界まで搾りとられた。彼らは果汁を失い、萎《しな》びた果実みたいな姿で社会に戻された。居心地の悪い椅子に座らされ、右のものを左へ移し、また右へ戻すような仕事を半永久的に任された。

――そうした仕事から自力で抜け出し、自前の事業や店を立ちあげた者はきわめて稀《まれ》だ。

僕は我に返る。

たとえば、ニゼンという男はその稀な一人だ。ニゼンは〈万能百貨店〉なるものを独身者のために開き、三十代の独身者に喝采《かっさい》をもって受け入れられた。あらかたの〈百貨店〉は中心街で競いあって規模を拡大するが、それに比べたらニゼンの百貨店は名ばかりの百貨店だ。食料品とちょっとした雑貨しか置いていない。それでも、独身者には有り難い。

僕はいま、〈ニゼンの万能百貨店〉に到着してさらに自分の実況を続ける。独身者用の通常よりふたまわり小さいカートをカート・レーンから出し、今夜の食事について考える。

昨夜は独身者用の鱒《ます》を、独身者用ブロッコリー、独身者用玉ねぎと一緒に炒《いた》めた。ソースは独身者用マスタード。じゃあ、今日は肉か。いや、それでは安易だ。独身者的手抜きじゃないか。カレンダーが魚、肉、魚、肉の二色できっちり色分けされる。僕はもっと独創的な独身者でありたい。チベット風、エジプト風とまでは言わないが、遠い国の庶民が食べているものが好きだ。

といっても、料理をするのも自分だから、憧《あこが》れだけで食材を揃えても仕方ない。食べたいのも自分だが、作るのも自分なのだ。独身者は悩ましい。食べたい、という欲望がスタンバイされても、作りたい、という欲望が寄り添わなければ独身者の食事は無惨なものになる。

だから、買い物は重要である。ふたつの欲望を見据え、経済的状況と照らしあわせて設計する。昼は何を食べたか。昨日は何を食べたか。おとといはどうしたか。そして明日はどうするのか。

午後六時四十二分。〈万能百貨店〉のゲートで僕は車輪つきカートのハンドルを握ったまま立ち尽くす。入店する客と出てゆく客が邪魔なだけの僕を白い目で見る。

ここで気をゆるめてはならない。まぁいいか、と日和《ひよ》ってはいけない。

僕は黙って頭《かぶり》を振る。独身者的シェイク・ヘッド。

独身者はいつも頭を振る。つぎつぎ襲ってくる「面倒」「自己責任」「時間の無駄」といった脅迫的フレーズを頭を振って払い落とす。「省略」「お手軽」「妥協」といった甘い誘惑を頭を振って払い落とす。払い落とした言葉は路上の——目には見えない——トラッシュとなる。

トラッシュ、トラッシュ、トラッシュ！

僕は力強く脅迫と誘惑を振り落とす。ゲートに踏みとどまって川のような人の流れに抗《あらが》う。早く献立を決めよう。決めずにゆるゆる「独身者の楽園」へ参入すると、トラッシュになったはずのものが逆まわしの映像のように頭に戻ってくる。

妥協、妥協、妥協！　と声をあげながら。

トラッシュ、トラッシュ、トラッシュ！　妥協、妥協、妥協！

僕は戦う。

午後六時四十五分。今日も僕は「独身者の楽園」のゲートで戦っている。こんなことなら昨日のうちに決めておくべきだった。いや、昨日は昨日で「人生最大」と言いたいほど悩んだ。悩んだ結果が鱒だった。我ながらスマートな結論で、昨日はすべてを自画自賛のうちに終えた。しかし、食事はひとつを終えても、すぐに次が来る。昨日うまくいったからといって、今日も同じようにうまくいくとは限らない。「人生最大」を乗り越えた次の日に襲う悩みはやはり「人生最大」である。「人生最大」の更新である。

僕はどうやら苦境に立たされている。

午後六時四十七分。僕は更新された人生最大の苦境に立たされている。このままでは、あの恐るべき「どうしましたか」の声をまともに喰《く》らう。

どうしましたか。決まりませんか。そうですよね、独身者の方たちはいろいろ大変ですから。私が決めて差しあげます。心配いりません。昨日は何を食べました？

その声が、すぐそこまで来ている。「おやおや」と彼女は僕の顔を見て言う。

トラッシュ、トラッシュ、トラッシュ！

振り払わなくては。僕は前方を見据える。彼女の声に身構える。

午後六時四十八分。ついに僕は独身者専門の買い物ヘルパー＝マリアに捕まってしまう。そして、今日もまた「おやおや」とヘルプは始められる。

「おやおや、どうしたんでしょう。昨日はあんなに颯爽《さっそう》としていたのに」

「いえ、ちょっと休憩してたんです。何の問題もありません」

一応そんな風に答える。でも、マリアに捕まったらもうどうしようもない。

「いいんです、恥ずかしがらなくて。私にすべてお任せください」

マリアは一体いくつだろう。たぶん——五十二歳くらいだ。探査と推察によって磨かれた僕の勘はまず外れない。彼女は五十二歳。三人の息子がいて、御主人は若くして亡くなった。以前は香水工場で箱詰めの仕事をしていたが、三年前からここでヘルパーの主任を務めている。基本的には独身者向けの買い物ヘルパーだが、場合によっては買い物に限らず独身者の抱えるあらゆる相談に乗る。ちなみに、マリアは彼女の本名ではない。ここではヘルパーの長をそう呼ぶ。彼女が引退すれば別のマリアが現れる。

「夕食ですね」と彼女は独身者たちの逡巡《しゅんじゅん》を素早く見抜き、僕にも敵《かな》わない洞察力で完璧《かんぺき》な「読みとり」を披露する。マリアにはたぶんロイドも敵わない。マリアこそ刑事や解凍士にふさわしい。きわめて少ない情報で悩める独身者の来し方行く末を言い当てる。こちらがまだ何も言っていないのに、

「あなたは、すごく仕事が忙しい」

見てきたように言い当てる。

「家に閉じこもってばかり。背中に三日月形の痛みがあるでしょう？　机に向かってばかりい

るからです。顔色も良くないし。昨日は魚料理でしたね。だったら今日は肉。それも思いきって上質な肉にしなさい。ひさしぶりに自分におごるんです。そういう機会がここのところずっとなかった。今日がその日です。御馳走《ごちそう》を作りなさい。あなたが得意としている一番おいしい肉料理を。といっても、ステーキが精一杯かしら。でも、いい肉を使えばシンプルなステーキで充分。昨日のブロッコリーがまだ残っているはずだから、あとはジャガイモとニンジンでも買い足して茹《ゆ》でるもよし、ソテーにするもよし」

話しながらマリアは僕のかわりにカートを押した。食品売場へ導く。「悩まない悩まない」と僕の背中に手をあてて励ます。三日月形の痛みの中心がそこにあるのを知っているみたいに。「あなたの頭の中はあまりに色々なものが詰め込まれてる。私と同じ。想像や妄想が好き。私も同じ。でも疲れる。リラックスしなさい。もういちど言うけど今日がその日です。一年に一日くらい仕事を休みなさい。あなた、仕事で道具を使いますね？　手を見れば分かります。その道具も休ませなさい。今日がその日です。美味《おい》しいお肉を食べて、しっかり体力をつけて」

気付くと、彼女が選んだ上質な牛肉がカートに収まっていた。

「プレゼントです」

マリアは声をひそめて牛肉を手にし、真空パックの表側に「三十%オフ」のシールを貼った。

「おめでとう。値引きの分で花を買いなさい」

おめでとう？　それがマリアらしい洒落《しゃれ》た捨てゼリフだった。彼女は微笑を湛《たた》えたまま僕から離れ、次の「どうしましたか」と「おやおや」に向かうべく背を向けた。僕は小さく小さくかすかにかすかに「トラッシュ、トラッシュ、トラッシュ」とつぶやく。マリアの言うとおり、ジャガイモとニンジンをカートに入れ、いつもなら絶対に買わない――でも、前から気になっていた――高価な瓶入り岩塩を買ってしまう。どうしてそんなことをしてしまったのか。ヘルパーなどと称しているが、もしかしてマリアは独身者の弱みにつけ込んだ巧妙なセールス・レディじゃないのか。一晩の食事に、いつもの倍のお金をとられている。

僕は渋々レジを通過し、買ったものを袋に移しかえて思う。独身者の楽園の正体は、楽園にめぐらされた独身者の危険水域だ。さしずめ、僕は危険水域を脱して泳ぎ疲れた競泳者。それなら、来た道をクロールではなく背泳ぎで折り返したい。来るときに充分うつむいて点検した。ジュレの探査はひとまずもういい。帰り道は肩と背中の安寧のために、せいぜい夜空でも眺めよう。

それにしても、何と味気ない夜空か。僕は危険水域を脱したスイマーが「穏やかな夜の海で優雅に背泳ぎをしながら満天の星を眺めるさま」を夢想する。彼の目が僕の目となり、彼の目でなく僕の目に満天の星が映える。

でも、すぐに飽きる。星は常に動いているがはっきり言って退屈だ。僕は七度生まれ変わっても天文学者になれない。僕はうつむいて足もとのトラッシュを掻《か》き分け、路上に落ちた星の残骸《ざんがい》を探す方が性に合う。星が綺麗《きれい》でなくても構わない。行き交う車の排気ガスをいちいち吸い込んでも構わない。僕は今夜、僕におごったのだ。それがマリアの手引き――なのか策略なのか――であっても、僕にはこのずしりと重い牛肉がある。高価な塩だってある。なんという贅沢《ぜいたく》だろう。

トラッシュ、トラッシュ、トラッシュ。

僕は結局、うつむいて歩いた。

午後七時十一分。僕はうつむいて歩きながら、トラッシュを靴の先で転がしてアパートに向かう。帰れば仕事が待っている。が、この際、マリアに言われたとおり、今夜は道具を寝かせよう。欠伸《あくび》でもして過ごそう。幸いにも、今宵の路上には仕事の種が見つからない——。

いや待て。

午後七時十二分。僕は足もとのトラッシュにまみれて申し訳なさそうに光るジュレを見つける。靴の紐《ひも》を結び直すふりをしてしゃがみ、指先でトラッシュをぬぐってジュレであることを確かめる。間違いない。手の中に隠し、立ちあがりざまに内ポケットに仕込んだ携帯冷凍庫に滑り込ませた。一瞬、指先で触れた感触と手のひらにあたるジュレの形から、凍結したものが「ほんのひとこと」であると分かる。それでも僕は満足する。顔をあげたらストウ氏の屋台が見えた。

「花を買いなさい」

マリアの声が牛肉のパックに貼られた三十%オフのシールから聞こえる。解凍されたパロール・ジュレのように。

僕は頭を振って声を振り落とす。独身者的シェイク・ヘッド。これでは何もかもマリアの言うとおりになる。それでは面白くない。面白くないが、この機を逃したら自分は一生、ストウ氏から花を買わずに終わるかもしれない。

僕は屋台に飾られた花を眺めた。それから「どれでもいいけれど」とつぶやき、小ぶりの白い花を一束もとめた。

午後七時十五分。僕は相変わらず花の名前をひとつも覚えられないが、生まれて初めて花を買った。記念すべき日。「やっと改心したか」とストゥ氏が肩をすくめて妙なことを言う。ひと束の花を買うことが改心のしるしに見えるほど僕の姿はくたびれているのか。そうかもしれない。もっと改心しなくては。何もかも仕事のせいにして本末転倒になっていることが指折り数えていくつもある。

「ありがとう」と僕はストゥ氏に応《こた》えた。本心からその言葉を口にしたのはいつ以来か。数多くその言葉を解凍してきた。でも、それはいつでも他人のつぶやきだ。僕は自分の発する言葉にあまりに鈍感である。「いつ以来」などと考えたところで何も甦《よみがえ》らない。記憶の中には他人の言葉ばかり再生され、自分で何を考え、何を話してきたのか、こうして、いくら自分に実況をつづけても、結局は時間とともに言葉は消えてゆく。

もし、と考える。もし、こうして頭に充ちる言葉がすべてパロール・ジュレとなってどこかに保存されていたら。はたしてそれを解凍して耳を傾けることにどれほど価値があるのか。言葉も時間も消えてなくなってしまうから価値があるんじゃないか。そう思うと、僕は分からなくなる。

午後七時二十一分。僕はアパートの部屋に帰り着き、台所の隅の「とても食卓とはいえないような食卓」に牛肉とジャガイモとニンジンと塩を並べる。手を洗い、うがいをして、脱いだジャケットをハンガーに掛けながら、花屋のそばで拾ったジュレを思い出す。

今夜は仕事を――しないはずだったが、ひとつきりの収穫が気になり、ひとつだけなら仕事のうちに入らない、と言い訳がましく作業にとりかかる。

いや、その前に。

使わなくなった古いコップに花を活《い》け、でも、どこへどう飾っていいか分からない。とりあえず作業台の端に置いてみた。

さて。

たったひとつの解凍でも、それなりの準備が必要である。もちろん手を抜くわけにいかない。言葉も時間も消えてなくなるのが本筋だとしても、いじらしく消え残ったひとことふたことを卵を孵化《ふか》させるように再生するこの仕事が自分は好きだ。

待つこと数十分。根気よく作業の手を休めなければ、人知れず凍りついた声は呪縛《じゅばく》を解かれて作業台に甦る。

「誕生日、おめでとう」――と。消え入るような声で。

なるほど、花屋のほとりで拾った言葉にふさわしい。声の持ち主はおそらく二十代の女性だろう。誕生日を迎えた誰かに会いに行くのか、それとも、訳あって会いに行けないのか。買ったばかりの花束を手にして思わずひとことつぶやいてしまったのか。

平穏な解凍である。ここに犯罪の匂いはない。が、解凍された言葉が耳の中にもういちど再生されたとき、台所の食卓で調理されるのを待つ牛肉と結びついた。あのとき、マリアが口にした「おめでとう」と「今日がその日」というふたつの言葉が立ちあがり、作業台に置かれた卓上カレンダーを確かめた。

さすがはマリア。何もかもお見通しで決して外さない。

午後七時五十八分。

すっかり忘れていた自分の誕生日を、僕はこれからゆっくり祝うことにする。

本当に素晴らしい発明

『ゴルゴン性格百科事典・第二版』第七百二十二頁に記載された〈生真面目〉の項は、タトイという この男を仔細《しさい》に観察して活写したのではないかと思われる。

この男——いや、この青年と言いかえたいその顔つき。五年後も彼は「この青年」であるだろうし、六十年後に誰かが彼へ向けた弔辞を読みあげるときも、「この青年の晩年は」とつい口走ってしまうだろう。

仮に彼が六十年後に天寿を全うするとして、臨終から二十年を遡《さかのぼ》る隠居の期間を弔辞どおり「青年の晩年」と称するなら、タトイはいま「青年の壮年期」に差しかかったところだ。

秀でた額。白黒が明快な瞳《ひとみ》。低くも隆《たか》くもない鼻。整えられた髪。アイロンのかかった清潔なシャツ。少しくたびれているが芯《しん》を失っていないジャケット。もちろん歯は白い。朝から晩まで歯を磨いているのではないかというほど。礼儀正しく口を押さえて咳《せき》をし、地下鉄のシートでは足を開いて座ったりしない。

彼を知る女性たちの評価は——つまらない人。

そんな声を知っているのか知らないのか、彼は街なかで女性とすれ違っても「いま、ちょっといい匂いがした」くらいにしか関心を寄せない。まさに事典の記載どおりのつまらない男。

しかし、彼自身は人生全般に対して「つまらない」と退屈がることはまずない。かといって

「人生はバラ色である」とばかりに鼻歌をオート・リピート式に繰り返す人種とも違う。

彼を知る男たちの評価は――とらえどころのないヤツ。

つまりそういうことである。まったく凹凸のないまっさらのケント紙のような男。一日を時計の針と共に過ごし、一日の終わりに必ず「作業日誌」をしたためる。これといった趣味もなく、寒く長い夜の時間は、仕事に没頭するか、猫を膝《ひざ》の上に乗せてラジオを聞いているか。

飼い猫の名はジョブ。齢《よわい》、十八。この世で過ごした時間はタトイに及ばないが、ヒトに換算した年齢はタトイの三人分に近い。タトイの膝の上で生涯の大半を過ごしてきた。十八年のうちに、膝にかかる重量が軽、重、軽と移り変わり、加齢で尻《しり》の筋肉がゆるんできたため、膝の上でたびたび無音の放屁《ほうひ》を繰り返す。猫なりに「失礼」という思いがよぎるのだろうか、瞬間、眉《まゆ》をひそめて、いたたまれない顔つきになる。

生真面目な青年は無音の発射に鼻で気付き、そのたび膝の上を見おろす。背骨の浮き出た相棒の背中。相棒はじっとして動かない。ラジオは朗読の時間になっている。ストーヴの灯が尽きるまで、タトイはラジオを聞きながらその日の「作業日誌」を書く。

*

ある日。

雨の音に目を覚まし、タトイは寝台の上で身じろぎもせず音の強弱で雨量を推し量っていた。

雨にまじって誰かの声が聞こえる。隣の部屋か。それにしては妙に生々しい。

しばらくして、タトイはラジオを点《つ》けたまま寝入ってしまったことに気付いた。作業台の上のラジオのスイッチに手を伸ばしかけ、ラジオが次のように報じているのを耳にする。

——活版工のストライキがようやく解除されました。工員たちの希望額が受諾され、明朝よりキノフ都市部に配布される大手三紙が再開される見通しです。

タトイは分厚いカーテンの隙間に猫のように頭を突っ込む。雨に打たれて音をたてる窓ごしに街の暗い空を見る。新聞三紙が再開するのは三ヶ月ぶりか。皆、本当に新聞を読まなくなった。その皺寄《しわよ》せが活版工を苦しめている。なぜ新聞を読まなくなったのか。「本当のことが書かれていない」と誰かが言った。が、誰も読まなくなれば、「もっと本当のことが書かれなくなる」と誰かが言った。だから再開は歓迎だが、これでまた当分〈地下新聞〉が読めなくなる。

〈地下新聞〉は、数ヶ月おきにストライキを行う活版工が、ストライキの間だけ発行するガリ版刷りの簡易新聞である。活版工の良心によって作られる自主的なエディションで、簡易新聞とはいっても毎日六頁が発行される。日々の速報と必要な情報が簡潔に収まり、執筆は大手三紙の記者が匿名で請け負っている。考えようによっては——いや、考えるまでもなく——大手三紙よりはるかに濃密で正確な情報が提供される。それが、ほとんどタダ同然の代金で街頭売りされるのだから、数十台のガリ版刷りを駆使しても追いつかないくらい飛ぶように売れる。

タトイはそれを街頭で購入しない。〈地下新聞〉が発行される期間は路上が読み捨てられた新聞の紙屑《かみくず》で埋まる。清掃班が仕事を怠った一部の地域では、街路に吹雪のような紙屑の山が残される。タトイはもっぱらそれを拾いあげて読む。

政府はこの〈地下新聞〉の頒布を、非公式とはいえ致し方なく認めている。が、むしろ作り手の側が公認を拒否するような態度を崩さないところが爽快《そうかい》だ。それは今どき稀《まれ》なきわめて健全な精神である。この精神はフロント・ページにまずあらわれ、冗談なのか、それこそ〈地下新聞〉ならではの主張なのか、大手三紙が「号外」を誇示するときの手法を真似て、
非公認！

と紙名に重ねて赤インクで堂々と謳《うた》う。タトイは心中ひそかにこうしたことが愉快でならなかった。仕事のついでにCクラスの劣悪清掃区域へ出向き、丸められて蹴《け》散《ち》らされて転がる路上の紙屑が、いずれも「非公認！」の叫びを赤くにじませているのを「悪くない、悪くない」とニヤニヤして眺めた。生真面目でとおってきた彼の知られざる一面である。

食事をして仕事をし、まずいインスタント・コーヒーを飲んで雨の音とラジオの朗読番組を聞いて一日が終わる。句読点のような猫の放屁。

ストーヴの灯油が切れるまで、彼は「作業日誌」を書く。

＊

別のある日。

ギーの店でいつもの解凍士の集まりがある。タトイは予定の時間より早く部屋を出て〈血管

路地街〉の蜜蠟商《みつろうしょう》に立ち寄る。軒を並べる中の一軒の店主と古くからの馴染《なじ》みだ。といって、タトイには蜜蠟に封じて欲しいものなどない。が、ときどき思い立って、用もなく赴く。ドアをノックすれば店主はいつでも歓迎してくれる。ついでに、依頼に応じて作られた数々の蜜封品を特別に披露してくれる。ヒトが永久にとどめたいと願うものの何と多様なこと。

中にひとつ、猫のヒゲを封じた蜜封があった。注文の但し書きには〈トリムのアンテナ〉とある。おそらくトリムは猫の名前だろう。ヒゲをアンテナに転じたところが値打ちだ。ヒトの毛髪も同じだが、抜け落ちる前は主人の体と確実につながっていた。針先で触れるような微細な感覚さえ伝えていた。しかし、抜け落ちてしまえば、あっけなく役目は終了である。

彼らの頬から伸びている数本は、目の上の数本や船の舵《かじ》のように動く尻尾《しっぽ》と相まって、彼らの行動をガイドしている。

「アンテナか」

「抜け落ちても、また生えてくる」

「更新しているんだろう、アンテナを」

「我々も何か更新しているんだろうか」

声はどうか、とタトイは思う。一日を過ごすあいだに、ヒトは多くのものを失う。口から摂取したものが消化されて排出される。汗をかく。唾《つば》を吐く。ときには涙を流し血を流す。爪を切る。髪を切る。何より息を吐く。声が出る。言葉が声となって吐き出される。

タトイは店主に「また来るよ」と言い置いて〈血管路地街〉に戻る。血管のように込み入った路地には思いがけないものが現れては消えてゆく。

強盗が横ぎる。それを追う警官が横ぎる。盲目の老女が迷わず突き進む。アンテナが抜けたばかりなのか猫が途方に暮れる。蝙蝠《こうもり》が群れる。鼓笛隊が通過する。白装束に黒装束。ターバンを巻いた男。包帯を巻いた女。豆売り、薬売り、粉売り、花売り。鉄屑収集人。骨董《こっとう》鑑定士。偽魔法使い。偽拳闘士《けんとうし》。偽往診医。偽辻《つじ》音楽師。脱走した猿。脱走した死刑囚。脱走した娼婦《しょうふ》。脱走した頭取。謎めいた女。颯爽《さっそう》とした男。女のような男。男のような女。そして生真面目な解凍士。

ここへ来れば、あらゆる人間のサンプルがひととおり揃う。彼らは一様に足早で無言だ。幸か不幸かこの街区でパロール・ジュレが発見される確率は少ない。陽が暮れ始めると横ぎる影はさらに増え、どこからどこへ行こうとしているのか、大中小と足あとばかり残される。

そうして迷いながら進むうち、途切れがちに響くヴァイオリンの音が聞こえてきたらギーの店は近い。タトイは音を頼りにして辿り着く。店先の「夕刻開店」を無視して店にはいる。

「タトイだな」

ギーが数秒だけ弾く手をとめて、また音楽に戻る。ギーのヴァイオリンの技術がどこで養われたのかタトイは知らない。尋ねても「忘れた」とはぐらかされる。その音色は鳥料理屋の主人が手なぐさみで到達できるレベルではない。ギーは〈離別〉以前にどこかの楽団に所属していたのではないか。タトイはそうした「人物の意外な背景」に魅《ひ》かれる。

奥の小部屋にいつものメンバーが揃い、解凍されたジュレから議論が展開された。展開しない場合もある。今回はロイドが捜査中の事件――タクシーの運転手が行方不明になった――の証拠として、車内で発見されたジュレが円卓に載せられた。ロイドの命を受けてタテガミが解凍を終え、データ化されたものを皆で聞いて検討した。

「長居は禁物」

かろうじて、そう聞きとれた。五回ほど聞いたところで、皆が感想を述べあった。

「冷たい声だ」「寒かったのか」「いや、声そのものが冷たい」「これは運転手の声か」

「そうではない」とロイドが口を挟んだ。「運転手の妻に確認してもらった」

「じゃあ誰だ」「客か」「客がなぜこんなことを言う？」「長居は禁物」「怪しいな」「いかにも怪しい」「誘拐だろう」「強盗かも」「他に車内に残されていたのは？」

ニシムクの問いにロイドが手帳を開いた。

「茶色の紙袋の中に乾燥した小枝。料理用。スパイスの類《たぐい》。これはその日、妻に頼まれて運転手が購入したものと思われる」

「泣けるね」「奥さんに言われたとおり買い物をしたのに」「頭を一撃されて」「暗い運河にでも放り込まれたか」「ああ……」「血痕《けっこん》は？」ニシムクがロイドの顔を見る。

「血痕は発見されず凶器らしきものもなし。ただし、我々の資料に未登録のきわめて即効性の高い麻酔薬が微量ながら発見された」

「間違いないね」「奥さんは料理を完成できなかった」「ばかりか、一夜にして未亡人」「いや、未亡人というのは、いつだって一夜にしてなるものだ」「まだ殺《や》られたとは限らない」「麻酔を使ったわけだから」「命を奪うつもりはなかったのかも」「じゃあ、何を奪った」「情報だろ」「となると、やはり諜報員《ちょうほういん》の仕業か」「そういえばそんな声だ」「ロイドの声に似てる」「長居は禁物」「ロイドもよくそう言う」「冷徹にね」「冷徹にね」「冷徹にね」「まさにスパイのセリフ」「間違いないね」「また一人、スパイがこの街に紛れ込んだ」「いや、もういないだろう」「なにしろ、長居は禁物なんだから」

ロイドがため息をついた。それでも、こうして話し合ううち、迷宮入り事件の糸口がつかめるときもある。無駄な作業ではない。ただ、解凍士の四人はロイドの手柄を増やすことに興味がない。彼らは純粋に言葉の凍結と解凍に——その神秘に——心を奪われていた。ロイドは秀逸な結論を求めているが、解凍士たちは結論などそっちのけである。

「まぁ、そんなところかな」

たいてい、結論がわりに誰かがそう言う。ロイドがらみの件で結論が出るときは犯罪の輪郭が浮上するわけだから、解凍士は無意識にそれを嫌って結論を先延ばしにしたいのかもしれない。

「では、また来週」

解散し、夜おそくにタトイは自分の部屋へ戻る。まずいインスタント・コーヒーとラジオの朗読番組。句読点のような猫の放屁。

「おい、君はその放屁が君にとって喪失であると知っているのか」

タトイはストーヴの灯油が切れるまで「作業日誌」を書く。

＊

別のある日。

その日は小さな偶然がタトイにもたらされた。

――偶然をどれだけ引き寄せられるかが我々の仕事だ。

ロイドはよくそんなことを言う。もっともだが、逆に言えば、偶然に巡りあう機会が少なければ、我々は仕事のみならず人生そのものもずいぶん味気なく過ごす。

――いや、偶然と必然は同じだよ。

そう言いきったのは、タトイの亡き父だった。が、そう断言しうるほどの経験がタトイにはまだ積まれていない。

その日、タトイは旧市庁舎に用事があって、めずらしくタクシーに乗っていた。すると、運転手がバックミラーに映る彼を覗《のぞ》いて開口一番こう切り出した。

「お客さん、じつを言うと私、今日が初めてなんです」

「初めて？」タトイもミラーごしに運転手の目を覗く。

「ええ。今日が初仕事でして。お客さんがその記念すべき最初の――」運転手は言葉を切って慎重にハンドルをさばいた。

「それはまた光栄なことで」タトイは運転手の肩を眺めた。さほど若くはない。この仕事は初めてだろうが、これまでにいくつもの仕事を転々としてきた。たぶん。

タトイは自分の勘を確かめてみたくて運転手にさりげなく質問した。

「前はどんな仕事でしたか」

「前は鍵屋《かぎや》をね。ついこないだまで。でも、店に泥棒がはいっちゃって。鍵屋に泥棒じゃ洒落《しゃれ》になんないでしょ。で、あっさり店をたたんで」

「その前は？」

「その前は——あれですよ、スケートが流行したことがあったでしょう？　あれに便乗しまして、スケート教室のインストラクターをね。ちなみにその前はやっぱり流行《はや》ってた呼吸法のインストラクター。〈離別〉の前の話です」

タトイは小さく満足して窓の外の街の様子を眺めた。ちょうど昼休みのオフィス街に差しかかって、人々が忙しげに歩いている。

考えてみれば、多くの者が〈離別〉の前後に転職を余儀なくされた。ひとつの仕事を一貫してつづけてきた人はほんの一握りである。

「お客さんは、どんなお仕事で？」

「え？」不意を衝《つ》かれて、タトイは頓狂《とんきょう》な声をあげた。

「私が見るところ、少し訳ありの仕事をしていらっしゃる。いえ、私も鍵屋だの何だのでいろんな人を見てきましたから、意外に当たるんですよ。違います？」

「いや、僕は——」

「刑事さんとか」

「まさか」

「そうですか？　ちょっとそんな感じがありますよ。頑固な上司がいて、そのボスが神経質で、頭は切れるんですが、どこか冷徹で何を考えてるか分からない」

この男を解凍士にした方がいいんじゃないかとタトイはバックミラーをよくよく覗いた。

「刑事じゃないけど、うちの部長はたしかにそんな感じです」

言いながら、ロイド＝部長という自分の冗談に吹き出しそうになった。

「ですよね？　そういう刑事さん、いますよね」

運転手は刑事にこだわっているようだった。

「いや、刑事さんとは縁がないわけでもなくて、ちょっと前にタクシーの運転手が行方不明になった事件がありまして――」

「ああ」とタトイはそこでどう答えていいものか一瞬迷った。「そんな事件がありましたっけ」

「ええ。じつはあの事件のタクシー会社というのが、うちの会社なんです。というか、ここだけの話ですけどね、私がこの仕事にありついたのは、あの行方不明事件で急遽《きゅうきょ》、欠員を補うことになったからで――」

「なるほどね」

この運転手は「あの運転手」の代役なのである。まさか、この車輛《しゃりょう》ではないだろうが、車中に残されたあの冷たい声がタトイの耳に残っていた。

——長居は禁物。

そのとおりだ。タトイはその偶然がもたらした居心地の悪さに我慢できなくなり、目的の旧市庁舎のずいぶん手前で途中下車した。

「狭い街——いや、狭い国ですからね、またお会いすることもあるかもしれません」

降りしなに運転手がそう言った。それもまたそのとおり。この国はあまりに狭い。秘密にすべきことがあっさり筒抜けになる。うっかり口から出て、どこでどうつながってゆくか。長居は禁物。まさに至言だろう。

この昼の一件を引きずってしまったせいか、タトイは午後の解凍作業が捗《はかど》らなかった。

「そうよ、きっとそう」「もう嫌になったわ」「そういうわけね」「もう、これっきり」

声が解凍されるたび、それらの言葉がどこかでつながっているような気がした。別の場所の別の日に採集したパロール・ジュレなのに。だから、そんな訳はない。しかし、そんな訳はないと何を根拠に言えるのか。

仕事の手をとめてラジオのスイッチをひねったスピーカーから聞こえてくる朗読に耳を傾ける。すると、今度はその一節一節が解凍した言葉と響きあった。

偶然はいかにも有り難い。が、それ以上になんだか恐ろしい。

ラジオを消して静寂をとり戻し、ストーヴの灯油が切れるまでタトイは「作業日誌」を書いた。

＊

別のある日。

言葉や声にまつわる仕事をしていると、どこにいても気になる。タトイは夕方の簡易レストランで背中から聞こえる女性の声に耳を占拠されていた。ちらりと振り向いて窺《うかが》ったところ、延々と話している女性はおそらく四十歳くらい。二人の少女を前に自らを「おばさんね」と繰り返していた。少女二人は彼女の姪《めい》だろうか。聞いた限りでは、少女たちの母に何らかの事情があり、レストランへの到着が遅れているらしい。

「どうしようかしら、もう少し待ってみる？」

おばさんは気が気でないようだった。

「待てるかな。お腹空いちゃったでしょ。すごくすごく空いてない？　だって、お姉ちゃんはあんなに大きな声を出したあとなんですから。すごかったわね、ホントに。心からすごいと思った。オペラって本当に素晴らしい。驚いた。お姉ちゃんがあんなに立派な歌を歌えるなんて。おばさんも、小さいときはバレエを習ってたの。髪にピンクのリボンをつけて。懐かしくなっちゃった。嬉《うれ》しいわ。本当に驚いた」

タトイはもう一度振り向いて三人の様子を確かめた。おばさんは両手を広げて手ぶりも激しい。少女たちは頷《うなず》くだけで何も言わなかった。というか、おばさんの一斉射撃のような言葉の連射に一言もはさむ余地がない。二人の少女は無言でメニューの表紙を見ていた。

「それにしても遅いわね。ママも忙しいのよ、いろいろあるし。テレビの人なんかにも挨拶《あいさつ》したりして、何度も頭をさげてたでしょ。いろいろあるのよ。でも、どうしようかしら。もう待てないでしょ。お腹空いたわよね。空いたはずです。空かない方がどうかしてる。もういい。頼んじゃいなさい。どう？　それとも、もう少し待ってみようか。待つ？　そうね、もう少し待とうか。ママも大変なんだし。それともやっぱり頼んじゃう？　頼んじゃおうか。そうね。そうしなさい。頼みましょう。さぁ、メニューを開いて。ほうら。ほうら。すごいでしょ。すごいのよ、このお店。何でもあるの。そしてね、本当においしいの」

そう言うと、おばさんはメニューを片っ端から読みあげた。ひとつとして漏らすことなく。タトイもよく知っているが、この店のメニューは百品目は下らない。それをおばさんなりに、かなり詳しくどんな味であるかを含め、ひとつひとつ詳細に解説し始めた。聞く限り、おばさんは実際にどれも食べたことがあるようだった。それも頻繁に利用しているらしい。

「これは、ちょっと辛いの。たまに、ものすごく辛くてびっくりしちゃう」「これはお薦め。ふたつの味が口の中でまざりあうのが絶品」「これが大好き。本当においしい。どんな味なのかは食べてのお楽しみ」「ああ、これがまたいいの。全然しつこくなくて。いくらでも食べられる。ずっとずっとずっと食べつづけていたい」「そしてこれよ。これがすごいの。量は少ないけど、一度食べたら生涯忘れられなくなる。さあ、どうしよう？」

まったくだ、とタトイも同意せずにおれない。二人の少女もおばさんの熱烈な解説に圧倒されて何も答えられない。

「あのね」

おばさんは答えを待たずに次の展開へ移った。

「あのね、もし、ひとつに決められなかったら、こういう手があるの。いい？　よく覚えてね。〈ヴァイキング〉っていうの。知ってる？　お姉ちゃんは知ってるかな。もし知らなかったら、今日はこれを覚えるだけでも幸せになれる。いい？　もう一度言いますよ。〈ヴァイキング〉です。ね？　これこそすごいのよ。本当に素晴らしい発明。あのね、いい？　驚かないでよ。このメニューのね、ここに載ってる全部がよ、全部、全部、全部、これもあれも全部、全部、全部、好きなように好きなだけ食べられるの。びっくりでしょう？　そんなことってあるのかって思うかもしれないけれど本当に本当なの。驚くでしょう？　もうこれ以上ないくらい最高よね。だって、なにしろ全部なんですから。私はね、いつもこれにしちゃう。いつもよ。必ずそう。だってそう思わない？　こんなに美味《おい》しいものばかり並んでいるんだから、ひとつに選びきれるわけがない。土台、無理な話なのよ。そういうときはね、いい？　ここが大事なの。そういうときはね、選ばなくていいの！」

そうなんだ、とタトィは感激していた。選ばなくてもいいんだ。

「だって、選びきれないのに無理して選んだら、それは本当のことではなくなっちゃうもの」

なるほどね。

「自分を隠しては駄目です。秘密はなし。おばさんはそう思う。いつでも好きなように好きなことを言ったらいいし、食べたいものを食べたいとはっきり言えばいい。全部、食べたいなら全部。それまでよ。おばさんはそれでうまくやってきたし、何も問題ない。だから、正直に言っていいの。分かった？　それにしても遅いわねぇ。どうしたのかしら。ママは何を選ぶかしらね。やっぱりヴァイキングかな。最高だもの。そう思うでしょう？　じゃあ、それにしてみる？　迷うことはないの。それが最高なのは確実なんだから！」

確実なのか。タトイは自分が注文した「仔牛《こうし》の薄切りステーキ」がひどくみすぼらしいものに思えてきた。同時に、このおばさんにとって「おいしい」とは何なのか、どこからどこまでが「おいしい」なのか、そのあたりを問い質《ただ》したくなった。ついでに、「あなたにとって、言葉とは何なのでしょう？」と、それも訊《き》きたかった。いつもこんな調子で話をしているのか。それとも、あまりにお腹が空いて何がなんだか分からなくなってしまったのか。

もし、このおばさんがこの調子で独り言を連発したら、彼女の周辺にはこの声の速射砲にふさわしいいかにも解凍し甲斐《がい》のあるパロール・ジュレが堆《うずたか》く積み上げられる。それとも、こういう人に限って、話し相手がいなくなると嘘のように静まり返ってしまうのか。

そう考えた矢先、ふと目をやった自分の足もとに、隣の席からひとかけらのジュレが転がってきたのをタトイは素早く拾いあげた。

さて。

これは何だ。

我々の研究では、ジュレが生じる条件はそれが独り言であったときに限られていた。しかし、あたりを見渡しても周囲に他の客はない。タイミングとジュレの状態から察するに、それは明らかにいま背後から転がってきたものだ。

どういうことだろう。これはもしかすると、これまでの研究に一石を投じる画期的な発見になるかもしれない。タトイは薄切りステーキを脇に追いやると、幾つかの可能性を検討してから、ひとつの仮説に絞り込んだ。

これはつまりこういうことではないか。おばさんのお喋《しゃべ》りに辟易《へきえき》した少女の「心の声」が、語られぬまま結晶したのではないか。いや、そうだ。そうに違いない。心の中でつぶやいた独り言が、おばさんのあまりに強い抑圧に抗しかねて、音を伴わない声がため息のように漏れた。大発見である。もし、これが証明されれば、これまで解凍してきた言葉のいくつかが、心の中の声であった可能性が出てくる。となると、研究を一からやり直さなくてはならない。我々にとっては一大事だ。

タトイは拾いあげたジュレを携帯冷凍庫に忍ばせると、食べかけの薄切りステーキをそのままにして店を出た。頬を紅潮させて家路を急いだ。

作業台の椅子でまどろんでいたジョブが薄切りステーキのように脇へ追いやられ、タトイは冷凍庫からとり出した件《くだん》のジュレを、襟巻きを解くのももどかしく急いで解凍した。さて。

結果は——結果はこうであった。

「それが最高なのは確実なんだから！」

解凍された声は少女のつぶやきにあらず、タトイの耳にまだ残っているおばさんの声だった。

はたしてどういうことか——。

結論は嫌いだが、結論めいたことをひねり出すとすれば、おそらく二人の少女はおばさんの話をまったく聞いていなかったのだろう。つまり、タトイは隣の席で延々とおばさんの独り言を聞いていたことになる。だが、タトイが聞いていたのなら、それは独り言にならないのでは？

それとも、それが本来届けられる相手に届かなければ、言葉は自《おの》ずと独り言になるのか。

いずれにしても、新たな問題が浮上してきた。

今宵も、まずいインスタント・コーヒーとラジオの朗読。

灯油が切れるまで、タトイは「作業日誌」を書いた。

雨よ、もっと降れ

人生は水浸しであると俺は思う。それは、俺のアパートがいつでも水浸しであることと何ら関係はない。いや、関係ないこともないが、仮にこのアパートに住むことがなくても、「人生は水浸しである」と俺は言う。ヒトの大部分は水で出来ている。水を失えば我々はあっけなく命を落とす。それはつまり、水に不自由さえしなければ、ある程度までは生き永らえるってことだ。

この話になると「冗談じゃない」とシンが言う。が、俺の考えは、たとえシンが甘ったるい声で訴えても変わらない。

「アナタがこのロクでもないアパートに住んでる限り、ワタシはアナタと結婚しない」

オイ、と俺は思う。誰が結婚してくれと頼んだっけ。俺はもう七回も結婚して七回も離婚してるんだ。これ以上その記録を伸ばしてどうするよ。

「じゃあ、この先ずっとひとりでいいの？」

いいとも。俺はひとりが好きだ。ひとりで働き、ひとりで飯を食い、ひとりでテレビを見て、ひとりで本を読む。たまに窓から外を眺める。そういうのが俺は好きだ。好きなようにしたい。静かにしていたいときはそうしたい。大声をあげたいときは思いきり叫ぶ。それが俺だ。俺はつまらない約束に支配されたくない。つまらない約束を相手に押しつけたくない。

ただ俺はアレだ。女の、なんというか柔らかい感じをときどき欲しくなる。いや、本当はときどきじゃなくて、水のようにいつでもそこにあればイイと思う。言っておくが、この「柔らかい感じ」は体に触れてどうのこうのじゃない。断じてそうじゃない。まぁ、もちろんそういうコトもオマケのように付いてきてイイ。だが、俺の言う「柔らかい感じ」は、もっと「産毛立つ」ようなことだ。「産毛立つ」を知ってるか。知らないか。知らんだろう。俺が作った言葉だ。俺が作った言葉だが、アレコレ説明しなくても分かるだろう。

そのとおり、産毛が立つのだ。ゾワリと。総毛立つというアレだ。

いや、だからそれが女の肌に触れてそうなるわけじゃなく、女の存在が柔らかくて俺のアンテナが感じとるのだ。そのたび、ゾワリとなる。総毛立つ。

いや、待て。アンテナっていうのはそういう下司《げす》な比喩《ひゆ》じゃない。そういう卑猥《ひわい》な話じゃない。俺はそういうのを好まない。どうも、ドイツもコイツも勘違いしている。俺は卑猥な男じゃない。ついでにドイツもコイツも俺を阿呆《あほう》と決めつけるが、それも違う。俺は阿呆じゃない。すこぶるつきの天才というわけでもないが、俺は俺が自分で評価する限り、それなりに頭のイイ奴だ。俺は図体《ずうたい》も化け物みたいにデカいし、テジョーに薦められて二度ばかり顔を整形したが、二度とも失敗して怪物と呼ばれている。

テジョーは俺のマネージャーだ。俺の俳優人生はハナからキリまでコイツに任せようと決めている。もう、ハナからずいぶんとやって来て、いい加減、キリも近い。もう先は長くない。だから、どんなに阿呆呼ばわりされても、俺はテジョーと二人三脚でこの仕事を全うしたい。

テジョーについては、たしかに世間が言うように、少しばかりトラブルを抱えた男かもしれない。〈離別〉以前のドンパチの時代に、ヤバイ連中とつるんでたことは知ってる。だが、俺はヤツのおかげで好きなように生きてこれた。ヤツが過去にどんな汚い人生を歩んでいようと、俺はヤツに従ってこれまでどおり笑いながら仕事をつづける。

というか、俺は世間の目なんてどうでもイイ。卑猥で結構。阿呆で結構。この頃ようやくそう思うようになった。実際、三百六十五日、卑猥で阿呆なことばかり話して暮らせるなら、その方がイイ。本当に卑猥で阿呆な連中というのは、もっとムッツリしてテイのイイことばかり宣《のたま》う。そういうのが一番手に負えない。が、そんなこともどうでもイイ。

ハッ！　俺はそうした一切を大声で投げ飛ばしたい。金もかからないし何より気持ちがイイ。思いついたらアパートの屋上にのぼればそれでＯＫ。

で、だ。俺のアパートの屋上というのが、これまた見ものだ。俺は「楽園」と呼んでいる。ところが、アパートの住人は俺の「楽園」を根こそぎとっぱらいたいらしい。俺はそいつを断じて許さん。たしかにこのアパートは、シンが言うようにロクでもない。一年、三百六十五日、雨が降っていない日でも雨漏りがする。それも俺の部屋だけじゃない。すべての部屋と廊下と階段で雨漏りがする。ことごとく水浸しだ。こんなのは人が住むところじゃないと誰もが言う。が、人生はどうせ水浸しだし、ヒトにはとにかく水が必要なのだ。

しかしまぁ、百歩譲って、まともな家賃を払うのは馬鹿馬鹿しいという意見に同意するとしよう。それでも、屋上の素晴らしさだけは強く主張したい。あれを楽園と呼ばずして、他にどんな楽園がある？　俺はいつか屋上の楽園の本を一冊書く。書きたいことは山ほどある。まず何より鳥の賢さだ。なにしろ、あの楽園をつくったのは鳥だから。「俺の楽園」とつい口走ったが、俺の楽園は俺がつくったわけじゃない。俺も少しは力を貸したが、そいつはコーヒーに入れる砂糖程度のもんだ。鳥たちがより快適にスムーズに楽園づくりが出来るよう、余計なアレコレをとり除いてやったまで。具体的に言うと、雨漏りの原因を「鳥の仕業」と決めつける愚かな住民たちだ。俺は奴等に向かって大声を発した。「イヤなら出てけ」と。一階の連中は本当に出て行った。次は二階の連中を叩《たた》き出してやろうと思ってる。奴等は放っておくと本当に楽園を破壊しかねない。こんな貴重な自然の賜物《たまもの》をないがしろにするなんて頭がどうかしてる。

もういちど言う。人生はどうせ水浸しだ。このアパートに住む以上、そのことを肝に銘じろ。鳥の才能を見習え。俺の見るところ、あの鳥は動物園が「廃園」を決定する前、飼育係の反乱で放たれた希少な極楽鳥だ。天国にたどり着くときに現れる夢のような羽根を持った鳥。彼らは動物園の廃墟《はいきょ》に育った雑木や植物園の熱帯樹やらをくすねてくる。彼らが何羽いて、どんな組織力を持っているのか俺は知らん。だが、彼らは楽園を着実に拡大している。巷《ちまた》では続々と楽園が潰《つぶ》されているにもかかわらず。いや、だからこそ、彼らはこのボロ・アパートの屋上に楽園を見出《みいだ》した。育んできた。涙ぐましいじゃないか。

ハッ！

ついこの間も連中は水道局員を呼んで、屋上を一掃しようと企《たくら》んだ。「オイ」と俺はその局員を見つけるなり怒鳴りつけた。そして、一応は意見を聞いてやった。水の、というか、水道管の専門家の意見だ。ついでに俺も意見を言った。毎日、楽園の様子を観察している俺は「屋上の楽園」の専門家だ。専門家同士の意見の交換だ。

で、その局員が言うには、「屋上の木と水漏れには関連がないと思われます」とか。そうだろうよ。俺はここぞとばかりに言ってやった。

「ハッ！　分かったか。世界はそんな単純なもんじゃない！」

デカイ声で。鳥たちも驚く声だ。俺はいつもそうしてきた。俺はむしゃくしゃすると屋上にのぼる。ハッ！　と叫ぶ。鳥たちが羽ばたく。俺を歓迎してくれる。鳥は俺を怪物と思わない。奴等は——局員もだ——俺の顔を見るなり気の毒なくらい震えあがる。失礼な話だ。俺は人間だ。怪物じゃない。鳥たちは俺を見ても逃げない。俺はいつでも歓迎されている。

ハッ！　世界はそんな単純なもんじゃないんだ。

俺は産毛立つ。女の柔らかさに触れたときと同じ。胸のつかえがすっかりとれて、俺は水浸しになった屋上に立つ。鳥の王になった気分だ。屋上の王になった気分だ。俺の足もとには世界がそっくり納まり、そこには絶え間なく雨が降る。いい気分だ。産毛立つ。

「雨よ、もっと降れ」

俺はそんなふうにセリフの練習を屋上でする。俺にまわってくる役どころは、どれもこれも叫ぶ男ばかり。

「アアッ！」と俺は叫ぶ。練習だ。「ウオウ！」と俺は叫び、「デヤイ！」と俺は叫ぶ。

あるいは、呻《うめ》いて呻いて呻く。腹を撃ち抜かれてダウンする。巨木が倒れるように。台本にそうある。俺はこれまでに一体、何人のダウンする男を演じてきたか。

俺は見えない銃口を見つめる。オイ、そいつは何だ？　こうしたシーンはどんな映画だろうと決まりきった演技しか要求されない。

「分かってるな？　余計なことはするな」

演出家に強く言い渡される。俺は見えない銃口を見つめる。オイ、そいつは何だ？　それで、どうしようというんだ——そこで「ズドン！」

俺は銃声の効果音を口真似する。六十五年製のノクトを撃った音。七十二年製のハバロンを撃った音。何でもござれだ。ズドン。スパン。シュドン——色々ある。台本にはそこまで書いてないが、俺なりにイメージして「ズドン」だの「スパン」だのとやる。一瞬で腹に穴が開き、その穴の中へ俺の体がめくれあがって吸い込まれる。

「ウォズ……ウォズ……ウォズ……」

気味の悪い擬音が俺の口から吐き出される。同時に見えない血糊《ちのり》も吹き出て、腹を押さえた右手が赤く染まる。俺は「ウォズ」と呻き、正確に一歩半歩き出したところで右肩から一挙に地面へ倒れる。そこで躊躇《ちゅうちょ》しては駄目だ。一挙に巨木が倒れるように。

どうせ馬鹿げた効果音を被《かぶ》せるんだろうが、俺は現場の連中にスリルを味わってもらいたい。だから、本当に骨が砕けたんじゃないかという音を「ブゴン」と口真似する。

ブゴン！

屋上の水たまりがはね上がり、アパートの全体に俺の断末魔が砲撃のように響く。俺は水浸しの屋上に倒れて想像力を働かせる。いま、アパートの部屋のアチラコチラで、この不可解な震動と俺の怪物じみた叫びに連中は体をびくつかせている。天井から滴る水の量が一気に増え、世界は水浸しになって一斉に震え上がる。

俺は小気味よい。産毛立つ。

＊

名を訊《き》くと、そいつは「タテガミ」と名乗った。聞き慣れぬ名だ。三階に住んでいるというが、屋上へ来たのは初めてだという。鳥に驚き、鳥がこしらえたジャングルに驚いた。もちろん、叫んだり呻いたりする俺にも驚いた。俺は小気味よい。まだ夕刻だったが、それでも充分に俺は異形の者として映ったろう。小気味よい。もし、これが夜だったらヤツはへたり込んだ。

が、タテガミというその男は俺を見て驚いたは驚いたが、どうやら俺の姿かたちではなく俺が屋上にいたことに意表をつかれたらしい。屋上にのぼるのは一人の時間を過ごしたいときだ。大体、この屋上へのぼるには腐った危なっかしい梯子《はしご》段ひとつしか用意されてない。もちろん、その梯子も水浸しで、わざわざそんな危険を冒して屋上へのぼろうとは思わない。だが、その男はそれを押してやって来た。よっぽど一人になりたかったんだろう。よく分かる。俺はそういうのがたまらなくよく分かる。

「もしかして、文句を言いにきたのか」と俺はヤツに訊いた。すると「何の文句です？」と彼は言う。ハッ！

「あのな、このアパートが水浸しなのは鳥のせいじゃない。それは最初に言っておく」

「そうですか」

「反論しないのか。不満があるんだろ」

「いえ、僕は鳥が好きですし、水浸しだって嫌いじゃありません」

おかしな男がいたものだ。俺も相当にイカレてるが、水浸しを好む男には初めて会った。

「まぁ、水浸しじゃなくてもいいんですが。たとえば、いつも揺れてるとか、絶叫が趣味の男が隣に住んでるとか、人よりも鳥の方が居心地良さそうに棲《す》みついてるとか」

どういう男だ？　俺にイヤミを言っているのか。

「生まれつき苛酷《かこく》な状況に慣れてるんです。というか、その方がむしろ気が休まる。どうも平穏無事というのが性にあわなくて、静かな田園暮らしなんてゾッとします。都会の真ん中の、いつ爆弾が落ちてきてもおかしくないようなところが好きなんです。だから守るべきものはなるべく持たない。両親とは離れて暮らしてるし、配偶者もいない。猫一匹、飼ってません」

なるほどな。俺と同じじゃないか。いや、俺は女の柔らかさにやられて、懲りずに七回も「守るべきもの」を背負ったが、志は同じだ。

「三階の何号室だ？」

「〈306〉です」

隣じゃないか。これはまた妙なことになったもんだ。このアパートへ来て半年になるが、隣人の顔を初めて見た。初めて顔を合わせたのが屋上というのも妙だが、〈306〉というと左の部屋だ。右の部屋の野郎はやたらとドンジャラ騒がしい男で、左からはほとんど物音らしいものが聞こえなかった。だから左を意識したことがなかった。空き部屋だと思っていた。

「仕事は？」

「言葉の研究を少し」

どうやら言語学者というヤツらしい。残念ながらこれまでのところ学者の役を演じたことはない。が、今後、運良くまわってきたら、コイツみたいなタフな学者を演じよう。主役でなくてもイイ。何ならいつものように腹に一発ぶち込まれることになっても構わない。つまりアレだ。学者が殺《や》られるって話だ。タフな学者だが、遂《つい》に凶弾に斃《たお》れる。たとえば、言語に関する重要な発見をする。俺はそういうのに憧《あこが》れる。発見だ。男の仕事はこれに尽きる。ただし、発見は手柄の奪い合いを呼ぶ。命とりになる。殺される。守るべきものを持たぬ孤独な男が遂に自分の命まで守りきれないとは哀れだ。しかも、この男は主役じゃない。俺が演じるのだから。たぶん開映早々、命を奪われる。誰にも同情されないし、ひとたびスクリーンから消えれば、そんな男がいたことなど誰も覚えていない。

「ところで、あなたはどんな職業なんです？」と隣人が俺に訊く。

「役者だ」と俺は答える。「ガキのときから五十年。ちょっとしたベテランだ」

「どんな役を？」

「なんでもやった。あらゆる男だ」

そして、あらゆる男はみんな死んでいった。いずれも「ズドン、ブゴン」と。俺の体の中で何十何百という鈍い音が響いた。俺はそうやって彼らをあの世に送り出してきた。だから、俺は自分の出たフィルムを見ない。見れば頭が混乱する。死んだはずの俺が何度も再生して何度も死ぬ。頭が混乱する。俺は産毛立たない。

ときどき、昼下がりにテレビのチャンネルをまわしていると、偶然見てしまうことがある。画面に俺がいる。俺がかつて演じた誰それだ。名前は覚えてない。そのときは、しっかり名前があった。俺が命名した。台本にはただ〈男〉としかなかったが、俺は自分の台本に俺なりの名前を書き込んだ。テイトとかモケイとかフリントとか。そんな名前を持った誰かが俺のロクでもない部屋のロクでもないテレビの中で薄ら笑いを浮かべている。気をつけろ。俺は声をかける。気をつけるんだ、テイトかモケイかフリント。薄ら笑いなど浮かべてる場合じゃない。ズドンと来るぞ。気をつけろ。後ろをよく見ろ。後ろだ。おい、聞いてるのか。後ろを見ろ——ズドン。

俺は目を閉じる。腹に開いた穴へ俺の体がめくれあがって裏返り、手品みたいに俺の中に俺が吸い込まれる。消えてゆく。何も残らない。

俺はそうしてたくさん死んできた。だが、まだ死なない。たくさん死んだが、俺はまだ生きている。

エスプレッソをふたつ

靴が乾いている。カラカラに硬く。次の日にはもう湿っているが、次の日にはまた乾く。その翌朝には湿って、この繰り返しが靴だけではなく街の至るところに見られる。これは比喩《ひゆ》ではない。

この激しい湿度の変化は春のきざしである。一見、穏やかな安寧の中にあるこの街が意外にもさまざまな大小や高低に振りまわされている。

移り変わりの激しい気温、湿度、天候はもとより、街区における治安の差、地形によって強いられた坂道の多い街路、その街路をゆく人々の年収の差。決して大声で意見を戦わすことはないとしても、胸のうちに仕舞われた思想の違い。概念の相違。知識。能力。身体的優劣の格差。

おそらく〈離別〉後のすべての国のすべての街が、そうしたまだら模様や傷をテーブル・クロスの下に隠している。これは比喩だ。問題は、隠し持っていることをどれくらい自覚しているか。諜報員《ちょうほういん》が探り出して持ち帰るのは、そうしたテーブル・クロスの下の事情である。

十一番目のフィッシュは乾いた靴で街を歩いた。

かつて、この国を含む一帯が観光都市であった名残が色濃く残されている。それは街の外観ではなく、人々の意識の中に宿っている。食堂で、カフェで、薬局で、書店で、雑貨屋で。いかにも頑固そうな老舗《しにせ》の老主人でさえ腰が低い。それでいて媚《こび》を売らない。この街にはそもそもあってしかるべき老獪《ろうかい》というものがない。虚栄心が見あたらない。彼らは少数者の要請に応《こた》えるうち、功利的に振る舞うことを忘れてしまった。ともすれば、不器用とも思える商い方で通してきた。

フィッシュは湿った靴で街を歩く。

ここでは、時間の流れがどこかゆるい。行き交う人々の足並みも、映画館の窓口でチケットが渡されるときも、あるいは、食堂のトースターから焼きあがったパンが上昇するときでさえ、すべてが少し遅い。この時間のリズムに自分が組み込まれることが重要だとフィッシュは何度か脳内ノートに書いた。でなければ、フィッシュだけが時間から剝離《はくり》して他所者《よそもの》であることを示す。「そろそろ」とフィッシュはショウ・ウインドウに映る顔を一瞥《いちべつ》した。

そろそろ変貌《へんぼう》の頃合いだ。別の誰かに成りすます。その人物が歩いてきた道のりと歴史を体感する。彼は暗がりの中に一軒の古書肆《こしょし》〈リヨ〉を見出《みいだ》した。キノフに点在する古書肆の中で最も小規模な店。しかし品揃えはフィッシュの意向に添う。フィクションより歴史ものに強い。それも、太文字で刻印された表舞台の歴史ではなく、街の裏通りの風俗史と人物誌である。しばらく二足歩行の人の姿のままでいると自分が紙魚《しみ》であることを忘れているが、古びた書物が視界にあれば、紙の中を泳ぎまわる本来のフィッシュが呼び戻される。

書棚の構成は一見ランダムに見えるものの、独特の分類が為《な》され、眺めるうち、その分類にこめられた店主の思惑に慧眼《けいがん》が感じとれる。フィッシュは目的にかないそうな本を書棚から抜きとっては中身をあらためた。この街のゆるい時間を高速で追い抜くように、紙魚である彼は素早く内容を把握する。姿かたちを紙魚に戻すことなく、意識だけが指先から本の中に流れ込む。やがて、本を支え持つ右手からプラスの電流が、左手からはマイナスの電流が放流されてすべての頁の文字や図版を走破する。これは比喩である。が、電流に喩《たと》えられたものはフィッシュの指先に通電し、葉脈のような細い神経を通じて彼の脳内ノートに要約される。

＊

古書肆〈リヨ〉にて手にした書物の書名およびその概略。

★『七転八倒人物録』ロブロング・著……LL社

内容はともかく、本の状態が劣悪である。明らかに火で炙《あぶ》られた形跡がある。頁の右下一センチほどが焦げて欠落。水を吸った痕跡《こんせき》あり。

内容は、あらゆることがうまくいかなかった人々の生涯の記録。さまざまな時代から八十六名の人生を収集している。次から次へと襲いかかってくる困難と、困難に打ち克《か》てない挫折《ざせつ》の連続。手塩にかけて育てた馬に何度も蹴《け》られる男の人生。生涯に百二十もの多種多様な試験を受けて落ち、そのうえ、二十二回も交通事故に遭った男。ビルの三階から転落し、九死に一生を得た病院に小型飛行機が墜落。それでも九死に一生を得たものの、自宅の浴室で感電。しかしそれでも死に至らず、ひっそりと田舎暮らしをするうち魔が差して手を出した株が暴落した男——等。八十六名のうち、七十七名は男性。男は哀しくも滑稽《こっけい》な生き物であることが浮き彫りに。はたして著者の意図は悲哀なのか滑稽なのか。大冊。全七百六十八頁。巻末に「番外」として、著者自身の体験を紹介。これまで準備していた自著が、ことごとく出版社あるいは印刷所の火事によって出版されないというジンクスの持ち主。印刷・製本までされたものが最後の最後に製本所が火事になって全焼したケースも。おそらく、この本もまた。かろうじて救出された一冊か。故に珍品・稀書《きしょ》と評価されて尋常ならざる高価な一冊。

★『日々の音沙汰《おとさた》』ゾンゼーヌ・著……書肆・誰でもなく

著者いわく「言葉ではなく音で綴《つづ》った街と人のスナップ」。説明的な文章は一切排され、かわりに街で収集された「音」のみが擬音を多用して正確に——これもまた著者の弁——再現されている。まずは一級の奇書。「ガー。ジャッ。グズッ。ズブッ。ダン。ダン。ストン。ガー。ガー。ガー。ダン。ガー。ガー」といった音だけが綴られる中、「エスプレッソをふたつ」という声が音に並列して登場。それが少しずつ状況を伝える。目次も、「ギボン」「シュフト、シュフト」「グガン、グガン」「ドドタタン」といったフレーズのみ。

圧巻は夕立の情景。それまで交わされていたカフェの客の会話が途切れ、「サン、サン、サン、サン」と始まる控え目な音。それはすぐに「ザン、ザン」そして「ダン、ダン」となり、「タン、タン、カン、カン」と次第に音色を変えて「ズーッ」と。以降、数十頁にわたって「ズーッ、ザーッ、バーッ、ジャーッ」の連続。終始、絶叫調の擬音で塗り込められる。クライマックスの土砂降りの場面では、著者だけが理解している判読不能の擬音が多数登場。忍耐強くつきあえば、街を支配しているのが人の声ではなく絶え間ない擬音であると理解できる。

★『理髪師だった早口の男』ナントワナシ・著……寝転書房

〈離別〉以前の旧市街の片隅で理髪師を営んでいたアンドラ氏をめぐる回想録。著者はアンドラ氏の旧《ふる》くからの友人。主人公たるアンドラ氏は旅先で鷹《たか》の群れに襲われて右手を負傷。店を構えてわずか二年であえなく店長の座を弟子に譲り、店の隅の小さなテーブルでアーモンドを齧《かじ》りながら大型客船の専任理髪師であった往時の体験を順番待ちの客に次々と披露。四割は猥《わい》談《だん》。残りの六割は法螺話《ほらばなし》。

〈底なし沼にはまって、沼の中で未来の自分に会った話〉〈船の中に巣くう巨大な鼠の散髪をした話〉〈その鼠の体毛の下に秘密の暗号が隠されていた話〉〈暗号を読み解くためには、百人の女性と肉体的歓《よろこ》びを分かちあわなくてはならなかった話〉〈ピクニックの途中で鷹の大群の襲撃を受け、俺は世界一の理髪師だと鷹に説明したが早口で伝わらなかった話〉〈結局、大事な右腕を鷹どもに食い尽くされてしまった話〉〈そして、自分がどんなにか素晴らしい理髪師であったかという伝説的な話〉〈そのことをよく知っている絶世の美女・ジーナは、原因不明の「時間を遡行《そこう》する」病を患い、どんどん若返って最後は消失してしまった話〉——等。

あるいは、この本の著者こそ法螺話の天才ではと勘ぐりたくなる。が、そうした疑念を振り払うべく、アンドラ氏が実在の人物である証《あか》しとして、口絵にアーモンドを齧っている氏の肖像写真――どう見ても肖像画である――が掲げられている。また、著者は自身の記憶のみならず、理髪店に集った常連たちに取材し、彼らの横顔も丹念に紹介している。奇妙ではあるが、ある時代のあるコーナーに流れた時間と空気を余すところなく写しとった快作。

★『よく分からない魚のフライと五人の妻たち』アントーニオ・著……アントーニオ書籍販売

奇妙な理髪店があれば奇妙な食堂もある。海辺の町・サスケに実在する――これはおそらく本当に――「神のポケットからこぼれ落ちたような食堂」の歴史。

この食堂の店主は早死にの血筋で、これを怖れて息子となった者は早々に結婚して子供をもうけ早死にの運命に身を委《ゆだ》ねる。この結果、開店して一世紀に充《み》たないのに六代も店主が代わりする目まぐるしい食堂に。とにかく何もかもが目まぐるしい。血を引いた店主は二十歳そこそこでことごとく夭折《ようせつ》。が、妻は長生きなので、食堂には常時五人の妻が立ち働く。二代目の妻、三代目の妻、四代目の妻、五代目の妻、六代目の妻――。

主人たちは代々、十七歳で店主となり、二十二、三で逝去するのが常。ということは、十七のときに生んだ息子はまだ五、六歳。次の店主が十七歳になるまでの十二年間は五人の妻が実質的に店主を担う。したがって、血を引いた男の店主が店にいることは食堂の歴史においてむしろ稀《まれ》。しかも、常に若き主人は影が薄く、当然のように絵に描いたような「早死にの相」を持つ。その顔が「百科事典」の例証として紹介されるほど。現在でもバラ社が発行している事典の〈早死に〉の項を開けば、そこにこの食堂の何代目かの店主の似顔絵が掲載されている。

まさに絵に描いたような「早死にの相」。この若き店主が店主としておさまっている数年は「いつ死ぬか」と五人の妻は常に怖れる。食堂にただごとではない緊張が走っている。緊張のあまり、主人も妻も名物の魚フライを上の空でつくり、いったいどんな魚をフライにしたのか「よく分からない」と客に答えたのが新聞のコラムで紹介されて有名に。以来、よく分からない魚のフライの店として人気を博す。こうした不吉な背景を持つ食堂だが、「よく分からない魚のフライ」は「よく分からないがゆえに大変、美味だ」とよく分からない評価を得て、いまでも繁盛している。

★『阿呆鳥《あほうどり》観察記』バッテイラ・著……大玉社

舞台は旧市街の古アパート。その屋上に「阿呆鳥」と呼ばれる怪鳥が巣をつくる。これが後に「水の楽園」と名付けられるパラダイスとなる。著者はアパートの住人である売れない脚本家。仕事がなく暇を持て余して屋上にのぼるうち、阿呆鳥の存在に気付いて、当時としてはまだ珍しかったこの鳥の生態を記録する。しかし、本書が異様なのは「鳥の生態の観察」と銘打ちながら、実際には著者本人の日常の記録が大半を占めている点。頁が進むごとに鳥の観察は後まわしとなり、いつのまにか著者が「阿呆鳥」と化して遂《つい》には自ら空を飛ぶ。上空から俯瞰《ふかん》した旧市街の描写は迫真に富む。想像力の範疇《はんちゅう》を超え、実際に空を飛ぶ以外、どうしたらこのような情景を目撃しうるのか。著者本人も「確かな経験」とする一方で、「飛行時の記憶が曖昧《あいまい》」とも記す。やがて「見るもの」と「見られるもの」の「目玉の交換が為された」と記述してひとつの結論に至る。以下、本文より引用。

――「見るもの」と「見られるもの」は、結局のところ同じである。「見る」ことはその対象に同化することで、同化しない程度の不誠実な視線は「観察」にも「注視」にも価しない。同化しないのであれば「見る」ことにさしたる意義はない。見れば見るほど対象は自分となるべきで、同化が正しく行われたなら、いつのまにか自分は「見られるもの」に成りかわる。こうして考えると、自分は世界のあらゆる物事と交換可能であると結論できよう。誠実であることさえ失わなければ、私は鳥のみならず、靴にもなれるし、山高帽にもなれるし、胡椒挽《こしょうひ》きにもなれる。要は対象を誠実に見つめることである。

★『甘い匂いのする終末』ジャリコ・著……デフリン党書房
〈離別〉前夜に流行した終末論の類《たぐい》。視野が極端に狭いところが白眉《はくび》。著者は「世界」のことなどまったく興味がないのか、自分の生まれ育ったシナリア横丁の一角に訪れようとしている「終末」を子供の視点を借りて論じる。あるいは、子供時代の「甘い」記憶を利用し、〈離別〉の危機とその後の「横丁」を見据えている。ただし、それが成功しているとは思えない。ここまで個人的な終末論はすでに終末論としての意味をなさない。ともすれば、好物の菓子をとりあげられた子供の泣き言の印象。事実、この横丁の中核は著者の祖父が長を務めたウエハース工場にあった。その甘く軽い菓子の匂いが横丁を支配し、著者の記憶を支配し、当然のようにこの本の全編を支配して、タイトルにまで漂い出ている。

おそらく発表当時は「こんなものは甘いセンチメンタリズムに過ぎない」と切り捨てられたに違いない。が、多くの論者が「終末」というキーワードを持ち出して迎えた〈離別〉こそ、誰も予期しなかった大甘の感傷に支えられたものだった。いま読むと「世界」が浸る甘い感傷よりも、菓子工場の裏手にあった横丁にたなびく甘い香りの方がほろ苦く味わい深いものであったと知る。ちなみに、ウエハースという菓子はすでにこの世に存在しない。「世界」などという大それたものに身を託したことで失われたものは数知れない。

「甘いものを忌み嫌う者は、もう充分に安っぽい甘さに満ち足りている」

著者のつぶやきが印象に残る。

★『モノクロのカメレオン』バンダバン・著……平然社

何者にもなれた男＝タブラサン・ノワイアの生涯を追った労作。上・下二巻で各巻が六百頁を超える。「この世で最も地味な芸人」と呼ばれていたタブラサンは、その地味であることの特性を活《い》かして何者にもなれることに気付く。個性を持った者はその個性が邪魔するが、際だった個性を持たぬ地味な容貌と立ち居振る舞いは、そこからどうにでも化けられる可能性を持つ。このシンプルな真理を携え、タブラサンは当時すでに伝説と化していたさまざまな物故者になりすました。伝説の歌手。伝説の映画俳優。伝説の政治家。伝説の思想家。さらには伝説の悪党。伝説の強盗に至るまで。大衆はタブラサンが演じる「伝説」を通して、過ぎ去った時代と個人的記憶を甦《よみがえ》らせて感慨にふける。笑いもあるし涙もある。もちろん、感動や感激もある。が、大衆が最も感じ入ったのは、タブラサンが演じる「伝説」のしみじみとした寂しさだった。「伝説の人物は、皆、どこか孤独です」タブラサンは数多くのインタビューでそう答える。「笑わせるのは簡単です。涙を引き出すのもそれなりに。しかし、寂しさを伝えるのは生半可では出来ません」

永らく地味な芸人であった者のみが達した境地。が、この芸人の凄《すご》さ異常さはこの先にある。タブラサンが「伝説」のカメレオン芸人として名を馳《は》せた期間はそれほど長くはない。カメレオンが鮮やかな色を見せたのはほんの二年ほど。以降、急速に忘れられつつあったタブラサンは、「伝説」を近隣の人々に置き換え、「伝説」とは正反対の「無名の人々」になりすますことに後半生を捧《ささ》げた。タブラサンという名に「ああ、そんな人がいたね」と思い起こす人も、この人の後半生がどのようなものであったかは本書を繙《ひもと》かなければ知るよしもない。彼は街から街へと渡り歩いて各所の写真館を訪ね、そこに残された古い写真の中の人物に次々なりすました。男女を問わず、彼はどんな者にでもなりすますことが出来、その多くはすでにこの世にいない死者であった。彼はなりすました無名の死者に縁ある者を探し出し、わずかな報酬と引き換えに地味な「モノクロのカメレオン」を演じた。縁ある者の家に赴いて玄関口に立つと、誰もが息を呑《の》んで、あり得ない死者との再会に言葉を失う。ひとしきり笑ったり涙ぐんだりする時間があり、「では」と去ってゆくタブラサンの後ろ姿には死者ではなく芸人の寂しさがあった。そのことをタブラサンだけが知らない。

★『烏口職人の冒険』モルテンバッハ・著……一直線書房

極細の糸よりも細い線を引いてみせる。それが烏口職人である。本書もまた烏口で引かれた線のように瀟洒《しょうしゃ》な一冊。頁数は百頁に充たない。上質な本文用紙を使い、ポイントの小さな活字で烏口職人の技と心意気を伝える。

——烏口職人は直線を好んで引く。まっすぐに引く。しかし、それはつまらない直線ではない。面白味のある直線を心がける。それは消え入りそうな直線であり、震えるような直線である。直線であることを恥じているような直線である。

——烏口職人は姿勢が良い。彼は午前中に線を引くことを好む。でなければ、音という音がどこかへ吸い込まれた深夜の数分を利用してひと息に引く。迷わず引く。

——彼は一本の線が示す重要さを知っている。一本の線がひとつのものをふたつに分かつことを知っている。しかし、それがただの消え入りそうな線に過ぎないことを知っている。

——烏の羽根のような黒いズボンを穿《は》き、アイロンのかかっていない白いシャツを何度も洗い直して袖《そで》を通す。子供の頃は路面電車の運転手になると決めていた。烏口職人などという仕事があることは知らなかった。子供の頃の彼に「君はいつか烏口職人になる」と伝えたらどんな顔をするだろう。「仲間はいない。ただ一人でする仕事だ」と伝えたらどんな顔をするだろう。

——簡単そうだが、とても難しい。この仕事をつづけてきた人は「誰にでもできる」と言う。「誰にも真似できない」とも言う。荒々しく活き活きとした太い線を引くのは簡単だ。烏口職人はそれを知っているが誰にも言わない。誰も気付かぬ消え入りそうな、しかし、まっすぐな線を引くことが一番難しい。鳥口職人はそれを知っているが誰にも言わない。

以上、八冊。手にして頁を開き、電流によって脳内に内容が注入された八冊。

フィッシュは少し迷って最終的に『鳥口職人の冒険』を購入することに決めた。『阿呆鳥』も捨て難かったが、変貌には鳥口職人の方がふさわしい。

本を抱えて古書肆を出ると、フィッシュは尾行の有無を確かめ、二重カーテンで覆われた宿の部屋へ戻った。戻るなり乾いた靴を脱ぎ、重たい上着を脱いで本の包みを解く。変貌には模範となる人物が必要で、それもなるべく実在した人物を模範としたい。この街に生きて骨を埋めた人物であれば上々だ。

すでに死んでしまった人物と出会えるのは書物の中だけである。これは比喩ではない。

書物に潜り込めば、時間はその書物に封じられた時間に同期する。文字は文字であるだけでなく、自らが意味するものを顕在化させて頁の奥に——たとえ死者であろうと——住まわせる。そこでは、時空と生死を超えた邂逅《かいこう》が可能となる。これは比喩だろうか。紙魚ではなく、すべての読者は書物を読むことで書物の内側に滞在する。そこではすでにこの世から消えた人物や、この世に無縁の架空の人物と言葉を交わすことが出来る。それは比喩かもしれないが——。

死者に出会うために本はある。これは紙魚の感慨ではない。

無論、死者との邂逅には予測できない困難がつきまとう。むしろ、精神的な潜入に頼った方がうまくゆく場合もある。たとえば、脳内に読みとった内容と、実際に身を投じて体感する書物の内部が等しいとは限らない。したがって、読後に好感触を持った本であっても、いざ、頁の中にはいり込んでみると、立ち現れる風景や人物に違和感を覚えることがある。精神的潜入では、そういったブレが起こりにくい。強い集中力さえ保っていれば、紙魚よりも人の方が理想的なかたちで書物の中にはいり込めるのかもしれない。

だから、紙魚は慎ましく丁重に——。書物に流れる詩情と叡知《えいち》を信じ、ときには猥雑と醜悪の匂いも嗅《か》ぎ、みずみずしい果実の搾り汁と傷ついた舌から溢《あふ》れ出る血がまざった酒を最上とする。決してその酒に溺《おぼ》れることなく。溺れるなら書物の海に。垂直に。慎ましく丁重に。

いまふたたび、フィッシュは本に還《かえ》ってゆく。

それがなぜ凍るのか、
どのようにして凍るのか

不在。人影なし。

靴。両足を揃え。床の上に。

清掃済みの床。二重カーテン。湿度六十八%。ほの明るくほの暗い寝台。

その上に書物。開かれている。左=第四十二頁。右=第四十三頁。書名=『烏口職人の冒険』。

古書。初版。状態=並。虫食い=無。紙魚《しみ》の存在=有。

要注意。紙魚アリ。紙魚アリ。紙魚アリ。紙魚アリ。

紙魚のコード・ネーム=フィッシュ。第六属・第十二等部・第十一番目のフィッシュ。諜報《ちょうほう》員《いん》。

形態=自在。言語=自在。思考レベル=f。超越的時空越境型諜報員。笑わない。叫ばない。踊らない。歌わない。約十二分前に寝台上の書物に侵入。現在、遊泳中。書物内の時空への同期率=五十八%。時空混在中。混沌《こんとん》。不確実。半信半疑。消息が曖昧《あいまい》。

要拡大。要拡大。要拡大。

居ないが居る。居るが居ない。確認は困難としても、居ることは居る。居ないことはない。おそらくは居る。たぶん居るはず。ほとんど居る。十中八九、居る。

(居た。居ました。フィッシュです。十一番目のフィッシュです)

ホールド。明度七割増。コントラスト五割増。全方位型オート・システム＝明快。内視的オート・アイ＝明快。一人称的三人称型オート・フォロー＝明快。

確保。再拡大。

ナレーター＝安定。ナレーター・ポジション＝自在。ナレーターの性別＝男性。ナレーターの知性＝そこそこ。ナレーターの機転＝まずまず。ナレーターの性格＝楽天的。今回のナレーション・スタイル＝独立実況型即興的報告。難易度＝高し。

キュー・サイン、カウントは省略し、再拡大しつつ対象を捉《とら》え、ひとまず俯瞰《ふかん》から開始。

紙魚と化したフィッシュの頭部を上空から眺める。ただちに急降下。つむじの渦巻きを確認しうるほどの接近。各種設定の煩雑《はんざつ》さから解放され彼を取り囲んだ空気に融《と》けゆく。その流動する気体は時間の潮流にして逆流にして濁流。フィッシュと確定されたヒトのかたちを借りた透明体は、渦巻く時間の気流をまとって定まらない。落ち着かない。内視的に捉えるコチラの視点も時間流のブレによって定まらない。

が、徐々に破線は正常線となる。砂嵐が吹き荒れるような空間の不安定も回復される。

ただし、視界や音がクリアになると、混沌として渦巻く時間の質感および形状が明瞭《めいりょう》になる。「混沌」が明瞭になる。ひとつの時間に別の時間が色となってまとわりつく。絶えず変動する極光のようなとらえどころのない色の帯、色のカーテン、色の煙。その混沌とした色の尾に混沌とした色の口が食いつく。色は混じりあって色濃く滲《にじ》む。色とは呼べないものにまでなり果てる。

空にかかる虹《にじ》を袋に詰め、狭い部屋の中で袋の口を開けば、混合した七色が部屋の空気に霧の如く充満する。この霧は細かい水の粒を視認できるほどの水気を孕《はら》み、口を開けば口の中に色の露が宿る。あるいは、色ごとに味が変わるかもしれない。が、それは実際のところ霧でも虹でもない。混乱した時間が顕現した気体だ。時間はこうして通常の定位を失って歪《ゆが》み、気体が液体になり、また気体へ戻って歪む。歪んだものはゴムが溶けたように不定形のままからみあい、フィッシュはこのからみあう時間を選《よ》り分けながら前進する。前進した先に自分の目的とするものがあるのかないのか。色となった時間は薄衣のように水蒸気のようにフィッシュにまとわりつく。彼自身の輪郭も同期して歪む。輪郭ばかりか頭そのもの——頭蓋《ずがい》の中の脳の働きまでも歪んで言葉も出ない。

やがてフィッシュ自身が色の流動体になる。色の一部と化す。歪んだ時間となる。まるで、ジューサー・ミキサーに放り込まれた心地である。自分の何かと別の何かが凄《すさ》まじい回転と揺さぶりによって混合してゆく。どこまでが自分でどこから先が自分でないのか区別がつかない。

てこずっている——とフィッシュは頭の中で声をあげる。いつもより明らかに時間がかかっている。書物内の時間と空間に同期するのはもとより容易ではないが、ここまでてこずるのは初めてだ。同期が速やかに完了しない理由はただひとつ。対象となる書物内の時空がきわめて閉じられた内省的なものであるとき。すなわち、その時空を支配する主たる人物が、ゆるぎない自律を確保しているとき。

いま、フィッシュが侵入しつつある書物でいえば、表題となった「烏口職人」その人がそれに当たる。無論、フィッシュもそれは重々承知している。度合いがこれほど強固なものであるとは予測していなかったが、このくらい強度な自己を持った人物であれば同期のしがいもある。いずれにしても同期は一筋縄ではいかない。同期、同調、シンクロと、どんな言葉を当ててもいいが、要はチューニングである。ふたつの楽器の音程を正確にあわせる調律。調律さえうまくゆけば歪みは調えられる。

では、どのように正しくチューニングすればいいのか。それは参入者であるところのフィッシュが「無」に至るより他ない。言うは易しで実行は難しい。というより、厳密に言えば、どのような方法を学んでも、決して「無」になど到達できない。が、とにかく西に向かって歩き出せば、一歩二歩と西に近づくように、意識が「無」を目指している限りは、わずかずつでも理屈としては「無」に近づく。東西南北のいずれでもなく、ただ「無」だけを望む。全身の力を抜き、フィッシュは「時」と呼ぶしかないものに身を委《ゆだ》ねる。すると、「時」が気を許す。混入した異物を異物としてではなく、「時」の栄養分として認識する。これは仮説だが、より深くより広くその可能性を拡大するために、「時」は自《おの》ずと侵入者を取り込む。

あたかもそれを証明するように、「フィッシュの脳」と「時を司《つかさど》る何ものか」は、いずれも異変を意識することなくひとつになる。乱れた波が次第に引いてゆく。狭い部屋に充溢《じゅういつ》していた色の粒子も霧も消え、はみ出していた色は各々《おのおの》の輪郭線の中に収まる。フィッシュは本来のフィッシュへと戻ってゆく。

空気が澄み、嵐が去ったあとに静けさが際だつように、色の波動をくぐり抜けたあとでは肌に触れるものが妙に馴染《なじ》む。足が地に着かぬ浮遊感は残っているが、足を踏み出せば前へ進む。

ここはどこだ。目と脳が見る。ここは道具類をストックするための薄暗い小部屋である。探れば扉がひとつ。扉に体重を預けて扉の向こうの廊下へ出る。その廊下に充《み》ちている光は水底から見あげた太陽のよう。光源は廊下の突き当たりの窓。ごく小さな窓だが、その廊下にはこれで充分と思える光がフィッシュを誘っていた。

光とは妙なものだ。複雑な状況を通過したあとでは、仮にそれが人工の光であっても、そちらへ本能的に引きつけられる。夜の虫のように。他のものが目にはいらなくなり、糸で操られたようにフィッシュの体は光の方へ引き寄せられる。その手前、突き当たる手前の左手に大きな扉があり、扉の向こうには廊下とは別の質量を持った光の気配が感じられる。迷うことなくフィッシュがその扉を開くと光が視界と共に広がって包まれた。

フィッシュは何度も読んで知っているような、それでいてまったく知らないような、見知らぬ懐かしさが香る部屋に立っていた。

同期率八十九％。フィッシュはそこが鳥口職人の仕事場であると予測する。否。確信している。確信した脳には歪みがない。フィッシュは氷の上を歩む心地で職人の仕事場を探査する。目に映るものを言葉に置き換えながら、ひとつひとつ記憶する。

灰青色の壁。壁に鋲《びょう》で留められたいくつかの数字。日付。時間。何かの数式。横長の机。机の上の一ダースあまりの烏口。烏口の先端を研磨するための砥石《といし》。水差し。ガーゼ。なめし革。

試し引きの跡が毛筋のように残された数枚の上質紙。丸められた紙屑《かみくず》。四本の足に微妙な調整が施された古い椅子。いくつかの窓。窓の向こうには、わずかに手を加えた自然のままの庭の一角。それらの細部は『烏口職人の冒険』に記されなかった部分を含む。記述どおりではなく、記述を超えている。これこそ書物の内奥に広がる紙魚だけが知る世界である。

そうして観察をつづける間にも同期率は九十二％に達する。わずかな色ズレや、埃《ほこり》のような微細なノイズを発するのみ。ここまで来ればほとんど劣化は見られない。てこずりはしたが、とりあえず到達した。

しかし、そこへ何の予告もなしに次なる事態が訪れる。目的への到達。部屋の主であるところの烏口職人が、音もなく現れて眼前に立つ。フィッシュとしては目的の人物の意表を衝《つ》いた登場に一瞬たじろいだが、それよりも見知らぬ男の闖入《ちんにゅう》に驚いた烏口職人の動揺の方が大きい。すでに、その時点で同期率は九十八％になり、お互いの姿は現実の遭遇と同様に認識される。会話も滑らかに欠落なしで可能となる。

「あなたは誰です？」

烏口職人が尋ねた。声は適正な音量でフィッシュの耳に完全なかたちで届けられる。

「あなたに逢《あ》いにきた者です」と同じく適正な音量で相手に答えが届く。

「それは珍しいことです」烏口職人は冷静に答える。「僕はもう長いこと、ここでこうしていますが、来客は初めてです。思えば、こうして口を開く機会も滅多にありません。それがどうしてなのかと考えています」

「お察しいたします」

フィッシュは丁重に接しながら烏口職人の特徴的な話し方を観察した。予測どおりの冷静な人物である。フィッシュは彼のような何事にも動じないフラットな精神の持ち主を好む。

「僕はどうしたのでしょう？」

「ええ」フィッシュは彼の話を制した。「ちょっと座ってもいいですか」と壁際の小ぶりな椅子を示し、許可を得てからやや浅めに腰掛ける。烏口職人の彼も調整の施された例の椅子に座り、横長の机を挟んで二人は向き合った。

「この本はとてもよく書かれています」

フィッシュはそう言って両手を広げた。

「この本？」

机に両手を置いた職人が確かめる。

「ええ、最初にお伝えしておきますが、いま、我々は一冊の書物の中で出逢っています。正確に言うと、私があなたに逢いに来ました」

「どういうことでしょうか」

「信じる信じないは、この際どちらでもいいことです。あなたにはあまり関係ない。私は本の外の世界からやって来ました。本の外ではあまりに多くの可能性が検討され、何が本当なのか見えなくなる。だから、そんなことはどうでもいいのです。その程度のこととして聞いてください」

「さて。僕にはあなたの言っていることがさっぱり理解できません」

「ええ。乱暴な言い方ですが、理解していただく必要はありません。私はあなたの母上がどれほど大らかで明るい女性であったか、この本を通してよく知っています。お母さんは、よくあなたにお話を聞かせてくれたでしょう？　遠い国の昔の物語。あれと同じです。あなたの母上にはとうてい及びませんが、遠い国の昔の物語のつもりで聞いていただければ」

「あなたは僕の母を知っているのですか」

「ええ。この本を通じて。もういちど言っておきますが、我々はいま一冊の本の中にいます。本の題名は『鳥口職人の冒険』。鳥口職人とは言うまでもなくあなたのことです。この本はあなたの本なんです」

　フィッシュはそこでまた両手を広げた。

「じつによく書かれています。頁数は大したことありませんが余計なことが何ひとつ書かれていない。あなたという人物をあなたより知っているあなたの友人が書きました。すべての章、すべての行が的確にあなたを表している。こうした本は、主人公を――つまりあなたのことですが――確実に本の中に閉じ込めます。現実のあなたは――いや、それはともかくとして」

「ちょっと待ってください。現実の僕はどうしたんです？」

　彼は聞き捨てならないとばかりに身を乗り出して問うた。

「というより、この僕は現実の僕ではないんですか」

「そういうことになります。残念ながら、本の外――仮にそれを現実と呼ぶのであれば、現実の世界でのあなたはそうして机に向かうことはもうありません。口を開くこともありません。その必要がなくなったんです。ですが、いまこうしてこの本の中で話し合う我々にそんなことは関係ありません。我々はいま一冊の本の中にいます。外で起きたことは外で起きたこと。現実がどれほど馬鹿げた変容を遂げても、本の中の世界は何も変わりません。変えようがないんです。あなたはここにこうしてとどまる。あなたがもし、この生活、この本の中の日々を気に入っているのなら、それはあなたにとって幸福なことです。本の外にある幸福にはいつでも不安がつきまとう。しかし、完結された本の中の幸福には不安がない。書きあげられて世に送り出された書物は、書き換えや上書きができないという点において、完全に閉じられた世界を確保します」

「それが、遠い国の昔の物語ということですか」

「そのつもりで聞いてください。まずはあなたの友人のことを。彼——モルテンバッハ氏は、じつに活《い》き活《い》きとあなたの仕事ぶりをこの本に定着させました。あなたがあなたの生涯において最も示唆に富み、豊かで鋭い線を——あなたが好んだまっすぐ伸びてゆく線を描いていた時代です。そのときのあなたがこの本に保存されています。そして、それ以上のことをあなたの友人は書かなかった。賢明な選択です。この本にとって、というより、この本の中でこうして永遠に生きることになったあなたにとって、それは最良の選択でした。あなたは現実のあなたが味わうことになる——いえ、それも、いまここで語る必要はないでしょう。話したところで、あなたの理解できることではない」

「いえ、それがそうでもないようです。物語としてなら少しは理解できるようです。あくまで物語としてですが」

「結構です。あなたは大変に賢明な方です。私はそこに魅《ひ》かれました。数ある書物の中から私はあなたを選びました。あなたが賢明に実直に一本の線を引きつづけることに感銘を覚えたからです。私にはとても真似できません」

「いえ、もし、あなたの言うとおりモルテンバッハが僕をそんな風に定着させたのなら、それは僕の性格や力量とは無関係でしょう。彼の筆致がそう決定づけたまでです。彼の文才は僕もよく知っています。僕はこのとおり、これ以上の者ではありません。賢明でもないし実直でもない。ただ、他に何ら興味が持てず、仕方なしに烏口で線を引いているだけです」

「ええ、それも知っています。あなたがあなた自身をそのように見ていることも私は知っています。この本のとおりです。私はいまルール違反を犯しました。本の外の見解や憶測をこちらへ持ち込みました。それがあなたにとって受け入れ難いのは当然です。なにしろ、いまのあなたは本の外の世界を知らないのですから」

　話しながら、フィッシュは烏口職人の戸惑いを画家がスケッチするように観察していた。

「私は残念ながら物語の良い読者ではありません。もちろん私も本を読みますが、私にとって本はまず何より主食であり、体を休めるための寝台です。そして私は読者としてではなく、別の肩書きで、本の中に棲《す》む者に質問をすることがあります。それが私の任務なんです」

「任務——ということは、あなたは誰かに命じられて僕に逢いに来たんですか」

「大きく捉えればそうです。ですが、特にあなたでなくてもよかった。あなたを選んだのは私の個人的決定です」

「しかし、任務というからには——」

「私は諜報員です。諜報員としての任務を請け負い、あなたの生まれ育ったこのキノフに忍び込みました。私の仕事はこの街に伝わる奇妙な現象を解き明かすことにあります」

「それはまた——いかにも面白そうな仕事ですね」

「面白いかどうかはまだ分かりません。まだ途中なんです」

「そんなことを僕に明かしてもいいのですか」

「ここでのこうしたやりとりはすべてなかったことになります。いえ、御心配なさらず。手荒なことはいたしません」

「それはつまり、記憶がなくなるということですか」

「完全に消えてしまうわけではありません。こうして私とあなたが言葉を交わしているこの時間だけがあなたの記憶から削除されます」

「そうですか」烏口職人は視線を外して頷《うなず》いた。「でも、時間はどうせ一度限りです。ここでこうして交わされる言葉も、そのときそのときで二度と繰り返されることはありません」

「ええ、まさにそれなんです。私が探っているのは、そうした言葉——あるいは声の神秘です」

「声の——」

「この街ではこうして口にする言葉が凍りつき、〈パロール・ジュレ〉と呼ばれる結晶体になると言われています。凍る言葉。凍った言葉です。それがなぜ凍るのか、どのようにして凍るのか、その秘密を探るのが私の任務です。そしてまた、その凍りついた言葉を秘術によって解凍する者がいるのです」

「解凍？　ですか」

「そうしたお伽話《とぎばなし》が本当であるなら、いま、あなたが言った言葉の一過性は否定されます。言葉は冷凍保存され、しかるのちに解凍される。いつでも再生することが可能になるんです」

「でも、声の再生なら、録音装置を使えば——」

「いえ」とフィッシュは首を振る。「それが声ではなく、パロールと呼ばれているところが重要です。ですが、残念ながら、そこのところを私はまだ説明できません。最終的にはその『仕組み』を理解し、私に指示を与えた〈指導部〉に報告するのが私の任務です」

「聞けば聞くほど楽しそうだ。夢がありますよ。あなたはまるで科学者のようだ。僕は子供の頃に科学者に憧《あこが》れていました。でも、結局、僕が選んだのは一本の線を引く仕事です。来る日も来る日も一本の線を引く仕事。夢などありません。さしあたって必要のない仕事です。存続していること自体が奇跡です」

「そうですか？　私には一本の線を引く仕事こそ夢のように思えます。それに、私の仕事はそうした神秘や夢を横から掠《かす》めとってゆくものです——」

「あなたのお話は少しずつ理解できるようになりました。でも、なぜ僕がそこに関わるのか。

あなたは僕に何を求めているんです？」

問うはずだったフィッシュがいつのまにか問われていた。逆転していた。否。それは逆転ではなく、やはり同期、同調、シンクロと、どのような言葉を使ってもいいが、つまりはふたつの楽器がひとつの音を奏でるための調律だった。

「私はいま、あなたを掠めとってゆくんです。我々はとてもよく似てきた。ほら――」

「ええ。たしかにあなたは僕になりつつある」

「ええ。私はこうしてあなたとなり、そろそろこの本から本の外へ出てゆくところです」

「あなたは僕になって僕を掠めとった」

「その記憶もじきに消えるでしょう。同期は完全に成功しました」

「あなたは帰るんですね、本の外へと」

「帰ります。あなたを連れて。あなたになって。すでに私は私を捨て、あなたになりすました僕が本の外へ帰ります」

「言葉が凍る世界に――」

「そして、言葉が解凍される世界です。残念ですが時間が来ました――」

同期率百%。

同期にともなう縮小。急速に。

〈急速な縮小〉

反転。再反転。ナレーター退室。ホールド解除。ほの明るくほの暗い寝台。

その上に書物。開かれた頁。左＝第四十二頁。右＝第四十三頁。書名＝『烏口職人の冒険』。

古書。初版。状態＝並。虫食い＝無。紙魚の存在＝無。

二重カーテン。湿度六十六％。靴。右足から履いて左足を履き。清掃済みの床。

力尽きて横たわる男。帰ってきた男。

十一番目のフィッシュ。

諜報員。

ココノツ、ココノツ

彼はそうしてまた黴臭《かびくさ》い書物の頁から抜け出てきた。

彼は洗面台の鏡を見る。短く刈られた髪。引退した競走馬を思わせる大人しい目。やや尖《とが》った鼻先。常に嚙《か》みしめているような口もと。顎《あご》に刻まれた深い傷。肉厚な耳たぶ。二ミリほどに伸びた無精髭。襟の小さな白いシャツ。見おろしたズボンは黒い鳥の羽で覆われているかのようである。

なるほどこれが自分かと残像の中にある鳥口職人の「彼」と照合していた。すでに崩壊して溶けた像はいまひとつ正確さに欠けるが、印象だけで言えば「よく似ている」。「彼」の方がもっと実直さがにじみ出ていた。無精髭もなかった。が、元より「彼」本人になることが目的ではない。あまりに似ていれば、「生まれ変わり」と囃《はや》したてられて厄介な事態になりかねない。上出来である。ここまで変貌《へんぼう》していれば、さすがにあの移動写真師も気付かない。いささかぎこちなかった身のこなしもこれで違和感なく均《なら》される。体も軽くなり、あとはその体の軽さに乗じて本格的な調査に乗り出せばいい。

が、激しい運動の前に準備体操が必要なように、変貌した自分になるためには少々の準備期間が必要である。それは予測のつかない変動に対応する日々となる。

すでに無意識にシャツの第二ボタンをはずし、無意識にそれをはめ直していた。こうした逡《しゅん》巡《じゅん》の不自然さはそれなりの緊張感を生むが、見知らぬ自分が新鮮で面白いとも言える。

フィッシュは夜を待った。雲を従えた空にネオンが映えるのを待ち、鏡の前で身なりを整え、新しい靴を履いて試しに部屋の中を歩いた。

問題ない。靴はよく乾いている。つま先が床に当たる硬い音も悪くない。体重は幾分か軽くなった。変貌のあとに悩まされる頭痛もなく、記憶の混濁もいまのところ見られない。

フィッシュは夜を待てずに部屋を出た。身を隠した安ホテルの、ほとんど非常階段と見紛《みまご》うばかりの狭い階段をおり、裏口としか思えぬエントランスから街へ出た。

乾いた靴音を路上に響かせる。自分はこの街を隅々まで知っている。この街に潜入してすでに多くの時間が流れた。時間は自分に染みつき、街の奥の襞《ひだ》の中にあるものまで知っている。だが、それは諜報員《ちょうほういん》・十一番目のフィッシュの感慨なのか、それとも、新たに取り込まれたキノフ生まれキノフ育ちの「彼」の記憶か。あるいは、街を覆う夕方の最後の時間が、街を歩く者すべてに抱かせる思いか。事実はどうであれ、街の裏手から〈RETINA〉と掲げられたビルの看板を眺め、フィッシュはそのアルファベットの並びを記憶の倉庫で検索した。

〈網膜〉。たしかそういう意味だ。〈網膜〉を眺める自分の網膜が脳に直結し、送り込まれた情報が小さな火花を散らす。あの薄暗く煙たい駅の待合室で「帳面に」とささやいた男の横顔に稲光が閃《ひらめ》く映像が重なる。

——文具店を探して帳面を買うのを忘れないよう。

そういえば、男は自分にそう命じた。

こうして私はこの街に来て最初のノートを購入することになった。

＊

こうした行為に規律や模範があるわけではないが、本格的な——そして最終的な——調査を始める前に、こうして日録を記すことで息を整えるのが私たちのやり方だ。

否。あるいは、こうした習慣の記憶は諜報員のたしなみではなく、鳥口職人である「彼」のものであったかもしれない。かといって何ら困ることもない。諜報員が鳥口職人の顰《ひそ》みに倣《なら》うことにどんな問題が生じるというのか。否。むしろ、大いにとり入れるべきだ。倣うことで我々は本当の意味での更新を遂行しうる。倣うことを知らぬ者は結局それより先へ進めない。

私は私の考えが順当であると信じる。諜報員として何ごとか奪いとるのではなく、調律の果てに同化して倣うことが最も有効な情報収集であると信じる。

次の日。

昼の光で見る街の細部が別の網膜を移植されたように瑞々《みずみず》しく映った。どこへ行くのにも遠出をするときの高揚と期待が募る。ほとんど子供のように歩を速めている。体が軽くなったせいもあるが、歩みの軽さに同調して内省も単純になる。この単純さを通過したあと自分はどう変貌してゆくのか。変貌の過程は当然ながら同期した人物の素性によって左右される。が、今回のこの選択が正しかったのか、それとも不適切であったかは答えが出るまで時間を要する。それは私の内面に埋め込まれた「彼」との融合に要する時間であり、「彼」が本の外へ出てきて、「彼」がこの街に生きた歴史と記憶を取り戻してゆく時間でもある。いまはまだ空気に触れたばかりで、「彼」はまだ若い時間の中を漂っている。無論、私もそれに同調する。

我々は若く、我々はまだ青い。が、ここ数日で素早くいくつものポイントを通過してゆくだろう。これは私にとって、ちょっとした青い休暇である。私はなるべく「彼」の記憶を重視し、私ではなく「彼」の青さにつきあう。

今日は秘文字屋を訪ねた。秘文字屋とは、読んで字のごとく秘密の文字を売る者である。

「代々、こうして文字を売ってきた」

浅黒い肌。かさかさに乾いた玉ねぎの皮のような衣服。老いてはいないが白髪の比率が高く、豊かな髪は神話時代の彫刻と化した人物を思わせる。石で組まれた机と、同じ石でつくられた変わったかたちの眼鏡フレーム。机上には葉書大に裁断された白い紙が用意され、机に向かった彼が手にしているのは特製と思われる奇妙な烏口である。それは大昔の医療機器に見えた。ロボットの人差し指の骨格のようでもあり、かつては銀色に輝いていたのかもしれない。いまは錆《さび》が浮きかねないくらい充分な年季がはいっている。

「これは完璧《かんぺき》に不可解な邂逅《かいこう》であると俺は解する」

男は烏口の具合を確かめると、怪訝《けげん》そうに私の顔を見た。

「ここへ来た客の顔を俺は完全に覚えている。それも俺の仕事のひとつだと完全に俺は解している。が、貴殿の顔を俺は完全に知っていると解しながら、やはり知らぬ顔だと迷いながら解する。いや、答えなくてよい。問うこともない。俺は貴殿にこの不可解を問いたいのではなく、俺自身に問うて、俺が答えていると解している」

ひと息。

「すなわち、これを独り言という。俺は心の中に唱えたことが完全に口から出る。世にも稀《まれ》な男だと解せ。俺のような者は二人と居まい。つまり俺は完全な俺で、俺の書く文字はこの世にふたつとない完全な俺だけの文字である」

ひと息。

「これから貴殿のために書く文字はこの世で完全にひとつきりのものと解せ。後にも先にも二度とない。それは貴殿がこの世にただ一人きりであることと完全に一致する。この事実に瞠目《どうもく》しろ。それが真の文字だと解せ。ひとつの文字はただそれだけではどうにもならぬ。が、文字はひとつだけではないと解せ。この点に瞠目しろ。俺はこうして数多《あまた》の文字を書いてきた。であるからして、俺の書いたひと文字は俺にも分からぬ世間の片隅で言葉やら意味やらに完全に化ける」

ひと息。

「俺はまだこの世に存在していない完全にひとつの文字を書く。それは完全にとてもいい字だ。そのとてもいい字を俺と貴殿は完全に共有する。その事実に瞠目しろ。それは我々二人だけの親密な秘密となる。俺は貴殿を忘れない。貴殿も俺を忘れない。これを完全な邂逅であると俺は解する。が、どうも俺は以前にも貴殿に文字を売ったような気がしてならない。これは完全にめずらしい錯覚である。完全に初めてと言ってよい。それとも、いよいよ俺の耄碌《もうろく》が始まったのか」

ひと息。

「俺には完全なポリシーがある。俺は完全に二度売りをしない。一人にひと文字のみ。完全にそう決めている。だが、そうして完全に縛られてしまうのもどうなのかと俺は俺に問う。俺はわずかな間をおいて、すぐさま答える」

わずかな間。

「完全とは完全ではないものを含むからこそ完全なのだ。俺はそう解する。真に重要なことは、誰も知らない独り言に秘められている。本人さえ気付かず誰もが完全に聞き逃す。そうした聞くに値しないような戯《ざ》れ言《ごと》にのみ、貴殿の探し求める言葉が紛れ込んでいる。俺はそう解する」

ひと息。

「というような文字だ。それをいまから書く。さぁ、瞠目しろ」

その筆致。小刻みに震える針で引っ掻《か》いたような細い線。一見、長々とした演説とは無縁に思える淡泊さだが、その震えが、故意か偶然か気味悪いくらいに無限の情報を孕《はら》んでいる。

男は沈黙のうちに震える線を引き、息をつき、線を引き、息をつく。

その文字は誰にも判読できない。それはまだこの世に存在しない文字である。文字にこめられた意味は、私が聞きそびれた彼の独り言に含まれている。そういうことらしい。彼は私のことを「完全に知っているが完全に知らない顔だ」と称した。私もまた同じように思う。

次の日。

雨。昨日とは打って変わって冬へ逆戻りしたような冷たい雨。三日目にしてすでに私は移動写真師の存在が気になり始めた。なるべく彼と出会わないよう地味な道筋を選んで街を横断する。もし、彼が私を目にとめたら何と言うか。何も言わずに例によって挨拶《あいさつ》がわりのフラッシュを閃かせるか。「お前さんいい目をしてる」と同じセリフを吐くか。そもそも、彼は私の変貌を見破ることが出来るか。あるいは、見て見ぬふりをするか。それとも、「分かっている」と目配せだけして行き過ぎるか。

今日までのところ尾行は認められなかった。私の足は積極的に私をどこかへ運ぼうとしている。それは私のあずかり知れぬところで、昨日の秘文字屋もそうだが、迷いなく訪ねる場所は「彼」の記憶に促されたポイントに違いない。

午後。足に連れられて辿《たど》り着いたのは貨物列車専門のトンネルを改造してつくられた〈幻影ビアホール〉。そこに列車が走っていたのは〈離別〉以前どころか半世紀も前のこと。いや、いまでもレールも列車も部分的に健在ではある。ビアホールに入店するにはひとつ手前の駅から〈幻影ビアホール〉行きの特別列車に乗り、数分をかけてトンネルの奥深くに進入する。かなり長いトンネルと思われ、こんな場所がこの街にあることに何故私はこれまで気付かなかったのか。

　とにかく、途方もない広さを誇っていた。奥行きではこの店に敵《かな》うものはない。奥へ奥へどこまでもビアホールがつづく。乱雑に並べられたテーブルと椅子が望遠鏡で望まなくてはならないほど遠くまで——トンネルの奥深くへ——延々と連なっていた。が、客は点々としかいない。もし、これらすべての席が客で埋め尽くされたら、キノフの街なかは空になる。それほどの数と密度だ。途方に暮れる。二つ、三つ空いた席があってどこに座ろうかと迷うのならともかく、星の数ほどもある空席のどこへ座ればいいのか。

　が、ここでも私の足は迷わなかった。そこが自分の席とばかりに、長旅を終えて帰ってきたように力を抜いて古びた椅子に体を預けた。凄《すさ》まじい残響が常に工事現場のように響き、どうやら音楽も流れているようだが、その旋律をたどることは不可能である。旋律よりもビール・グラスや皿のたてる音、とりわけ、給仕たちから発生するさまざまなノイズ、足音、掛け声、口笛といったものが音の責め苦のように耳を圧していた。

　給仕らは男女混合で、驚くべきことに全員が鮭皮で仕立てられた薄手のベストを羽織っていた。

　私のテーブルに現れた給仕は女性で、「先にお答えしておきますが」と確信をこめた口調で私を見おろして言った。

「このベストは鮭の皮でつくられています。私どもはこのトンネルの奥で自家製のスモーク・サーモンを製造しています。皮なしのスモーク・サーモンです。非常に手間がかかります。皮を好む方もいらっしゃいますが、うちのは全部剝《は》いでます。その剝いだ皮の量たるや――」

彼女は少し声を大きくした。

「お分かりになります？　鮭の皮ってこれ意外に丈夫なんです。もったいないでしょう？　だからこうなりました。このベストも、もちろんうちの自家製です。ちなみに――」

彼女は自分の足もとを、おろしたてのスケート靴を披露するように誇示した。

「この靴もそう。鮭皮製です。靴底には乾いた草が敷き詰めてあってすこぶる快適です。こんな湿ったトンネルの中では特に」

なるほど、彼女の足は光沢を帯びたうろこに包まれていた。

「他にも色々ありますが、とりあえず説明はこのあたりで」

年齢不詳の彼女は声だけ聞いていると舌足らずの女学生のようだった。が、口紅は毒々しいピンク色で、眉《まゆ》と目のあいだにオーロラを思わせる青から紫へのぼかしが描かれている。

「話が長くなったので、早いところ御注文願えますか」

「黒ビールを」と私は答えた。それからトンネルの奥の方へそれとなく目をやる。「サーモンも一皿」。彼女は手にしていた伝票に憎悪を抱いているのか、堪《たま》りかねた鬱憤《うっぷん》を晴らすように激しくボールペンを動かした。ボールペンの先端が伝票用紙を容赦なく切り裂く。

それから彼女は鮭皮の靴で滑るように去った。入れかわりにグガン、バタムと大音響がこだまし、金属が絶叫するような音が次から次へと追いかけてきた。老若男女さまざまな給仕たちが繰り返しオーダーを告げる声――それはほとんど叫びに近い。そして、次の特別列車が店の入口の駅に到着する轟音《ごうおん》。到着を告げる駅のアナウンス。客の笑い声。足踏み。再びグガングガン、バタムバタム。金属の絶叫。聞こえるはずのない鮭の皮を剥ぐ音。

こうした一連の出来事と音響が、どういうものか私には心地良かった。衝動の発散に立ち会っているような。胃袋にホースをねじ込まれ、ジェット噴射式に隈《くま》なく洗浄されたような。体の奥で澱《よど》んでいたものが一気に浄化されるような――。

そんな心地で待っていると、オーロラ・アイシャドウの彼女が、不意にそのあたりの壁の中から抜け出てきた。金属製の細長い板の上に黒ビールとサーモンを載せて颯爽《さっそう》と運んでくる。黒ビールはアルファベットの「J」のかたちをしたガラスのジョッキに注がれ、サーモンは白い平皿の上に薄切りされたものが折り重なっていた。今にも動き出しかねないほど新鮮で、それが本当に燻《いぶ》された肉であるのか疑わしいくらいツヤツヤ光っている。

「番号をよく見てください」

彼女は皿の端に載っている小さな番号札を示した。７０２８番。

「先にお答えしておきますが、これは御覧いただいたとおり７０２８番のサーモンです。７０２８番の肉です。私がいまさっき運んだのは６８３番と２４２２番。順番はでたらめです。番号に意味はありません。うちの店に来たら意味を考えては駄目です。じゃあ、どうして番号が付いているのかと思いますね？」

彼女は毒々しいピンクの唇を自前のもうすこし穏やかなピンクの舌で舐《な》めた。

「これをどうぞ」

そう言うと、自分の着ていた鮭皮のベストを脱いで私に手渡した。脱いだベストの下からはもう一枚同じ鮭皮のベストが現れ、こちらへ手渡したベストには胸ポケットに〈7028〉と記してあった。

「説明するまでもないと思いますが、そのベストは7028番のサーモンの皮を剝いでつくったものです。あなたは幸運にも——というか、あなたに限らず誰もがそうなんですが、一応、幸運ということにしておきます。いいですね？　あなたはこれから、同じ一匹のサーモンの皮と肉を同時に楽しむのです」

彼女はそう言って、また唇を舐めあげた。

「どうぞ、そのベストを着てください。そのベストを着て7028番のスモーク・サーモンを召し上がれば、あなたの上で、そしてあなたの中で、7028番の皮と肉が再会します」

再会、という言葉を彼女はことさら重大事であるかのように発音した。

「さぁ、着なさい」

彼女は私の姉でもあるかのような口調で、ベストを掲げて私の背後にまわり込んだ。私は言われるままふたつの穴に両腕をとおし、背中から吸いついてくる鮭の皮をしなやかに感じた。しなやかに体にまとわりつき、背中から胸もとへ、さらには腹へかけて、鮭の皮のうろこが幾何学模様のように整然と並んでいた。

「説明はこれで終わりです。追加の御注文はありますか」

私は首を振る。

「では、ごゆっくり」

彼女が去り、覆われていた視界がひらけると、離れた席に点々といる客の誰もがいつのまにか鮭皮のベストを羽織っていた。番号は確認できないが、それらは〈683〉であったり、〈2422〉であったりするのだろう。そして彼らは当然のように皿の上の赤いものをビールで流し込んでいる。私は急速に喉《のど》が渇いてきた。J形のジョッキをあおって黒ビールを堪能し、つづいて、ぬめりとした赤いベロのようなサーモンを口にした。我が7028番の味を嚙みしめる。脂が舌の上で溶け、燻した香りが鼻から抜けた。すると、テーブルの横に川が流れ始める。音は聞こえないが、流れる水の気配は確かにそこにある。水の向こうには広々とした緑地が望め、その奥に森が広がっているのを私は知っていた。

「再会」と彼女は言っていた。久しく私はその言葉を嚙みしめていなかったように思う。あるいは、7028番のサーモンとは無関係に、紙魚《しみ》である私のうろこが疼《うず》き始めたのか。

次の日。

体温を測るように魂の配分を測る術《すべ》はないものか。それとも、魂などという言葉を持ち出すのは不適切だろうか。とはいえ、肉体はこのひとつで賄われているわけで、こうして考える頭もひとつなのだから、最後まで統一されないのは魂だけではないか。

この体の中で私の魂と「彼」の魂はどのように配分されているのか。といって、魂の存在など私は信じない。他にうまい言葉が思いつかないのでそう書くしかない。肉体はひとつなのに、体の奥底でまだ相反しているものがある。同時に体の表面にさまざまな統一の代償が現れる。

朝。シャワーを浴びているとき、おそろしいくらいの抜け毛に気付いた。ついでに頰骨のあたりを中心に鋭い違和感がある。シャワーを終えて鏡を覗《のぞ》くと、頰だけではなく額の一部にもガラスの破片を受けたような傷あとが見つかった。シャワーを浴びているわずか数十分のあいだに生まれた傷あとだ。

こうして私は数々の代償を引き受けつつあった。

傷のことは知っていた。『烏口職人の冒険』の中に「彼」が二十代の終わりに「デムズの爆破事件」に巻き込まれた経緯が記されていた。「彼」はそのとき顔面に大きな怪我を負ったのだ。そのときの痛々しい記憶が私の体に顕現している。これは、私と烏口職人の「彼」との融合が順調に進みつつある証拠である。「彼」が私の中に取り込まれるにしたがい、「彼」の肉体が経験した歴史が、短期間――否、短時間というべきか――の内につぎつぎ現れる。私の中で「彼」はスピーディーに成長し、青年から中年へ一挙になだれ込む。若い「彼」が傷を負ったり骨太になったり摩滅したりして、私は体の中に他人の歴史が形成されてゆくのを感じる。

今日がそうした過程のどのあたりに当たるのか分からない。いずれにせよ、抜け毛と傷の波状攻撃に覇気を奪われ、終日、部屋でふさぎ込んでいた。

退屈しのぎにテレビを見る。受像機とリモコンには二十六ものチャンネルが示されているが、実際には――少なくともこのボロ宿のテレビには――わずか二局しか映らない。片方の局は一日中、ニュースと街の様子を。もう一方は『シロンダイ』という連続冒険活劇を延々と放送していた。キノフに潜入してから、何度かこの『シロンダイ』を鑑賞したが、きわめていい加減な記憶によれば、これまでに第二百二十四回と第二百四十五回と第二百六十一回を見た。

今日、見たのは第二百八十四回。

冒頭にこれまでのあらすじがざっと紹介され、あまりに込み入った筋と無数の登場人物が複雑にからみあって、どういう話なのかどのあたりが見どころなのか皆目分からない。毎日、数話ずつ繰り返し放映し、飛び飛びに見た限りでは、ほとんどストーリーが進展していない。いつ見ても、ヌーベルという名の冴《さ》えない中年探偵がトカゲのアルコール漬けが並ぶ暗い研究室を調査している。アフロヘアーの目薬狂――とにかくやたらに目薬をさす――とショット・バーで情報の交換をするのだが、ヌーベルがいったい何を探偵し、何を解こうとしているのかさっぱり分からない。〈シロンダイ〉という正体不明の古代笛――これがまた出てくるたびにフォルムが変わってゆく――が、キー・アイテムのようで、〈シロンダイ〉を目にするたび、ヌーベルは狂おしげに呻《うめ》いて絶望的な表情になる。その意味も分からない。事実よりも小説よりも「奇なり」と言うしかない連続テレビ・ドラマ。もし、私に託された任務がこの〈シロンダイ〉の謎を解くことであったら、おそらく第十五回あたりでお手上げだったろう。

そんなものを見ていても仕方ないので、頬の傷を片手でさすりながら、街の様子をレポートする『日々の充血』なる情報番組を見る。この番組の意図も理解しかねた。そもそも「充血」とは何か。「充実」の間違いではないのか。しかし、画面の隅に終始映っている番組ロゴは明らかに「充血」と読める。あるいは、ジョークなのかもしれない。紹介された街のレポートもおよそ冗談めいていた。というか、じつに謎めいていた。

一夜にして二百五十もの客席が消失した映画館のレポート。制御装置の故障で超高速回転したまま手に負えなくなってしまった回転ドアのレポート。老舗《しにせ》時計商のスペア・パーツ棚から大量の秒針だけが盗まれたというレポート。地下水路で体長七メートルの大ワニが捕獲され、その腹の中からただならぬ「ざわめき」が聞こえてきたというレポート。

いずれも何がどう「充血」なのか。仮に「充実」の間違いであったとしても同じことである。が、こうしたレポートの最後に付け足すようにして——ほとんど放り出されるようにして——紹介された「地下の帽子屋」のレポートに私は興味を持った。

南通り一丁目の〈旧博物庭園〉に面した一角に知られざる帽子屋があり、間口は狭いが地下に広大な店がある。ほんの数秒だけ画面に登場した店主——その名をアオザメ氏という——が、レポーターの質問を無視してカッカと笑っていた。

帽子か。ただちに帽子が必要であると浮き足立つほど深刻な抜け毛ではないが、なにしろこちらの予想に反する速度で肉体が変貌してゆく。明日にも帽子が必要になるかもしれない。

予想どおり充血も充実もしない番組だったが、念のため、この「笑う帽子屋」の店名を新聞の余白に書きとめておいた。

次の日。やはり、新聞の余白をちぎって胸のポケットに収めた。

もう一度書くが、抜け毛の程は大したことない。まったくの気紛《きまぐ》れが起きて、あの「笑う帽子屋」を訪ねたくなった。そういうことにしておこう。

思っていたほど分かりにくい場所ではなかった。しかし、テレビで見た感じより間口が極端に狭く、ほとんどワニの口ほどしかなかった。帽子屋らしき看板も出ていないし、ショウ・ウインドウも見当たらない。テレビを見ていなかったら、そこが帽子屋であるとは気付かなかったろう。

ところが、ワニの口の中に潜り込むようにして店へはいると、さっそくあの笑い声がどこからか聞こえてきた。カッカと。否。どこからかではなく、目の前の暗い階段の下から湧き起こるように聞こえた。何がそんなにおかしいのか。カッカ、ハッハ、ヒッヒ、フッフと階段をおりかけた足がひるむほどの笑い声である。もしかして「笑う帽子屋」ではなく「狂った帽子屋」ではないのか。だが、もう手遅れだった。階段——それは梯子《はしご》に近い絶壁のような急階段だ——の下から、こちらを見あげるふたつの目が銀色に光っていた。銀色が笑っている。「イラッシャイ」という挨拶が笑いのあいだに挟まれ、手招きこそしなかったが、待っていましたと言わんばかりに銀色がギラついていた。吸い込まれるように階段をおりると、暗さの中から笑いが迫ってくる。

「いらっしゃい——アッハ——どんな帽子を——ヒッヒ——お探しでしょう?」

絶えず笑いが言葉をさえぎり、しかも、笑いの声量は地下から天に届くほどの大音量だ。それでいて、アオザメ氏はテレビに映し出されたとおり痩《や》せている。どこからそんな声が出るのか。とりわけ、脚は少年のようで、特注と思われる極小極細の黒ズボンを穿《は》き、体の小ささをごまかすために重量感のある特大サイズのシャツを着ていた。袖《そで》を何重にもまくり上げ、反面、脚の頼りなさに比して頭は異様に肥大している。さらにその大きな頭よりも大きな帽子をかぶり、その様子は巨大なカタツムリを思わせた。

カッカッ、カッカッ、カッカッ、カッカッとひとしきり笑ったあと、ゆらゆらと両手を挙げて腰をくねくねさせる。その意図は分からない。間違いなく奇怪な人物だった。ただし、笑いのあいだに挟まれる言動と声色には落ち着いた雰囲気があり、意外にも私は好感を持った。笑いを除いて言葉だけ繋《つな》ぎ合わせるとこんな感じになる。

「私は——ワケあってこのように大きな頭をしています——が——こんな私にもこうしてピッタリ——の帽子がありました——とてもイイ帽子です——どんなに大きな——頭でも——小さな——頭でも——最良の帽子を御用意いたし——ます」

たとえ見た目は笑っていても、氏の内面は至って誠実だった。笑いさえ生じなければどちらかというと悲しげな部類に属するかもしれない。が、ウッウッ、コッコッと多様な楽器をこなすように笑いが挟まれ、そうしては、両手を高々と挙げて腰をくねらせる。

店内は図書館の如く棚が整然と並び、そこに博物館の展示物よろしく帽子が陳列されていた。まるで『シロンダイ』の一場面のようである。『シロンダイ』では、このような場面に必ずデーウィー・ドーウィーと呼ばれる小さな魂——しつこいようだが、私は魂など信じない——を想起させる浮遊物が現れる。そして、未知の領域にはいりかけたヌーベルに何らかの導きを与える。

「行け！　過去に惑わされることなく」とか。「進め、このまま残り香をたどって」とか。

このデーウィーは・ドーウィーはその小さな体――と思われるが詳細は不明――のまわりに「夜の鱗粉《りんぷん》」と称するインチキくさいキラキラしたものを煌《きら》めかせている。なごやかなオルゴールの音とともに登場し、「行け」とか「進め」などと叫んだのちに消失してしまう。

が、中年探偵ヌーベルは、そんなデーウィー・ドーウィーの叱咤《しった》激励を完全に無視する。「未知」などには踏み込むことなく、まずそうに煙草を吸って引き返す。そんなものかもしれない。行くな、と言われれば行きたくなるし、行けと言われてから行くのではもう手遅れだ。

アオザメ氏は笑いながら棚と棚のあいだを行ったり来たりして、ときどき何か重大事を思い出したように立ちどまった。そうしては、彼の中で鳴っていると思われるメロディに同調させて両手を挙げて腰をくねらせる。そんなこんなで異常に時間がかかってしまうわけだが、時間をかけただけはあって、最終的には私にぴったりの帽子を選び出してくれた。

それは本当に申し分のない帽子で、小ぶりで目立たず、つばが小さくて後頭部がしっかり包み込まれた。私が帽子をかぶった姿を見て氏はひときわ高らかに笑い、帽子には氏の笑い声がたっぷり染み込んでいた。それはそんなに悪い気分ではない。私は迷わずその帽子を購入した。

次の日。ふたたび、トンネルの奥の〈幻影ビアホール〉へ。

昨日の帽子を目深にかぶり、耳の奥に帽子屋の笑い声を聞きながら背を丸めて出かけた。

これはおそらく私の意志である。このあいだは「彼」の記憶に任せたが、今日は私の意志によって、あのとりとめのないテーブル席に着く。相変わらず客の数は少なかった。

否。視界に収まらないだけで、客の声は麗しい曲線を描くトンネルの天井にこだましている。言い争う声と笑い声と泣き声。押し寄せる声と消えてゆく声。壁際では芸人らしき男が火を吹いていた。全身にぴったり貼り付いた赤いコスチュームを着て、口から炎を出している。

私は少しばかり酔ったようだった。諜報活動を命じられた隠密《おんみつ》の身であることをしばし忘れ、私もまた火を吹くように黒ビールを何本も飲んだ。酔いは心地よくフラットで、足もとに川が流れてその向こうに森が立ちあがる。このあいだと同じく、その森の奥から、給仕の女性が滑るように現れた。スモークされたサーモンと、そのサーモンの皮でこしらえたベストを運んでくる。

「お待たせしました」

このあいだの派手なピンクの唇をした給仕と違い、よく喋《しゃべ》りはするが、どことなく話し方が子供じみていた。それでいて厭世的《えんせいてき》な印象がある女の子だ。

「なんだか、今日はすごく忙しくて」

おそらく唇にはリップ・クリームしか塗っていない。クリームを塗っていても、ところどころカサカサに乾いているのが何とも痛々しい。

「ほとほとイヤになる。アマンダンの叔母《おば》がうるさいし。いちいち世界は世界はって、世界のことばかり言う。世界のことなんてワタシにはどうでもいいのに」

「アマンダン――」

私は聞き慣れぬ響きに反応して反射的に訊《たず》ねた。彼女は眉をひそめて私に訊《き》き返す。

「え？　もういちど言ってくれない？」肩をすくめる何気ない仕草が彼女の若さを証明している。

「よく聞こえないの、ワタシ。疲れちゃって」

彼女はもしかすると単に話相手が欲しいのかもしれなかった。厭世的な割によく舌がまわる。

「よかったら、ここへ」

隣の席を示すと、どう見てもまだ仕事中なのに彼女はあっさり隣の席に着いた。長い脚が私の膝《ひざ》に当たり――というか、明らかに押しつけてきた。

「白いでしょ、ワタシの脚」

彼女はどこから取り出したのか小さなグラスを手にし、勝手に私のビールを飲み始めた。

「まずいビール」

鼻をムズムズさせるように顔をしかめ、そう言いながらひと息に飲む。

「あなた、ワタシの脚が好きでしょ。すぐ分かる。ワタシだって自分の脚が好きだから」

言いながら、彼女の視線は私の顔や手をチェックしていた。

「なんか、あなたって男なのに色が白くって嫌になる。どうしてそんなに白いの？　あまり外に出ないとか？　生まれたての子供みたいに白い」

不審そうに彼女は私の右手に顔を寄せ、医者か科学者のように念入りに確かめた。

「いや、御覧のとおり顔にはこんなに傷があるし」

私がそう言うと、

「男は傷だらけの方がハクがつくでしょ。ワタシもね——」

彼女は膝を覆っていた紺色のスカートをまくりあげ、その下にあった白い腿《もも》を厭世的な表情のまま見せた。否。彼女が見せたのは腿の白さではなく、そこに残されたみみず腫《ば》れのような赤黒い傷あとだった。ほんの数秒。彼女はスカートを元に戻して小さなグラスにビールを注いだ。

「白くてとても美しい」

私は率直な感想を述べた。それからサーモンに伸ばしかけた手をひっこめ、白い平皿の上に載っているものをしばらく眺めた。赤いベロのようなサーモンが色艶《いろつや》を保って並べられている。

「でも、腕は日焼けしてるし」彼女は肩をすくめた。「顔もそう。車の運転をしてるから。叔母を病院に連れて行かなきゃならなくて」

「アマンダンの？」

「そう、アマンダンの。あなた、アマンダンを知ってる？」

「いや、どこかで聞いたことがあるような——」

曖昧《あいまい》に答えた。

「娼館《しょうかん》の名前よ。昔のね」

眉間《みけん》に縦じわを刻み、面白くもなさそうに彼女は白い脚を組みなおした。

「公には秘密だったけど、知る人ぞ知る高級娼館で叔母はそこのナンバー・ワンだった。アマンダンのライコといったらその筋の男たちの間では――いえ、男だけじゃなく、女たちも含めて知らない者はいなかった。すごく昔の話。嫌になるくらい昔」

「名前は？」

私は彼女の小さなグラスにビールを注ぎ、彼女のカサカサにひからびた唇を眺めた。

「だから、ライコ。それが叔母の名前」

「いや、叔母さんじゃなくて、君の名前は」

「ワタシ？　ワタシの名前は変なつまらない名前。そんなの訊いてもしょうがないでしょ」

彼女は椅子の背もたれに体を預け、少し怒ったように私の注いだビールを飲んだ。次の列車が到着したのか、入口の方から熱風を思わせる音の波が押し寄せてくる。ガガ、ズズ、ギギ、ググと、あらゆる濁音が展開されてゆく。

「なんだかワタシ、変な気分になってきた」

彼女が背もたれに預けていた体を私に傾けた。

「どうしてなのか分からないけど、めずらしく笑いたい気分。全然おかしくないのに。ついつい笑っちゃう」

笑いをこらえながら彼女は私の頬の傷を見た。

「おかしいんだけど、でも、何だか切ない気もする。何これ？　すごく変な気持ち」

「それは――」

私は自分の頭の上を示した。

「たぶん、この帽子のせいだと思う。それと、ココ――」

自分の胸を指差した。

「ココ？」

「魂」

「魂って、そんなところにあるの？」

「いや、ないと思うけど、なんとなく」

まるで子供の会話だった。こんなに屈託なく話したのはいつ以来か。どう考えても、私は無防備だった。たとえそれが酒場であっても、知り合ったばかりの女の子が――知り合ったとも言えないが――スカートをたくしあげて白い腿を、否、腿のみならずそこに刻まれた大きな傷あとを見せるのはいかにも不自然である。普通なら私は警戒して席を立っていた。が、もしこれが何らかの罠《わな》であるとしたら、あまりにも彼女の言動は即興的で真実味があった。もしこれがおとり捜査であるなら、彼女はもう少し巧みな演技を披露するはず。それに、小さなグラスとはいえ、あんなにアルコールを摂取しない。

否。もし、これがキノフ流の巧妙なおとり捜査なら、彼女はじつに大した捜査員であった。しかし、おそらくそうではない。これには、「幸いなことに」と付け加えなくては。なにしろ私はかなり酔っていたし、彼女が「あら、めずらしい」と口走ったそのときも頭の中がとろけていた。

「こんなところへ来るなんて」

彼女は急に緊張した面持ちになり、視線の先に目の前を横ぎっていく背の高い女性の姿があった。そして、その顔がこちらへ向き直った瞬間、私にも同じく大きな緊張が走った。

あの女だ。私にしてみれば「めずらしい」だけでなく、すでに「懐かしい」と言ってもいいような思いがけない人物。それを瞬間的に判断できたのは、写真を見せられたときの鮮烈さに加え、そのあとで見た夢の名残がかろうじて頭の隅に残されていたからだ。

あのとき、あの女は泣いていた。かすかな光が宿された水晶の義眼から涙を流し、もう一方の水晶ではない生きた目でこちらを見ていた。その目だ。そのふたつの目が一瞬とはいえこちらを見た。こちらを見て早歩きで横ぎり、写真の中と違って当然ながら色香を放った。思っていたより大きな体を持てあますようにビアホールの奥へ進んでゆく。

「あれは――」それまでの無防備さを忘れ、私は隣の彼女にさらに無防備に訊ねた。

「レン」そう答え、彼女は「アマンダンの」と付け足す。

「アマンダンのレン。もうひとりのナンバー・ワン。当時、叔母と競ってた。今はこのビアホールの経営者で、滅多に姿を見せないのに――」

やはり、客のテーブルに参入することは禁じられているのだろう。彼女は組んだ脚を行儀よく揃えなおし、上体を低くして経営者の後ろ姿から目を離さなかった。私は反射的に腰を浮かす。

「え？　何なの？」

立ちあがろうとする私を見て、さらに彼女は体勢を低くした。

「お願いだから、そんな目立つようなことはしないで」

しかし、構わず私は立ちあがった。

「急いで大人しく座って。もし、レンに見つかったら——」

早口でそう言う彼女を制し、「アマンダンのレン」を追うべく私はテーブルから離れた。

写真師がそう考えたように、この小さな街でいつか彼女を目にすることがあるかもしれないと私も記憶にとどめてきた。だから、この機を逃したくない。

もっとも、私が水晶の眼の女を追いかけたところで、有益な情報がもたらされるかどうかは分からない。だが、体が勝手に動いていた。

「ちょっと」と背後で彼女が声をひそめる。「置いてかないで」と背中に貼り付いてきた。

「あなた、レンを知ってるの？」

「知らないが知ってるし、知ってるがよく知らない」

「あなた、ああいった熟女がお好みなんですか」

密着したふたつの体に挟まれ、〈３６３９〉のサーモンのベストと〈２７１４〉のサーモンのベストが擦《こす》れ合う乾いた音がした。

「言いつけるつもりでしょ、ワタシのこと」

「言いつけたいけど、まだ名前を聞いてないから」

「じゃあ、名前を教えてあげますから、言いつけない？」

「いや、聞いてしまったら言いつけたくなるかもしれない」

「ココノツっていうの。覚えておいて」

「え？」

「ココノツ。ココノツ。ココノツ。覚えた？」

「ココノツ、ココノツ」と言いながら私は密着を解除し、「ココノツ、ココノツ」と繰り返しながらココノツを振りきった。

「ワタシはそんなに馬鹿じゃないんだから」声を大きくして背中から彼女が言った。「ワタシは意外に大人だし、男の人を満足させることだって出来る」

　私は彼女を振り返った。彼女の顔をもういちどよく見ておくために。厭世的な眉間のしわと少し困ったような大きな瞳《ひとみ》が魅力的だ。それは認める。ボロボロの唇も口紅を引けば見違えるだろう。子供のような話しぶりも私には新鮮だ。

「名前は覚えたけれど、今度、会ったときにはもう――」

「じゃあ、ついていきます」

　ココノツの指先が私のベストを引っ張り、私はその細い指を一本一本つまんでベストから引きはがした。そうするうちに私は酔いが覚め、遠のいていたトンネル内のノイズが戻ってきた。

　無数に並ぶテーブルと椅子がパースペクティブの消失点に向かって連なっている。アマンダンのレンはこちらを振り返ることなく消失点に向かっていた。だいぶ引き離されている。

「ココノツ、ココノツ」とつぶやきながら、私は身を翻してレンの背中を追い始めた。

終わりのないものなんてありますか

つんのめるような前傾姿勢で私はトンネルの奥へと向かっていた。まとわりつく霧の中に、照明の色や匂いの粒子がひと粒ひと粒はっきり見えた。

もし、と思う。もし、この粒子を色や匂いの結晶に見立てるなら、声や音が同じように形を成したとして何の不思議があるだろう。私が求めるパロール・ジュレも、地域や気候による差はあるとしても、この地上でごく普通に発生する自然現象に過ぎないのではないか。まだ全容が解明されていないだけで、吐いた息が気温によって白くけむるように、声に何らかの要素が加わることで結晶をつくり出す——それだけのことではないのか。

私は頭を振る。

いつのまにか、トンネルに点在する客の頭がサーモンのそれとなっていた。肉を食すたびその度合いが増すのか、ある客に至っては光沢をもったウロコやヒレの発生が見られる。水面《みなも》から頭を突き出したように苦しげに口を開いていた。

その向こうの煉瓦《れんが》の壁の一面が映りの悪いテレビ画面に見えた。そこから人影がこちらへ飛び出てきた。画像ノイズはそのままに、しかし、自在に振る舞って私に話しかけてくる。ジリジリと音をたてる人影の体は部分的に歪《ゆが》み、ノイズの加減で輪郭から色がはみ出している。電波の乱れなのか、突然、頭が二倍に膨れあがり、腕が極端に長くなったり短くなったりする。

人影は画面からつぎつぎ現れた。そして、背後から忍び寄って私を抱きとめる。お前のいた場所はここだろ。お前、ここにいたじゃないか――囁《ささや》きが耳から流し込まれた。ひとつの声ではなく、いくつもの声が。

私は頭を振って逃れようとした。が、振ろうとする頭がおぼつかない。その隙を突くように四方から強い衝撃があり、見ると私の体から神経の束がバラバラになって飛び出ていた。黄や緑や銀やコバルトブルーの細い管が裂かれた体のあちらこちらから飛び出している。

何かがショートしたのか焦げ臭かった。電圧が空間を歪ませ、火花が走って私の皮膚を切り裂いていた。頭の上では帽子が笑っている。皮膚が裂けて神経の束がむき出しになっているのに、私の帽子は笑っている。

――私はここにいたのか。

水の中で聞くような不確かな声が自分の内側から聞こえた。ここにいた。ここにいたのだ。頭ではなく足が知っている。ここにいた。かつて私はここにいた。足が熱い。両足の甲が局所的に熱を帯び、たまらず靴を脱ぐ。靴下を脱ぐ。裸足《はだし》になる。

人影が行く手を阻んだ。彼らは互いの言葉を嚙《か》みしめるように囁き合っている。

「そうだ。ここが、お前のいたところだ」「ああ、そうだった」「俺はここだった」「俺はここだ。この位置だ。こうしてこんなふうに立っていた」「そして、あの恐ろしい音を聞いた」「どっちから聞いた？　右か左か」「いや、右からも左からも上からも下からも聞こえた」「何が爆発した？」「俺たちはどこへ逃げたらよかったんだ？」「俺はうずくまって頭を抱えた」「とうとう来やがった、いつか来ると思っていたが遂《つい》に来た——そう思った」「俺はそこで終わった。そこで途切れた」「爆発は二度あった」「馬鹿言うな、そんなもんじゃない。あの爆発で六百人が命を落とした。外の者はまともに食らい、トンネルに逃げ込んだ俺たちも——」「外には紙《かみ》屑《くず》が舞っていたらしい」「紙屑が？」「もっとはっきり言え」「ああ、言ってやる。全部残らず言ってやる。犬と電話ボックスと花屋だ。駅、駐車場、レストラン。そして宝籤《たからくじ》の行列に群がった人たち。奴らが狙ったのはその全部だ」「行列が一瞬で紙屑になった。走りながら俺は見た」「宝籤が空に舞った——」「いや、そうじゃない。散ったのは人だ」「人が紙屑になった」「俺は最初の一撃でガラスのかけらを顔中に浴び、次の一撃で両腕が吹っ飛んだ」

「お前はどうした？」

人影が私の耳もとで唸《うな》るように言った。

「お前もあそこにいたんだろ？」

いた、と私の中の彼が答えた。裸足の足にガラスの破片が突き刺さって光った。人影の中の一人が私の足を見ていた。いや、人影ではない。それはあの『シロンダイ』の冴《さ》えない中年探偵ヌーベルではないか。「探偵はいつもこんなポーズを強いられるんです」と両膝《りょうひざ》をトンネルの床に突き、私の足の甲に刺さったガラスの破片を点検していた。子供じみた虫眼鏡を手にして。

「あの人影はデムズ事件の犠牲者たちです。トンネルで生き埋めになった人たちとトンネルの手前で紙屑になった人たち。あなたもここにいたんですか？」

ヌーベルの体にもノイズが走っていた。あの安ホテルのくたびれたテレビの中からジリジリ音をたてて抜け出てきたように。背後からは聞き覚えのある音楽が流れた。『シロンダイ』のテーマだ。事件が新たな局面を迎えたときに不気味に響くチェロの音色。

私は安ホテルのテレビ画面の中に取り込まれ、私とヌーベルは画面の中にいて、安ホテルのソファに座ったもうひとりの私が画面に見入っていた。

「どうなんです？」

ヌーベルが執拗に尋ねた。私は乱れた画面の中で顔中にガラスの破片を浴び、ソファの私は頬をさすりながら画面を見ていた。

「この傷を見ればお分かりでしょう」

「では、あなたも犠牲者なんですね」

「ええ。幸い命は落としませんでしたが」

ヌーベルは鈍感な動物のようにのろのろ立ち上がった。ノイズまじりの顔を歪ませながら。

「あのとき、私は街の南側にいました。アマンダンの――」

「アマンダン？」

「ええ。アマンダンの女たちの取り締まりにあたっていました。いきなり爆発音が連続し、すべての女たちの白い肌に鳥肌が立った。私は鳥肌に囲まれて首をすくめました」

霧のような粒子が流動し、探偵の顔はさらに歪んでいった。

「ひとりの女が、とうとう始まった、と言いました」

ヌーベルはポケットから取り出した煙草にマッチを擦って火をつけた。

「別の女は、これが最後よ、と言いました」

いつもどおり、まずそうに煙草を吸い、まずそうに煙を吐き出した。

「女たちの言うとおり、あれが最初で最後でした。あの事件は〈離別〉の皮肉な象徴です。〈離別〉が血を流し合うことを抑え込んだのは確かですが、デムズ事件だけは間に合わなかった。いや、本当は間に合っていたんです。ですが、まだ〈離別〉は施行されたばかりで、右も左もその意味を理解していなかった。その意味――というか、私に言わせればナンセンスですが」

「ナンセンス？」

「私に言わせれば、です。そうじゃないですか。〈離別〉が、ひとつの国を何十国にも分裂した。予測された内戦を未然に防ぐために。ですが、結局のところ、どんなに小さな国に分かれても、その小さな国の中で争いは起こる。レジスタンスは消えません。根本が改善されていないからです。国境線など幻想ですよ。現に誰もそんなものは見たことがない」

そこで探偵は何色ともいえないノイズに塗り込められた。誰かがチャンネルをまわし、無造作に場面が切り替わった。細ぎれになったものがあたりを覆い尽くし、そこはすでにトンネルの中ではなく、車がハンドルを切りそこねて衝突する音と無数の悲鳴が聞こえてきた。

覚えている。

私はあのときデムズ百貨店で買い物を終えて帰途にあった。何の予感もなかった。何が起こったのか頭が考える前に足が熱かった。頬に触れると剃《そ》り残しの髭のような細かいガラスが指先にあたり、指先が赤く染まって、その赤は紙屑にも混在していた。白と赤の縞模様《しまもよう》が視界の全域に漂っていた。

──ねぇ、どうして。

女の声が耳もとで聞こえ、それは女の声にしてはあまりに力強く、力強さは私の腕をつかむ女の握力に通じていた。

「どうして、そんなところに突っ立ってるの！　ぼんやりしないで」

腕にこめられた力が強くなり、反動で泳いだ視線が黒々した煙の流れを捉《とら》えた。彼女は腿《もも》のあたりを負傷したのか、スカートが赤黒く染まっている。

「あなた、レンを追いかけてるんじゃなかったの？」

「……レン？」

「なんの用事があるのか知りませんが」

厭世的《えんせいてき》な眉間《みけん》のしわと少し困ったような大きな瞳《ひとみ》。唇はボロボロだが、口紅を引けばきっと見違える。話しぶりは子供っぽいが、その白い脚は──。

「脚をやられた？」

尋ねた自分の声が水の中のようにこもったかと思うと、強烈な捻《ひね》りの感覚が全身に走った。座り込みそうになったところを彼女の手に助けられて、なんとか立ち直る。

「あなた、気は確か？」

そんなことを訊《き》かれても、もともと気は確かではなかったし、ただいま変貌中《へんぼうちゅう》である。

「ワタシの名前は覚えてくれた？」

「ココノツ」――確か、そうだ。

「分かってるじゃない」

彼女に腕を引かれてビアホールの客を見ると、魚の頭が赤ら顔に戻っていた。

「ワタシもね、どうしてこんなことしてるのか分からないんだけど、というか、こんなこと言っていいのか分からないけれどなんとなくあなたについて行きたいと思う」

いや、ついて行っているのは私の方なんだが。

「あなたの半分はものすごく胡散臭《うさんくさ》い。でも、あとの半分はものすごく懐かしい気がする。ふたつの気持ちが行ったり来たりして。それもどうしてなのか分からない」

「君は分からないことだらけだ」

「だから、その理由を一緒に考えてくれません？　分からないのはあなたのせいなんだし、二人で考えれば答えも早く見つかると思わない？」

思わない――が私の根本的方針だが、さすがにこの状況においては彼女の意見に従うしかない。分からないことだらけなのは私も同じであるし、もしかして、こうして腕を引かれるうち、彼女が私を確かなものへ導いてくれるかもしれない。

「もういちど訊くけど、あなたはレンのことを知っているの？」

「知らないけど知ってるし、知ってるけどよく知らない。さっきも言ったとおり」

「ワタシも同じ。知ってるけどよく知らない。ワタシたち、なんとなく似てない？」

もしかして君も他所者《よそもの》なのか、と言いかけたが、混乱していた時空が整理されるにつれ、私はようやく理性を保つ余裕を取り戻した。

「この世で確かなことを知らないのは君と私だけではない」

「そういうセリフが、ものすごく胡散臭い」

そこまで来て彼女の威勢の良さもさすがに限界に来たのか、手の力が萎《な》え、歩を進める速度がみるみる衰えていった。競走しているわけではないが、私はそこで彼女の横に並び、私の腕をつかんでいた彼女の手を丁寧にほどいた。

「このトンネルはどこまでつづいているんだろう」

「たぶん、終わりまでじゃないですか」

「ということは、終わりがあるわけだ」

「終わりのないものなんてありますか」

「君は少し質問が多すぎやしないか」

今度は私が彼女の手を引き、見えない「終わり」に向かって歩き出した。

「ワタシは質問じゃなくて会話をしてるんです。じゃないと、このおかしなトンネルから永遠に抜け出せなくなる」

「永遠？　今さっき、終わりのないものはないと言ったばかりだけど」

「そんなこと言ってません。終わりのないものを知ってますか、と訊いただけです」

「永遠なんて言葉を不用意に使うべきではないということは知ってる」

「そうですか？　ワタシはどんどん使っちゃう。永遠という言葉が好きだし。それに、本当に抜け出せなくなりますよ、ワタシたち」

「ワタシたちって？」

握っている彼女の手が汗ばんできた。否。彼女にしてみれば、私の手が汗ばんできたと感じているだろう。そうして区別がつかなくなることが、つまりワタシたちか。

「なんか、一人で納得してませんか」

ココノツの歩が少しずつ私に同調していた。

「君はもしかして人の心を読めるとか」

「まさか。ワタシは勘がいいだけです。あ、もしかして、ワタシに興味を持ちました？　じゃあ、ひとつだけ教えてあげますが、ワタシはハナからあなたに興味が大アリです。じゃなかったら、こんなに大人しく手をつながないし、いちいち質問なんかしないし。大体、そんなことも分からないで、よくも――」

「よくも――何？」

「誘導尋問が得意な人がワタシは嫌いです。あなた、目的は何？　いったい何者？」

「君は質問が――」

「ただの会話です」

そこで彼女は突然、自分のサーモン皮ベストのボタンに手をかけ、思わせぶりにひとつひとつゆっくり外し始めた。

「何だかワタシたちの会話もいっこうに前へ進まないので――」

外し終えると、今度は私のボタンを外してゆく。

「脱いで」

「いきなり大胆な」

「大胆というより無謀です。でも、いまがチャンス。ここでベストを脱ぎ捨てて、あとは――」

「あとは?」

「ひたすら走るだけ」

言い終わらぬうちにベストをそこいらに放り出し、反転したものが再び反転して彼女が私の手を強く引いた。前へ――レンの背中の方へ、国境線を突破するように走り始めた。

とにかく走って走って走って走った。その単純なこと。どれほど時代や文明が変わろうと、逃走はいつでも単純なものである。私は笑う帽子屋の帽子が吹き飛ばされないよう頭をおさえ、さしずめ、彗星《すいせい》のように出現したヒロインに従う愚者の役となった。

驚くべきはヒロインたる彼女の素早い身のこなし。向かいつつあるパースペクティブの彼方《かなた》を睨《にら》むその目。その目が精巧なガラスの作りもののように光っていた。

＊

そこからの展開の速さは特筆に値する。この特筆には鳥口などもってのほか、極上のペン先や極太の筆を用意しても追いつかない。というか、まずもって言葉が追いつかない。それをあえて追いかけるなら、時間がめくれあがってその裏側を見せ、空間がハムのようにスライスされて眼下の奈落へと落ちていった。

溶けて、飛び散り、うねって、よじれた。

巻かれて、煽《あお》られ、叩《たた》かれ、よろけた。

それでもなお走った。まっすぐ走っているのか、曲面を走っているのか、はたまた逆さに走っているのか、それが時間なのか空間なのか、視界の全域が歪んで裏返され、しかし、何が裏返されたのか、私自身も裏返るような体感に巻きとられて、走るうちに表が裏になった。

「これって何なの？」と姿が見えなくなっていたがココノツの声だけが聞こえた。

「君が知らないなら、私だって知らない」

確かに何だろう。崩壊か。いや、その逆か。何かが元に戻され、何かが正常になってゆく。目に映るのは抽象画のようで、耳が聞くものは背後から迫る轟音《ごうおん》でかき消される。元より、このトンネルはクレイジーにしてノイジーだった。そのノイズの嵐が最高点に達している。トンネルに客を送り込む特別列車が停止信号を無視して暴走しているのか。振り返って確かめたいが、体が強張《こわば》って自由がきかない。空間が端から消されて更新される。再生される。色の塵《ちり》が渦を巻き、しかるべき輪郭の中へ戻される。煉瓦の壁は煉瓦の色に、足もとの床は黒ずんだ木目に。目の前を浮遊する黒や焦茶の断片がココノツの髪になってゆく。色の線が彼女の輪郭をつくり、彼女の皺《しわ》の寄ったシャツをかたちづくる。

「もう少し」

ココノツの声がココノツの声として響いた。裏返っていたあらゆる物事が元の姿に還《かえ》ってきた。自分の息が聞こえる。否。自分とココノツの息が。

「ほら見て」

空間が正確な奥行きを取り戻し、時間が時計の秒針にリズムを与えた。気付けば、ふたつの息の音とふたつの足音が残され、力尽きる寸前の、もう走ることに倦《う》んだ私とココノツの足音が静かなトンネルにこだました。

それで初めてそこが暗い地下道であると判明した。それがつまり本来の姿なのだろう。

「大昔の防空壕《ぼうくうごう》」とココノツがつぶやいた。我々は走ることをやめ、どちらからともなくつないでいた手を離した。ココノツが私の前を歩いていた。そこがあの狂騒のビアホールであったことなど信じ難い。すべては安ホテルのいかれたテレビの中で起きたことだったのか。であるなら、この重たい疲労感はどこから来るのか。

ベストを脱いだココノツは白いシャツに紺のスカートを穿《は》き、短めのソックスに黒い革靴を履いていた。地下道には数メートルの間隔をおいて、かつて地上でよく見かけた古くさい街灯が古くさい光を投げている。我々の他には誰もいなかった。否。そもそもこんな暗くて黴臭い地下道に誰が用事などあるだろう。

「ワタシ、本当に抜け出してきちゃった。そんなつもりじゃなかったのに」

「じゃあ、どんなつもりで？」

「分かるでしょう？　さっきも言いました。ワタシたちは似てるって」

「それはどういう意味で？」

「同じなんです」

「何が同じ？」

「たとえば、目的とか」

「つまり、我々は交換可能な目的を持っている、と」

「そうは言ってません。ただお互いの抱えている任務を——」

「やっぱりそうなのか。君が抱えているのは任務なのか」

「あなたがそれを抱えているなら、そういうことになります」

「君は」と私は息を整えた。「君はつまり、この国の諜報員《ちょうほういん》なのか、それとも私と同じ——」

「どちらでもない——というか、どちらでもある」

「では、かつてはどこかの国の、そしていまはこの国の——」

「おおむね、そんな感じです」

「では、レンというあの女は」

「彼女は私のもうひとりのボス。でも、あなたがさっき見たのは偽物のレン。あれはあなたを陥れるための——」

「ということは、レンは私を陥れようとしている？」

「そうじゃなくて、私のこの任務はあなたと同じように国から指令を受けたものです。レンは国からマークされた――」

「諜報員?」

私の問いにココノツは振り向き、首を縦に振ってから横に振った。

「蜜蠟商《みつろうしょう》の〈血管路地街〉を知ってるでしょう? あの無法地帯の影響もあって、この小さな国にはあなたが想像している以上に諜報員が溢《あふ》れ返っている。諜報員だらけの国。なにしろ、ここにいるあなたもワタシもそうだし」

「レンは――」

「レンはこの国の生まれ。外から来た人じゃない」

「ということは、もしかしてアマンダンというのは娼館《しょうかん》ではなく――」

「娼館です。それは本当に。ただ、アマンダンにやって来る客の多くがレンを娼婦としてではなく別の意味で慕っていた。レジスタンスとして。いま、ワタシが彼女のもとで働いてるみたいに。沢山の女たちが。そしてもちろん沢山の男たちも」

私はココノツの頬の煤《すす》をなすったあとを間近に見た。彼女の髪の匂いがすぐそこにあった。

「君はつまり、諜報員としてこの国に送り込まれて、やがて拘束される身となって、そのうち、この国の諜報員に寝返った。しかし、同時にレジスタンスの一員にも名を連ねて――」

「近いけれど違います」

地下道の空気が急に冷え込んできた。

「諜報員として送り込まれたのはワタシではなく叔母《おば》です。叔母はこの国の生まれだったから帰郷を許された。ワタシはまだ子供だったので里帰りする叔母のお供として特別に——スコッチが二本くらい必要だったと思うけど——大した問題にもならず越境を許可された」

「女たちに優しい国境だから」

「でも、そんなことを繰り返すうち、ワタシは叔母の秘密を知ってしまった。ただし、それは単に知っただけ。子供のワタシに何が出来ます？　ワタシは見て見ぬふりをして、結果として、それが諜報員になるための訓練になった」

　ココノツの口もとが引き締められた。

「それにワタシは寝返ったわけじゃない。この国が自分の居場所だと思ってた。レジスタンスというのも正しくない。レジスタンスは彼らの方」

「彼ら？」

「デムズの事件を起こした彼ら。見えない彼ら。名前も姿も見えない彼ら。国を変えたかった彼ら。国っていうのは〈離別〉の前のあの大きな国のこと。レンはずっと彼らと戦ってきた。変えたくなかったから。自分の生まれた国を。でも結局、国の方が離別した。国民と離別した。失恋した気分とレンは言っていた」

「失恋——」

「あなたは恋なんかしたことないでしょう」

　ココノツの声が冷たい地下道に冷たく響いた。

それは違うな

提示された三つの名前から私が選んだのはモリセ。が、いつからか私は皆からロイドと呼ばれるようになった。モリセという名は私の古びた衣装簞笥《いしょうだんす》の奥に仕舞い込んである。とうの昔に似合わなくなった野球帽と同じで、その名にさしたる思い入れもない。文字どおりの抜け殻である。それとて私の抜け殻なのかどうかさえ分からない。

私はあまり物事を深く考えない。誰もそうは思っていないようだが。深く考えなくとも、自《おの》ずと見えてくるものがある。浮上してくるものがある。その幻影めいたひらめきと心中するのが私の仕事だ。

私の仕事――。私の仕事とは何だ。いや、そんなことも考えない。考えないようにしている。考えたところで答えなど出ない。私は答えの出ない問題をいくつも抱えている。すべての内ポケットに様々な問題がこぼれ落ちる寸前で詰め込まれている。私は自分で自分をはぐらかすしかない。でなければ本当に混乱する。

私には定かなものがない。仮にあったとしても、それらを正確に順序だてて説明することが出来ない。試みたこともない。ただ、いずれそういう日がやって来ることだけは予感してきた。

「天国と地獄のどちらに行くのか。いつか、そういう日がくる。そのときお前はいくつかの質問に答える。なるべく正確に」

祖父が言っていた。大昔の話だ。古い記憶をまさぐればそこに必ず祖父がいる。祖父は誰に向けてなのか――いま思えばあれは自分へのつぶやきだったかもしれない――幾度もそんなことを言っていた。いかようにも解釈可能な言葉だ。私としては祖父の言った「そういう日」を「審判の日」と捉《とら》えてきた。

私はときどき「審判の日」を夢想する。

私は小さな部屋に通され、私より年輩の女性と対峙《たいじ》している。私は萎縮《いしゅく》している。この世で私が最も畏《おそ》れ、かつ尊重しているのは年上の女性である。こればかりは早々に答えが出て久しい。ただし、それがなぜかと深く考えたことはない。考える必要もない。萎縮する自分の反応がすべてを示している。

「あなた――」と彼女が言う。彼女は私の名を知りながらそう言う。私は彼女の名を知らない。彼女は私に問う。それはすでに命令に近い物言いだ。

「名前を言いなさい」

私はさらに萎縮する。名前はいくつもあるし、「ロイドと呼ばれているが」と言いかけたが、もちろんそれが本来の名前ではない。彼女も知っている。彼女は何でも知っているはずだ。が、本当の名前とは何だ。私はこの問いにもあまり踏み込まない。考えないようにしている。名前になど何の意味があるのか。本当の名前であるとか、偽名であるとか、もしくはニック・ネームとか。そこにどんな意味があるのか。問いたいのは私の方だ。しかし、この部屋では私が一方的に問われる。そのルールは決して変わらない。なにしろそれは私の審判の日で、私はいよいよこの混乱から解放されて、誰を問い詰める必要もなくなる。その場限りの偽装や妄言を繰り出す必要もなくなる。喜ばしい日だ。問う側から問われる側に裏返される。それで駆け引きはすべて終了。私はその部屋で審判を受け、祖父が言うところの天国か地獄へ向かう。私はそれを怖れていない。どちらへ行こうと私にはそれが解放だ。

「答えなさい」と彼女の声が威厳を持って部屋に響く。

答えられるものならさっさと答えたい。が、難しい質問である。私は萎縮している。勿体《もったい》ぶるつもりなどない。彼女に対して何ら疑念もないし、はなからすべてをありのまま話そうと決めている。が、その「ありのままの自分」が分からない。

「モリセ」と私はとりあえず答える。それから「そんな偽名を与えられた時期もありました」と付け足す。

「ではその前は何という名前でしたか」

「たしか」と少し考える。その質問を受けるたび、ひと昔前のフットボール選手の名を思い出せないときのもどかしい気分になる。

「……ア」と部分的に言葉が甦《よみがえ》る。その名前には「ア」が含まれている。それから「……フ」。バラバラに散ったジグソーパズルのピースを歯抜け状態のまま嵌《は》め込んでゆく。やがて「……ル」そして「……レ」が。

それで私はようやく「アルフレッド」と答える。

言い間違いがないよう。二度手間にならないよう。彼女のいらだちを最小限に抑え込むために。発音も正確に。「アルフレッド」と私は歯ぎれよく答える。

「それが本当の名前?」

さあ、それなのだ。そこが何よりの問題である。しかし、それ以上、どう掘り起こしても思い浮かばない。だから、おそらくそれが正しい。いや、この部屋で私は「たぶん」も「おそらく」も口にしない。「おそらく」は私が私の仕事上、最も多用した言葉だろう。仕事から解放された私はもうその言葉に頼らない。その言葉に私は戻らない。戻りたくもない。私の審判の日は、要するに「たぶん」と「おそらく」から解放される日だ。

「間違いありません。私はアルフレッドでした。モリセは任務のために与えられた名です」

「それはどんな任務でしたか」

彼女は容赦しない。彼女にしてみればこれはきわめて事務的な作業なのだ。

彼女の銀色の眼鏡のつる。栗色の髪。鼻の脇に散ったそばかすのあと。光の加減で緑色と茶色にうつろう瞳《ひとみ》の色。薄い唇。理想的に引き締まった顎《あご》。アイロンの匂いが残っているシャツ。

「アルフレッドさん。もう、ゲームは終わったんです。先を読む必要はありません。二手先とか三手先とか。そんなことはもう必要なくなったんです」

私は私だけに分かるかすかなため息をつく。それは安堵《あんど》と諦念《ていねん》が五分五分に入りまじった上等なため息だ。彼女の言うことはことごとく正しい。私が口を挟むことは何もない。「たぶん」も「おそらく」もない。私は審判の日を迎え、その日をやり過ごせば、〈離別〉などとは無縁の世界に行ける。

「つまらない？」と彼女は冗談まじりに訊《き》く。私はその質問にうまく答えられない。ゲームは終わったと彼女は言うが、私はそのゲームを楽しんでいたのか投げ出したかったのか。私は何を喜び、何を否定し、何を尊んできたのか。

チェスボードよりはるかに複雑な盤面を睨《にら》み、相手が打つ手をどれほど先読みできるか――ただ、そのことにのみ腐心してきた。それを私はチェスのように楽しんだ。そして、その盤面から離脱することは「つまらない」という一語に集約されるのか。私は考えたくない。余計なものは出来る限り削ぎ落としたい。質問を単純に捉えてそのまま即答すればいい。

「いえ、この日が来るのをずっと待っていました」

「そう？」彼女は私の顔を見なかった。「あなたほどの人が？　辣腕《らつわん》の名をほしいままにしたあのロイド刑事が？」

刑事。刑事。刑事。つきまとうその肩書きの鬱陶《うっとう》しさに辟易《へきえき》していたのは間違いない。肩書きなどどうでもいい。そもそも肩書きの示す役割や階級が何を意味しているのか。それは言葉ではなく記号だ。私はいつからか言葉を失い、無機質な記号ばかり玩《もてあそ》んでいた。たぶんそうだ。いや、憶測は捨てよう。「おそらく」や「かもしれない」といった憶測が立ち上がるとき、それが結局のところ憶測ではなく結論であったことは数知れない。それらの無惨な結論。悲惨な結論。やりきれない結論。信じ難い結論。次々と剝《は》がされる仮面。仮面の下の仮面。やはりそうか。君もそうなのか。君も君も君もそうなのか。憶測が結論に呆気《あっけ》なく結びついてゆく。憶測どおりの諜報員《ちょうほういん》。推測どおりの諜報員。まさかとは思ったが、行き着く先はやはり某国の諜報員。見込みのある者ほど、その結論に落ちてゆく。だが、恥じることはない——と私は彼らの前で何度もその言葉を呑《の》んだ。私も同じ身である。立場上、いまはこんな刑事づらをしているが、私もかつては君と同じ役割を与えられてこの国に潜入した。そして私も君と同じように憶測と推測を浴びせられた。さらには——あれは本当にひどい時代だった——無意味な肉体的苦痛を日替わりで味わった。内臓をつかんで絞られるような拷問に屈し、私はすべてを吐き出した。白状した。だが、あれは決して白状とは言えない。

白状とは何だ。私はその問いにも答えかねる。問われれば問われるほど、こちらから問い返したくなる。ただ、ひとつだけ言えば、そのとき私は非常に好意的だった。より簡潔に言うと、私はこの街とその人々——いや、この国と言うべきか——に好感を抱いていた。そこにこの国の怖さがある。これを怖さと見なすか寛容と見なすか。これもまた答えのない問いである。眺める角度によって水晶は輝きを変える。この国にのみ起こりうる現象——すなわち「言葉の結晶化」は、人を大いに困惑させ、大いに魅了する。それがそのまま、この国の印象と重なる。

それが何故、この街でだけ起こるのか。

「その謎を解け。解いて入手しろ。入手して利用しろ。どこよりも早く我々の優位のため」

文言のわずかな違いはあるとしても、この国に忍び込んだほぼすべての諜報員がそうした特命を受けてやって来る。移動写真師もそうだったし、〈蜜月〉の地図シャツ男も鳥料理屋のギーもそうだ。〈四月塾〉の数学講師、時計職人のソロイ、〈仰天酒場〉のバーテンダー、〈万能百貨店〉のマリア、〈逆さ吊《づ》りホテル〉のボーイ頭。その極秘名簿に連なる名前は私の記憶の容量を超えて、なお増殖している。

我々のあいだで交わすとっておきのジョークがある。

「この国はすでに国民の七割が諜報員で、残りの三割は他国へ赴いた我が国の諜報員だ」

ジョークではあるがそろそろ笑えなくなってきた。笑いが消えればそこにまた問いが立ち上がる。国であれ街であれ、およそ集合体と呼ばれるものはそうした過程を経て生まれる。幸い、血なまぐさい殺戮《さつりく》の時代は終了したが、それに代わってプライドと優越感による争いがいくつもの国をナンセンスな〈離別〉へ導いた。この血の流れない小国同士の争いは、規模の小ささと相まって、今や子供らが興じるボードゲームの様相を呈している。あるいは、カードゲームか。

こうしたゲームには必ずはずれくじを引く者が必要になる。ジョーカーを引く者があるから、ゲームの駆け引きと醍醐味《だいごみ》が成り立つ。そして、ジョーカーは離脱するしかない。別の居場所を求めて新たなゲームに興じる道を選ぶしかない。他愛のないゲームはひたすら増殖し、離脱するジョーカーも増殖する。

そこでだ。そのジョーカーたちがひとつの集合体を成したとして何の不思議があろう。キノフが自然発生的にそうした国になりつつあるのは、やはり、ジョーカーを魅了する神秘がかろうじて残されていたからだ。ゲームと歴史は長引くほど神秘を抹消する。そして、ゲームと歴史はいつでも神秘や偶然に魅了されることで引き継がれてきた。

が、もし——と私は考えた。いや、私だけじゃない。この国に潜入した多くの諜報員は、「解け」と命じられた謎があっさり解明されてゆくことに不審を覚えた。覚えながらも、それが確かな「神秘」であることを素直に了解した。解くべきはひとつの謎だったはずだが、それが天然記念物クラスの本物の「神秘」であると知ると、謎は謎のままこの「神秘」を擁護したいと個人的感慨が頭をもたげ始める。

もし、これがこの世の最後の「神秘」であったとしたら。険しい山の頂に残された最後の未踏の地であったとしたら。場合によっては、二度と後戻りの出来ない取り返しのつかないことになる。歴史は「神秘」の解明によって積み上げられてきたのだから、地上に最後に残されたきわめて純度の高い神秘——パロール・ジュレと呼ばれるその言葉の結晶を、無謀に打ち砕いてしまうことで、もしかすると我々は二度と元の場所や元の名前に戻れなくなる。

ジョークをもうひとつ。

「〈離別〉の解消を誰よりも願うのは我々諜報員だ。職は失うが重労働から解放される」

これもとうに笑えない。笑いのコーティングが剝がれ落ちれば、中から隠されていた言葉がパズルのピースのように姿を現す。パロール・ジュレのように。人知れず結晶した秘密の言葉を、我々はいつからか隠し持つようになった。忘れかけた——あるいは忘れるべき本名のように。国境線を往還するたび、何重にもその名は塗り込められる。

が、ひとたびジュレが解凍されれば、その名は甦る。言ってはならないと自戒し、秘匿されれて押し殺されてきた名前や言葉が甦る。感情が甦る。希望と理想が甦る。首を横に振る自分の。否定する自分の。同意しない自分の。決して〈離別〉など望まない自分の。生まれたての水晶のような言葉が甦る。それがパロール・ジュレだ。それ以上の解明を私は要しない。そう決めた。

神秘を神秘のまま保つこと。

皮肉な話だが、その神秘の解明を託された我々だけが、その神秘を神秘のまま解凍せずにとどめられる。そして、新たな諜報員が野心を持って国境線を越えて来たら、その彼や彼女にこの神秘の美しさをそれとなくリークする。

「それが私の仕事でした」

「そのようですね」

彼女は手もとの資料を眺め、いくつかの要点を確認していた。

「それはあなたが最初に始めたこと？　つまり、次々と潜入する諜報員を自分の思惑で――」

「思惑など、私にはありません。私は彼らに何かを強いた覚えもない。ただ同じ思いを抱いていただけです」

「そんな絵に描いたようなことが起こるもの？　一人の指導者もないまま」

「そこに本物の神秘があればそれで充分です。指導者が垣間見《かいまみ》せる神秘がことごとく偽物であることは、我々、諜報員が誰より知っています」

「それがつまり自然発生的であったという意味？」

「ええ。ですから、私は誰を欺いたわけでもなく、誰に欺かれたわけでもありません」

「では、あの四人の解凍士はどうです？」

「彼らは――」私は彼らの四つの顔を思い浮かべ、喉《のど》もとから胸のあたりにかけて熱いものが充溢《じゅういつ》するのを不可解さと共に覚えた。

「彼らは何も知りません。それでいいんです。彼らはいわば天使です。私はそう思っています」

「しかし、あなたは彼らを欺き、彼らの能力を独占的に利用したのではないですか」

「いえ、私はパロール・ジュレの神秘を保つのと同時に、彼らの能力と彼らの技術を同じく保とうと考えたまでです。実際、それ以上のことは何も起きていない。もしかして、彼らは国家機密や犯罪捜査の協力に一役買っていると思い込んでいるのかもしれませんが――いや、まさか」

　私は苦笑して首を振る。

「彼らは私などより数段、賢い者たちです。それこそ賢さの純度がまるで違う。我々が直観と呼ぶしかない能力をさらに上回る思考回路を持っている。私にもし思惑があったとしたら、そんなものはとっくにお見通しでしょう。それが解凍士です。彼らは知っていながら何も言わない。彼らは私の過去も知っているだろうし、私どころかこの世界に隠されたあらゆる秘密を知っている。それはつまり、我々の想像を絶する重荷を扱うことに等しい。だから彼らはどこかしら鈍感であろうと努めてきました。いや、それもまた自然とそうなっているんでしょう。でなければ、彼らはとっくに絶望しています」

「では、あなたは本当に知らないんですね。なぜ、パロール・ジュレが形成されるのか」

「さっきも言ったとおり、知ってしまえば、尊い神秘が消えるだけです。我々はそれを望みません。ですから、我々はこの国の機密を保持するのではなく、凍る言葉の神秘を神秘のまま保持するのが任務であると考えてきました」

「それをあなたに命じた者がいるわけですね」

「いいえ。もし、仮にそのような人物がいたとしても、その人物に命じた者があり、さらにその人物に命じた者がいます。私は末端の人間です。たしかに私は盤上の駒を動かす立場にもありました。ですが、私もまたさらに大きな盤上の駒でした」

「惜しいわねぇ」

「は？」

「あなたなら知ってると思ったのに」

「盤上の主をですか」

「そうじゃなくて。凍る言葉の秘密を」

「やはり、知りたいですか。いや、ちょっと待ってください。あなたもまさか同業者では——」

「まさか」

彼女の口もとだけが笑う。私もつられて笑いながらつづける。

「冗談です。あなたの仕事は私を地獄に送り込む係。祖父からそう聞いてます」

「なぜ、地獄と思うわけ？」

「私は嘘をついてきました。非常にいい嘘を。しかし、それは私の判断です。いい嘘であるかどうかはあなたが決める。それに、私は欲望にきわめて忠実でした。ジュレの神秘を保持するためなら手段を選ばなかった」

「人を陥れるようなことまで」

「そうです。あの十一番目のフィッシュを――」

その応答が合図であったかの如く、私の言葉を遮ってどこか遠くでベルが鳴り響いた。いや、それほど遠くもない。隣の部屋だ。音は私の夢想を奪おうとしている。

電話のベルが私を現実に呼び戻した。

＊

招集はギーの店の奥の部屋。無論、解凍士たちが集う小部屋とは別の円卓で。写真師とマレイドとギーと私のみ。本来ならココノツが加わるはずだが、マレイドから彼女は道を外れたと報告があった。

「そういうわけで作戦は見事に失敗。思わぬ非常事態で」

「非常事態は大げさだろう」と写真師。「充分、予測できた。ココノツはまだ若い。それにあの十一番目のフィッシュは、以前のフィッシュと違って、なかなかに何というか——」

「男前なのか」とギー。

「問題はココノツが何をどこまで話したかよ」

マレイドはいつにも増して機嫌が悪そうだった。

「いや、相手の出方を読んで、作戦を変更したのかもしれない。ココノツは若いが頭がいい」

私はそう言うしかなかった。それに、ココノツが何をどこまで話したかは、さして問題にならない。単にこちらの手の内を明かしたのか、それとも奴を——あの賢いフィッシュをこちらへ招き入れるために明かしたのか。どちらなのかで事の行方が変わる。

「私の出番を全部さらってったのよ、あの娘」

なるほど、マレイドの不満はそこにあるらしい。本来のシナリオでは、ココノツはフィッシュを送り出すところで任務を終えるはずだった。あとは、マレイドが奴を呼び込んで一気に拘束するか、あるいは——。

「案外、このまま放っておいてもいいんじゃないか」写真師がニヤついた。「恋にでも落ちてしまえばその方が手っ取り早い。それにしてもあの男、よく覚えていたもんだ。水晶の眼の女。やはり俺の写真がよっぽど印象深かったんだろう」

「違うでしょ？　私の変装が完璧《かんぺき》だったからよ」マレイドが割り込む。

「酒が効いたんだろう」とギー。「あの酒は飲み過ぎると頭がいかれる」

「それなのに、あの男、ものすごい勢いで走り出したのよ。すっかりココノツにそそのかされて。二人で手なんかつないじゃって。私を追いかけてたはずなのに、私のことなんてあっという間に追い抜いて、あの馬鹿げたトンネルを一気に駆け抜けて」

「あの先は昔の防空壕《ぼうくうごう》じゃなかったか」写真師が私に訊く。「知らない」とマレイドが私のかわりに答える。「なにしろ、消えちゃったの」

「よかったんじゃないか」と写真師。「むしろ、作戦は思わぬかたちで成功したのかもしれん。後はココノツがどのくらい色気で攻められるか」

「馬鹿馬鹿しい」とマレイド。

「そんなに男前なのか」とギーが愉快そうに確かめる。

「まだ変貌《へんぼう》中なのよ。フィッシュは行き詰まると必ずあの手を使う。化けるのよ、別の顔と人格に。古典的な子供じみたやり口。そういうのがまだ分かってないのよ、ココノツは」

「まさか戻って来なかったりして」

写真師の予測が外れることを祈りたかったが、その一方で、覚悟もしなくてはならなかった。そのときが来れば私は解放される。審判の日が訪れる。

「さぞや疲れたでしょう」と、あの部屋で眼鏡の曇りを拭《ふ》きながら彼女が私に問う。

私はそれに答えない。答えずとも、いずれ解凍士たちが私の言葉を解凍する。私はそのとき、もうここにいない。この国にも他の国にもどこにも存在しない。

しかし、言葉は残される。

「疲れた」と私の声は解凍されるかもしれない。

「私は昔、アルフレッドだった」「気弱なアルフレッド」「青二才のアルフレッドよ」「お前はあのころに戻りたいのか」「もういちど彼女に会いたいのか」「彼女はもういない」

彼女——ヘレンはもういない。

いなかった。私がアルフレッドの名と顔を捨ててモリセになり、諜報員としてキノフに潜入したとき、ヘレンはもうキノフにいなかった。彼女は死んだよ、と噂に聞いた。墓はない。なぜ、どこで死んだのか。さぁ、どこか遠くだ——。

「どこか遠く」「いまは空の上か」「では、また会える」「いや、彼女が行ったのは天国だろう。お前は地獄へ行く」「お前はヘレンに嘘をついた」「二度と会えない」「それでいい。二度と会わないと決めたのはお前じゃないか」

いつのまにか私は危険な道を歩いていた。青二才のアルフレッド。街が好きだった。キノフという街が。そこに生まれてそこに育った。街を守りたかった。国を守りたかった。だが、国を守ることは国を後退させると罵られた。対立した。レジスタンスと。否。ゲームの途中でカードが裏返され、私がレジスタンスと呼ばれた。命を狙われた。自分に関われば彼女の命も危ない。

「私はどうでもいい」「だが、彼女には生きて欲しかった」「それなのに——」

私の声はつぎつぎ解凍されてゆく。誰に聞かれることもなく吐いた弱音が、コイン状に凍結してこの街のどこかに無数に残されている。たとえ、「私の思惑」が国境を越えて知れわたっても、神秘はそのまま継続されて、解凍士たちが解凍の手を休めることはない。

　その作業が、相変わらずあの四人によってつづけられているのを私は夢想する。繰り返すが私はもうそこにいない。存在はもちろん気配すらないのをいいことに、彼らは苦笑しながら私の言葉を解凍してゆく。

「まだ終わらないのか」「早く終わりにしたい」「馬鹿げた争いだ」「もう帰りたい」「何故こんなことになった」「おそらくは」「かもしれない」「おそらくは」「かもしれない」

　四人は顔を見合わせる。何だいこれは。ロイドらしくもない。好き勝手に感想を述べ合う。私を懐かしむわけでもなく、蔑《さげす》むわけでもなく、この街に生きた一人の男の気弱な声としてその解凍に聞き入る。

「おかしなものだ」とタトイ。「もう少しロイドと話してみたかったと今になって思う」

「そんなもんだよ」とカジバ。「言葉はいつも、その人がいなくなってから輝く」

「なぜだろう」とタテガミ。

「決まってるだろ、僕らが丹念に磨いているからだ」とニシムク。「もし、僕らが解凍して磨いてあげなかったら――」

「でも、普通はそうじゃない？　言葉は一度きりのもので、こんなふうに甦らない」

「なぜだろう」

「なぜかね」

「難しい問題だ」

「ロイドなら何と答えるか」

「それを考えるのが君たちの仕事だ——とか何とか」

「僕が思うに、あの人は答えを出すのが嫌いだった。誰より答えを求めてるくせに、いざ、答えが見つかりそうになると、それは違うな、とすぐ否定した」

それは違うな——と私はカジバの意見に反論したかった。が、私はもうそこにいない。いささか残念な気もするがそれでいい。君たちには分からないだろうが、自分がまだそこにいる未来など大した未来じゃない。自分が消えたあとに本当の未来がある。

まだ若いとき、私がまだアルフレッドであったころ、私は私がいない未来が恐ろしくてならなかった。私がいなくなったあとも未来はつづき、しかし、私がそこにいないのはなぜか——それが分からなくて、分からないことが恐ろしかった。

だが、アルフレッド。私は君の名前を覚えている。君の恐れた思いを記憶している。それは今もここにある。消えていない。それが恥ずかしいくらい真摯《しんし》であればあるほど、その思いと言葉は必ず誰かに伝染して君のいなくなった未来の誰かに伝わる。

そうして言葉は残される。それが言葉だ。私は物事を深く考えない。だからそれは単純で簡潔な神秘のままそこにある。私はパロール・ジュレを見つけるまでそのことに気付かなかった。

言葉は残される。言葉は凍結されていつか未来に解凍される。

「ロイドさん」と誰かが私を呼ぶ声が聞こえた。過去からか未来からか。

「どうしたんです、ぼんやりして」

＊

一週間前。

すでに暦の上では春へと変わっていたが、寒さに変わりはなく、我々は今回の計画に際し、三度目にして最後の会合を開いた。定石どおりギーの店で。

メンバーは私が独断で選出した私を含む五名。上からいくつかアドバイスもあったが、私は無視してココノツを起用することに決めていた。いつもどおりギーの知恵を借り、写真師とマレイドに動いてもらうこともあらかじめ決めてあった。ココノツはマレイドの補助というポジションだが、一連の流れの中でそれなりに大きな役割を演じる。それを充分承知の上で私は彼女を抜擢《ばってき》した。というより、今回の計画で彼女がどのような働きを見せるか個人的に興味があった。興味などという言葉を使うには、かなり大きな賭《か》けだったが。

そもそも、「すぐに手を打った方がいい」と進言したのは写真師だった。その時点で四班に分かれていた特別尾行チームから、フィッシュの変貌は「確認済み」と複数の報告が挙がっていた。

写真師は変貌過程にあった彼の様子を日を追って撮影し、「奴にしては、あまりに無防備で逆におかしい」と、盗撮が拍子抜けするほど容易であったことを強調した。最新の写真にはそれを目印にしてくれと言わんばかりの独特な帽子をかぶった見たことのない男が写っていた。

顔には夥《おびただ》しい傷がある。

「これがフィッシュなのか」

「いまはそうだ。日々、少しずつ変化している。おそらく、あと数日で安定するが、そうなると、いまのような散漫さもなくなる。傷も消えるかもしれない。その前に奴をしっかり誘導しておいた方がいい。いまならまだ酒や色気も通用する」

写真師のこの最後のセリフはギーの知恵のヒントになったが、まさかそんな安直な手で彼を誘導できるとは誰も思わなかった。写真師にしても例によって話の勢いでそう付け足したに過ぎない。ところが、実際には、そうした下世話な手段さえ有効であったことが後になって分かった。フィッシュ自身の内面の混乱が我々の想像をはるかに上回っていたのだ。

私としては、彼のスマートな諜報活動を大いに買っていた。この数ヶ月に潜入した諜報員の中で最も勘のいい男。こちらのカードの切り方が早かったせいもあるが、ジュレへの接近もきわめて適確だった。その一方で人間味のある——という言い方は本来、フィッシュには当てはまらないが——諜報員らしからぬ行動が何度か目についた。

是非とも欲しい人材だった。あるいは、彼ならアマンダンのレンの拠点へ侵入することも可能かもしれない。早くから私はそう見込んだ。

レンの厄介な点は、こちらの手の内を読む早さが尋常でないことだ。我々以上に我々のことを知っている。おそらく、ジュレについても彼女たちの方がより多くを知っている。その利用の術《すべ》も、とうに体得しているに違いない。皮肉な話だ。ジュレの神秘を利用すべく、絶え間なくあらゆる国から諜報員がやって来る。が、彼や彼女の諜報活動はある一定のパターンの域を出ない。彼らがどれほど巧妙に振る舞っても、この小さな国の中で活動するには限界がある。我々が各所に仕掛けてある網も並大抵のものではない。何より、我々の出自は彼や彼女なのだから、先んじて、全体像を知り尽くしている我々の方が圧倒的に有利だ。

しかし、そうして外部からの侵入への対処が万全でも、内部の破綻《はたん》については正確な把握が難しい。人間の体と同じで、外傷の手当てはいとも簡単だが、内臓の奥深くや神経の一部に亀裂が生じているのは発見しにくい。気付いたときにはもう手遅れということもある。これがつまりアマンダンの手強いところだ。

先んじているという点では彼女たちの方が圧倒的に早い。彼女たちの中心的な数名は異邦人ではなく、この国に根を張った純粋なネイティブである。特有の嗅覚《きゅうかく》を備え、我々のチームプレイをもってしても歯が立たない。逆にこちらの小賢《こざか》しさだけが浮き彫りになる。フットボールに喩《たと》えるなら、彼女たちは強力なホーム・アドバンテージに守られ、我々は常にアウェイ・ゲームの苦戦を強いられる。我々はレンの掌《てのひら》の上でレンの思いどおり踊らされている。レンはすべてを見抜いている。あの水晶の眼で。我々の知らない内臓や神経の傷まで透視している。レンはギーの知恵はこの点を踏まえて考案されたものだ。素性の知れた我々がアマンダンに迫るのではなく、他国から侵入したばかりの有能な諜報員を代わりに接近させる。

方法は至って単純。

ジュレの秘密を探るために潜入した諜報員の身柄を確保せずに泳がせる。彼や彼女が活動しやすいように、いくつか明快なヒントを与える。パロール・ジュレとは何か。どのような形をしているのか。どのような特性を帯びているのか。彼らの知りたいことを断片的に手渡してゆく。それを連中が罠《わな》と気付けばそれまでだが、たとえば今回のフィッシュは罠と気付いていながら、なおも活動を中断しなかった。つくづく骨のある男だ。私はこの点において彼を高く評価している。このまま、あのフィッシュを泳がせたら、はたしてどこまでゆくか。

もちろん、ただ単に泳がせるだけではない。我々の目的に則して泳ぎ着いて欲しいポイントを定める。ポイントに合わせて我々は彼なり彼女なりの接近を誘導する。他には何もしない。何もしなくていい。何もしなくても、彼や彼女は勝手に推察を始める。なにしろ、それが彼らの仕事なのだから。

ジュレの秘密を握るのは、あの水晶の眼の女ではないのか——彼らがそうした印象を抱くように、彼らの無意識にまで働きかける。

もっとも、これはあながちでたらめな情報でもない。いまのところ、私も詳細やバック・グラウンドは知らないが、レンがジュレに特別な関心を寄せていることは明白だ。だから、放っておいても、彼らはいずれ、レンに突き当たる。我々はその道行きを親切にガイドする。難しいことは何もない。彼らの推論に広がりや奥行きが生まれるよう巧みに誘い込む。

その結果、事がうまく運び、彼らの接近が成功したら、それに乗じて無論のこと我々もアマンダンの尻尾《しっぽ》をつかむ。仮につかみ損ねたとしても、それならそれで実行に及んだ諜報員をただちに確保する。彼や彼女の才能を讃《たた》え、身柄ごとこちらに引き取る。すなわち、私のこの特別なチームの一員として彼や彼女を迎え入れる。かつての写真師やマレイドがそうだったように。

　そのマレイドが当初からココノツに気を許していなかった。じつは、私にも少しばかり訝《いぶか》る点はあった。

「あの子、もしかしてレンの信奉者じゃないかしら。私も覚えがあるから言うんだけど」

　いつだったか、マレイドがそう言った。

「なんとなく分かるんですよ、私。彼女の虜《とりこ》になった者の匂いが」

「レンという女はそんなに魅力的なのか」

「ひとたびあの水晶の眼を見たら――いま思うと、私もまんまとあなたたちに誘導されたわけで。でも、私だって、そんなことは承知の上でした」

「まぁ一応、そういうことにしておくが」

「だから、どちらかと言うと、私は自分の任務とは別にレンに興味を持ったんです。本当を言えば、今でもそれは変わらない。これは危険な発言でしょうか」

「いや、写真師もまったく同じことを言っている。彼がああして街をうろうろしているのは、レンにもう一度会いたいからだろう。しかし、私も彼の撮ったレンの写真を見せられたが、彼が言うような魅力はまるで感じられなかった」

「写真に写るようなものではないんですよ」

　その魅力的なレンを今回の計画ではマレイドが演じる。

「最悪、ココノッツはレンの手下ということもあるでしょう」

マレイドの意見には私も半ば賛成だった。偶然かもしれないが、ココノッツを迎え入れてから、レンの姿のくらまし方により磨きがかかっていた。あたかも、こちらの手の内があらかじめ伝わっているかのように。

もっとも、ココノッツ一人が疑わしいわけではない。私が動かしている駒の中には、マレイドやココノッツと似た境遇を経た女たちが何人かいる。我々は元よりいびつなチームでしかない。お互いが相手を欺くことで知り合った。いまのところ、ある規律の下に手を組んでいるが、欺くことも欺かれることにも慣れているから怖れも怒りも感じない。

そうした認識から、いつからか任務がゲーム化していることに私は気付いていた。争いはそっちのけで、もちろん、ゲームにもそれなりの勝敗はある。しかし、勝敗がゲームのすべてではない。我々のような最前線を往来した者がいちばんよく知っている。というより、レンと我々が臨んでいるゲームにはもはや勝敗は関係ない。お互いそれを知っていて、終わりのない駆け引きをしている。目的が同じなのだから、我々がそれを維持するか、それとも彼女たちがそれを担うか、それだけの話だ。

結局のところ、目的はジュレの神秘の維持である。そのあとに「神秘の利用」というオマケが付く。私はその点にまったく興味がない。「利用」を盾に無謀な命令を下す者の理屈も分からない。彼らは何人かの科学者から「貴重な意見を聞いた上で」と言うが、「利用」という言葉が独り歩きをして、実際、ジュレが何にどう利用されるのか具体的には誰も理解していない。

誰かがそれを欲しがっているから、こちらもそれが欲しい。おそらく、そんなところだ。

私に命を下した体制の代弁者は、「ジュレを有効に利用したい」と言った。「結構なことです」と私は答えた。小さな国であればあるほど、体制が動かなければ何も始まらない。だから、私は体制の欲望を利用することに決めた。そうすることで、パロール・ジュレの神秘が保たれるなら、体制に従事するフリをすればいい。ゆるゆるとゲームを続行すればいい。それなら、この面倒な役職もどうにか耐えられる。

だから、いくらレンに出し抜かれてもそれはそれでいっこうに構わなかった。構わないが、一応、ゲームはゲームである。それとこれとは話が別だ。ジョーカーを引いてはじき出された者による混合チームとしては、アウェイ・ゲームにこそ情熱を注ぎたくなる。どうせ、他にこれといって楽しみもない。

――手短に言えばそういうことです。

私は「審判の日」のシミュレーションを、夜の夢の中で、そして昼の夢の中で何度も繰り返してきた。セリフを覚える役者のように。私の意図や考えが正確に伝わるよう何度も推敲《すいこう》してきた。

――手短に言えばそういうことです。私には敵も味方もいません。私を全面的に信じる者は誰もいない。私もまた誰も信じません。私の仕事は他国の諜報員と国内で活動するレジスタンスを取り締まること。ですが、体制を欺いているという意味では私もレジスタンスです。結局のところ私は何にも属していません。属しているフリをしているだけです。そうすれば、パロール・ジュレの神秘が保たれる。それが私の喜びです。私が私自身に命じた任務はそれだけ。神秘の保持。その他の一切はそれに付随したゲームでしかありません。

*

計画の途中でココノツが暴走してからは、事態は何ら進展していなかった。ココノツからの連絡は途絶えたままで、尾行チームも行方を見失って打つ手がなかった。

「そういうことだったのよ」

レンに扮《ふん》したマレイドが眉をひそめた。

「レンに化けるとき、ココノツに手伝ってもらったんだけど、そのときの様子もなんとなく変だった。すごく似てる、本物みたい、本物のレンを見るよう、なんて言って。妙に潤んだ目で私の顔を見つめたりして」

「いや、それだけじゃない」

私は尾行チームからの報告書を取り出すと、あの夜のビアホールでの状況をかいつまんでマレイドに伝えた。

「ビアホールには六名からの尾行チームが待機していたが、六名が六名とも二人を見失った。ココノツはあのトンネルの構造を我々以上に知っていたとしか思えない。何重にも仕組まれた抜け道があるようだが、全体が迷路のように入り組んで、ひとつ間違えると後戻りするのもひと苦労だ。それをいとも簡単に走り抜けていった」

「先導したのは彼女なんでしょう？」

「尾行チームが最後に見たのは、フィッシュの手を引いて狼のように走り抜けてゆくココノッツだった――と報告にある」

「狼のように？　そんな表現を尾行チームが使うの？」

「いや、いまのは私のアレンジだが」

「でも、実際そうだったんじゃない？　目に浮かぶわ、彼女のすばしこい様子」

「もうひとつ。君がビアホールに颯爽《さっそう》と現れたときのこと、フィッシュばかりかココノッツまで唖然《あぜん》とした様子で落ち着きをなくした。まるで、狼に出くわした子羊のようであった――と」

「子羊？」

「それも私のアレンジだが」

私たちはよく利用するコーヒー・バーで向きあっていた。すでに水晶の義眼は取り外していたが、変装の片鱗《へんりん》はまだ残り香のようにあり、マレイドはまるで本物のレンがそうするように優雅に肩をすくめた。

「あなた、どこまで本気？」

声色に文字どおり色があった。それもいくつもの色だ。私は本物のレンに接したことはないが、たぶんこんな感じなのだろう。本当に優れた変装や物真似は、本人を知らなくてもその見事さが伝わってくる。

「じつによく似てるよ」

「違うわ。デフォルメしてるだけ」

「だが、ココノツも君と知っていながら——」

「子羊のようだった？　そんなわけないでしょう。私が思うに、彼女はさしずめレンの側近の一人といったところ。子羊のように振る舞うなんてお手のもの。当然、尾行チームの目も気にしていたわけだし、さぞや演じ甲斐《がい》があったことでしょう。子羊のように見せかけておいて、虎視眈々《こしたんたん》と逃走の機を窺《うかが》っていたのよ」

「では、ココノツは——」私は飲みかけの炭酸水を傷だらけのテーブルに置いた。「もうこちらには戻らない、と」

「戻るわけないでしょう。お人好《ひとよ》しのロイドさん。何が起こったのか分かってます？　ココノツはね、あの有能なフィッシュをレンの側に連れ去ったのよ。それがどういうことか分かってるの？　場合によっては、フィッシュを送り込んだ国や機関と交渉して、裏で手を組むことだって出来るんです。もし、そうなったら——」

「はたして、そんなことをするだろうか」

「まだ、そんなことを言ってるんですか。薬種屋のマダムの件で懲りたんじゃないですか。あなたをあんなにもあっさり裏切って。あの一件で、何人の優秀な諜報員を持ち逃げされたか」

「五十四名」

リストは私の机の二段目の引き出しにしまってあった。

「だが、私は去る者は追わない。もう時効だろうからあの件についてひとつ明かしておくが、マダムの計画を阻止するのはじつに簡単なことだった。かなり早い段階で、彼女が亡命を企《たくら》んでいたことも知っていた。彼女は〈指貫屋〉をつづけることに疲れたんだ。当然だろうよ。私が彼女だったら、とっくに逃げ出している」

「ロイドさん、あなた、どこまでお人好しなんですか」

レンに化けていた優雅さが薄れ、しだいに彼女は毒舌のマレイドに戻っていた。

「マダムがいま、某国の〈指貫屋〉を牛耳っているのを知らないんですか。まんまと一杯食わされたんですよ。あれは亡命ではなく事実上の招聘《しょうへい》です。分かりますか、ロイドさん。あなた、彼女に見くびられたんです」

「なぜ、そんなに君が悔しがる？」

「だって、あなたはまるでゲームを楽しんでいるようで」

「それでは駄目なのか」

「駄目じゃないけど、あなたはいつもそんなふうで、決して事実を言わないし」

「事実？」

私はこの同じ店のこの席で、マダムをめぐってカジバと交わした言葉を思い出していた。彼もまた「事実」について不満げな声を漏らした。

――そういうものが、あるとしての話です。

カジバらしい物言いだった。彼ほど事実を信じ、事実を尊重して事実にこだわる男はいない。

それなのに、彼はそんな言い方をした。彼が解凍士でありつづけるのも事実の追求という彼なりのテーマがあるからだろう。立派な男だ。これは皮肉でも何でもない。彼は——そして、マレイドも——おそらく私にこう言いたいのだろう。あなたは事実を怖れている、と。それは一理ある。だが、正解ではない。事実は常に過剰なほど豊かで、さまざまな解釈を孕《はら》む多面的なものだ。事実こそ捉えどころがない。「事実」という言葉そのものはシンプルに響くが、実体は複雑怪奇で、さぁこれだ、と差し出せるものではない。

が、その一方で私は解凍士たちとの作業でいったい何を求めているのかと自問せざるを得ない。私はいつからか「ジュレの神秘の継続」という大義を掲げてきた。それは自分を欺くためだったかもしれない。しかし、それこそ事実はそれほど単純なものではない。

「帰りたくないですか」

突然、マレイドがそんなことを言い出した。

私は表情には出さなかったが、かなり動揺していたと思う。

「どういう意味だ」

分かっているのにそう問い返した。

「私、ときどき思うんです。前へ進むことがイコール帰ることだったら、どんなにいいかって。あなたもきっとそうでしょうけど、振り返ったり過去を懐かしんだりするのは性に合わないんです。少しでも前へ進みたい。でも、帰りたい。じゃあ、素直に帰ればいいんだって、自分がいちばん分かってるんですけど」

それだよ。それじゃないか、マレイド。その矛盾こそ「事実」なるものの正体だ。
私は声を出さずに自分にそう言った。マレイドの目を見ながら私は首を縦に振り、それから
すぐに大きく横に振った。

*

それから三日後に興味深いことがひとつ起きた。再び、ギーの店で。その日の集いは解凍士たちとのセッションで、私からのリクエストではなく、彼らが自主的に収集したジュレの解凍結果をお互いに評価し合う日になっていた。

私が宿題として彼らに解凍を託したときは、それなりに緊迫した議論を生むこともある。が、この日のような自由な発表では、私も彼らもどちらかというと解凍された声を愉《たの》しみとして聞くことが多かった。

この数年に彼らの解凍技術は洗練され、同時に彼らの使用する道具や機器にも飛躍的な進化が見られた。とりわけ、解凍された声を保存するレコーダーの発達には目を見張らされる。そうした機器に疎い私から見れば、なぜ、マッチ棒のようなものに音が保存されるのか理解しかねる。それこそ神秘だ。彼らがいとも簡単に機器を操るたびそう思う。

以前はレコーダーによる再生ではなく、彼らが目の前でひとつひとつジュレを解凍して声を聞かせてくれた。そこには明らかに魔法の時間が流れた。マッチ棒のようなレコーダーもそれ

はそれで魔法だが、実際にジュレを解凍した瞬間の声とは比べものにならない。

これについては、解凍士たちも同じ感慨を持っているようだ。特に私が命じたわけでもないのに、レコーダーとは別に未解凍のジュレを携帯冷凍庫に保存してギーの店に運んでくる。

「まだ、採集したばかりなので」——そんな言い訳をして。

おそらく私と同じように彼らもかつての方法で——皆がいっせいに息を呑むようにして——まだ誰も耳にしていない知られざる声が解凍される瞬間を共有したいのだ。彼らはいつからかそれを特別な儀式のように扱っていた。私には秘密にしているようだが、彼らなりにローテーションを組み、「今日のとっておき」などと言って必ず誰か一人が未解凍のジュレを取り出す。

その日はタトイが担当することになっていたようだ。

「昨日、採集したばかりなんだけど」

彼は鹿革の手袋を両手に装着すると、銀色の冷凍庫からわざと時間をかけて見事に結晶したジュレを取り出した。

「午後十一時。採集場所は旧市街の地下道」

採集記録のデータをタトイが読みあげると、「昔、防空壕だったところだ」とニシムクが博識ぶりを示した。

「よくあんな暗いところに行ったね。ああいった場所にはまだ手つかずのジュレが残っているはずだと僕も目をつけてはいたが、さすがにあのあたりは——」

「ということは、大昔のジュレが掘り起こされる可能性があるわけだ」とカジバ。

「防空壕の時代のね」とタテガミ。「僕はあの近辺は避けて通ることにしてる。あそこは防空壕でもあったけれど、そのあとに――」

「デムズ百貨店爆破事件」とニシムクが遮るように言った。「かつての防空壕は現場から目と鼻の先だった」

「また、デムズ事件か――」「ため息しか出ないね」「ときどき、街なかで誰かがデムズの真相がどうのこうのと話してるけれど」「あの事件に真相なんてない」「ひとつだけ言えるのは――」「〈離別〉の意味を理解していれば、あんなことは起きなかった」「誰もが〈離別〉という言葉を誤解した」「また、大きな戦争が始まるんだと――」「でも、始まらなかった」「始まる前に離れることを選んだ」「喧嘩をする前に別れを告げた」「それを――」「いまでも誤解してる人がいる」「言葉が伝わってない」「言葉が犠牲者を生んだ」「一体、何人の人が――」「爆破事件の犠牲者の数も相当なものだったけど、それより、戦時下に防空壕で息絶えた人の数は――」

「言わなくていいよ」とタテガミ。「とにかく、どうしてタトイはそんな所へ行ったんだ？」

「いや、僕はよく知らなかった」タトイの声が急に沈み込んだ。「知っていたら行かないよ」

「そりゃそうだろう」とタテガミが頷《うなず》く。「もし、幽霊を見たければ、あそこへ行けば必ず会えると聞いたことがある」

「幽霊の声か」とタトイ。指先につまんだジュレがかすかに震えている。

「さて、どんな声だ」とカジバがタトイの肩に手を置いた。「まぁ、聞いてみなくちゃ分からない。それに、僕らがこれまで解凍してきた声は、あらかた幽霊みたいなものじゃないか」

励ましなのか脅しなのか。私はいつもどおり、彼らが取り囲んでいる円卓から一人離れて四人のやりとりを眺めていた。彼らはいつでも子供のようだ。マレイドに見せてやりたい。君が「帰りたい」と望んだところに彼らはまだとどまっている。彼らが特別な環境を与えられて保護されているのは確かだが、彼らも私たちと同じ人間だ。たとえ、天使のようではあっても、身を切れば血が流れる。他人に言えない苦悩もあるだろう。そして、それぞれに成熟を望んでいるに違いない。だが、彼らはそれでもとどまっている。私たちと彼らの違いはその一点に尽きる。私たちは――少なくとも私は――とどまることにどうしても我慢がならなかった。とどまる勇気を放棄した。いちいち恰好をつけた。自分を大きく見せることに腐心し、頭の良さを皆に認めてもらいたかった。見せつけたかった。前へ進むために。自分にそう言い聞かせた。しかし、それがはたして前進だったのか。

前へ進むことが帰ることだったら、どんなにいいだろう。そのとおりだ。

「さぁ、準備ができた」

空気が冷たくなるようなタトイの低い声が耳に戻ってきた。儀式が開始される。タトイの手によって磨かれたガラスの破片のようなジュレが、シャーレの中の真綿の上に載せられて円卓の中心に据えられた。注がれる湯の温度と量はそのときそのときで変わる。その配分は彼ら四人の手だけが知っている。我々は息を呑む。そこに、どれほどの時間がこめられているのかまだ分からない。数時間か数年か数十年かあるいは数百年か。

湯を注いだタトイの目が、たちのぼる湯気に細められ、聞き逃してはなるまいと我々もまた息を殺して目を細めた。ジュレを——いや、ジュレがあった円卓の中心を凝視し、思いをひとつにして静寂を保つ。

「ねぇ」

女性の声だった。円卓を囲んだ誰もが、自分に話しかけられたように身を乗り出した。

「帰りたいと思ったことない？」

どこかにまだ幼さの残るその声を、私は間違いなく聞いたことがあると瞬間的に思った。

ココノツの声だ。

ポケットにねじ込んであった偽札を

「いま、何か言った？」とフィッシュがかすれた声でココノツにそう訊《き》いた。

「何も」とココノツ。

「まだ何か訊きたいことがある？」

「何も」

「これ以上は何も訊かず何も答えない方がお互いのためにいいかもしれない」

地下道の暗い灯に目が慣れてくると、二人の睫毛《まつげ》の先に付着した塵《ちり》のひとつひとつが見えるかのようだった。二人は沈黙を分かち、それから、あたかも小動物が嗅覚《きゅうかく》を頼りに進むように、ココノツが先になって歩き始めた。黴臭い湿気と静寂と疲労感と寒気。華やかなものがすべてどこかへ去ったあとの冷え冷えとした空気に支配されていた。動くものさえなく、ただ、ふたつの影が地下道の湿った壁に大きくなったり小さくなったりした。

「どこへ行く？」

「何も訊かないと、あなたが言ったんですよ」

「でも、君が先になって歩いているようだから、行き先はどこなのかと――」

「行き先なんてありません。ワタシは昔からずっとそう」

「じゃあ、なぜそんなに足早に？」

「歩きたいから歩くだけ。走りたくなったら走るし、休みたくなったら休む」

「そんな調子では、とてもつきあいきれない」

「つきあって欲しいなんて誰も言ってません」

「でも、君は本物のレンがどこにいるのか知っている」

「何も訊かない方が――」

　ふたつの影は付かず離れず動いていた。

「どうやら、自分は物分かりが悪いらしい」

「らしい、って？」

「私じゃなくて、この肉体の元の持ち主が――。といっても、君には通じないか」

「いえ、通じてます。さすがにどこの誰かは知らないけれど。ひと昔前の人でしょう？　本の中から盗みとってきた」

「知ってるのか」

「ワタシは勘もイイけど、意外に何でも知ってるの」

「なぜ、それを」

「だって、あなたはフィッシュでしょう？　十一番目の。それも知ってる。あなたが知らないことだってワタシは知ってる。その証拠に、あなたにひとつだけ教えてあげます。キノフに潜入したフィッシュはあなたで六人目になります」

「六人目？」

「あなたの前の五人も自分が初めてだと信じてた。そして、五人とも任務の途中で変貌《へんぼう》を遂げました。本の中にはいり込んで、五人とも同じパターンを繰り返した。それで学習されたの。記録も残っている。五人のうち四人は追いつめられてさっさと逃げ出した。どこか別の国へ。でなければ、お得意の本の中にでも」

「もう一人は？」

「自害しました。ワタシの目の前で。その一人だけが女性のフィッシュで、彼女はひどく絶望した様子だった」

六人目のフィッシュは目を閉じた。

「聞きたくなかった？　御免なさい。でも、あなたも少しずつ学んだ方がいい」

目を開くと地下道がまた暗くなったようにフィッシュには感じられた。

「あなたは——というか、あなたたちは、残念だけど自分たちで思ってるほど優秀な諜報員《ちょうほういん》じゃない。ロイドはずいぶんあなたのことを買ってるみたいだけど」

「ロイド——」

「それがワタシのもう一人のボス。といっても、ちょっとしたリトル・ボス。正確に言うとリトル・リトル・リトル・ボス。彼には彼のリトル・ボスがいるし、そのリトル・ボスにもリトル・ボスがいる。そこまではワタシも知ってるけれど、その先は知らない。本当のビッグ・ボスなんて誰も知らないでしょう。上を見上げればキリがない」

「それはどこの国でも同じだろう」

「そう。何もかも同じ。どこの国も。何から何まで同じ。食べるものだって同じだし、言葉だってほとんど同じ。背負ってるものも考えることもみんな同じ。何に悲しんで、何に喜ぶのか、そういうのもまったく同じ。ホント、馬鹿らしいくらい、泣きたくなるくらい同じ」

それからしばらく、二人の靴音だけが響いた。汚れた靴が湿った泥の中に埋もれてゆく。

「ねぇ、何やってるんでしょう、ワタシたち」

「そうあっさりと、ひとくくりにしないで欲しい」フィッシュが冷たい声で応じた。「私は君たちより劣った諜報員なんだから」

「あなたは何でもはっきり言うくせに、誰かにはっきり言われるとすぐにいじける」

「いや」と、フィッシュは否定した。「素直に認めただけだ」

「そういうところがロイドに受けるのかしら」

「リトル・リトル・リトル・ボスに気に入っていただけて光栄だよ」

「そして、それ。皮肉が得意」

「君と同じで」

「ワタシは違うわ」

「ワタシたちは似てる、と君が言ったんじゃないか。背負ってるものも目的も。違うのは諜報員としての才能だけか」

「そういう意味じゃなくて。諜報員とかそんなことじゃなく、ワタシたちっていうのは、そういう意味じゃない」

「でも、我々はどこまで行っても諜報員だし、少なくとも私はそうだ。いまさら普通の市民には戻れない。君の言いたいことは分かるが、一度、諜報員に身を染めたら、私たちはいわゆる『私たち』ではなくなる。私はそう思っている」

「そうやって、急に恰好つけたことを言う」

「いや、これは絶望であって――」

「どんな絶望？　あなた、何に絶望してるわけ？」

体温が少しずつ奪われてゆく、とフィッシュは感じた。最初にこの国に到着したときにも同じだった。一体、いつまでこんな暗いところを歩かなければならないのか。

「何か温かいものでも食べましょう」とココノツが振り返った。「あなた、ここがどこなのか訊かないんですか」

「たぶん、訊いても知らないだろうし」

「そうでもないと思う。この地下道はいくつも枝分かれしているけれど、間違いなく辿ってゆけば〈血管路地街〉の地下につながってる」

「間違いなく辿ってゆけば？」

「そこまで行ければ、追っ手も来ないし」

「行ければ？　追っ手？」

「いちいち確かめないでくれます？」

「いちいち確かめたくなることばかりじゃないか」

「大丈夫。尾行チームはとっくにワタシたちを見失ってます。ワタシはこの道を頻繁に利用してるから間違えない。目をつむっても辿り着ける」

フィッシュはあきらめたように首を振った。ココノツの言うとおり、枝分かれした細い道が血管のように張りめぐらされていた。その道を彼女は行きかけては後戻りし、突然立ちどまって首を捻《ひね》ったりしている。前へ進むほどに道は複雑になり、ひとつの道が五つに分かれ、螺旋《らせん》状に上り下りをしたかと思うと、たてつづけに右へ左へ直角に曲がった。それはいかにもでたらめな道行きと言うしかない。

「誰が何のために、こんな――」

「悪党が自分のために、でしょ」

「じつに馬鹿げてる」

「悪党にしてみれば命がけだったんじゃない？　命がかかってれば人は何だってするし」

「いつの時代の悪党だか知らないが、はたして頭が良いのか悪いのか」

「本物の悪党は頭が良いと思う」

「じゃあ、我々のような頭の悪い悪党はどうなる」

「もちろん道に迷うでしょう。それがこの地下迷宮の狙いだから」

「迷ってしまったら――」

「三年くらいこの地下道をさまよう。よく見かけたもの。道に迷って白骨化した頭の悪い悪党」

フィッシュはまた首を振った。「〈血管路地街〉の迷路は知っていたが──」

「あんなもの、言うほど大したことない。あっちは根気よく歩けばそれなりの地図が作れる。でも、地下の方は誰にも全貌がつかめない。ワタシも勘だけが頼り」

「迷ったことは？」

「もちろんあります。頭が悪いから。というか、迷わなかったことなんてない。でも、とにかくワタシは勘が売りだから」

「じゃあ、その勘が鈍ったことは？」

「ワタシをよく見て。まだ白骨化してないでしょ」

「でも、今回はとうとう白骨化するかもしれない」

不意にココノツが立ちどまり、細めた横目でフィッシュを見た。

「あなたは、はっきり言うタイプで、いじけるタイプで、ときどき恰好つけたことを言って、おまけに臆病《おくびょう》で──」

「皮肉が得意、が抜けてる」

「だって、どうせ最後は骨になるんでしょ。知らなかった？　みんな同じです。同じ、同じ、同じ、同じ。みんな一緒。ここであなたが骨になるなら、そのときはワタシも骨。だから怖くないでしょ。大体、何をそんなに怖れてるわけ？」

「君には何も怖れるものがないのか」

「お腹が空いた」そう言ってココノツは歩き出した。

「だから、温かいものでも食べるんだろう？　君の言い方では、すぐそこの角を曲がったところにいい食堂があるみたいだった。まさかこんなに歩かされるとは」

「意気地なし」

「帰り道のことを考えたら、ぞっとする」

「帰り道？　そんなこと考えたこともない。言っておきますが、ワタシは帰り道は知らないし、そもそも帰らない、というか帰れない。帰ると分かってるなら最初から行かないし」

「なるほどね」

「何が、なるほど？」

「いや、瘦《や》せ細った女の子にしておくのはいかにも勿体《もったい》ない。その勇ましさを私に譲って欲しいくらいだ」

するとココノツは振り返り、いかにも何か言いたげな、いかにももどかしそうな、これまでにないくらい賢そうで、それでいて困ったような顔をした。

「何？」とフィッシュが冷たくつぶやく。

「お腹が空いた」

「いつになったら、ありつけるんだろうか」

「もうすぐそこ。そこの角を曲がったら」

「こんな暗い地下に」

「あるんです。小さな食堂が」

「それもまた幻影じゃないのか。まさか、またあのサーモンのベストを着るとか」

「お望みなら、特別に注文できますけど」

「君は、まったく――」

「そう。からかってるんです。あなたと距離をとるために。そうじゃないと、本当のことを全部話しちゃいそうだから」

「もし、話したいなら、骨になる前に――」

「だって、これ以上は何も訊かず、何も答えない方がお互いのためにとかナントカ――」

「だから、何も訊かないし何も答えない。でも、君が自主的に話すのは君の勝手だし、ましてや、本当のことだというなら――というか、君にはまだ本当のことがあるのか」

「お腹がいっぱいになるくらいある」

フィッシュは首を振りながら考えた。

――あるいは、自分はもう本当に帰れないところまで来てしまったのかもしれない。だが、先達の五人のように逃げたり命を絶ったりするのは御免だ。となれば、行けるところまで行くしかない。彼女の言うとおり、最早《もはや》、帰り道のことなど案じている場合ではない。

「さぁ」とココノツが言った。「どうやら、着いたみたい」

＊

その食堂を「小さな」とココノツは言ったが、「狭い」と表現した方がより正しかった。狭い食堂には二人のコックがいて、一人は背が低くお喋《しゃべ》りで、一人は背が高くて無口だった。彼らはコックでありながら客の注文も聞くし、料理を運んだり食器を洗ったり、勘定場を取り仕切ったりと忙しかった。背の低い方は暖かい土地から来た男で、童顔だがけっこうな年齢と見え、常に何ごとか喋りつづけていた。

「バスだな。バスが来たんだ。いいバスだった。俺にはそれが分かった。だから、皆でそれに乗ってどこかへ行こうって話になった。だが俺は小象のことが気になって仕方なくて。小象と言ったってアレだ、掌《てのひら》に載るくらい小さな象。手乗り象ってヤツだ。それが屋台で売られていて、これでもう最後の一頭だって言うじゃないか。最後の一頭だぜ。聞き捨てならない。しかもだ、売ってる男が俺にそっくりで、あ、これは買うな、俺はこの手乗り象を自分のものにするな、とこう思うわけさ。

で、俺によく似たそいつに値を訊くと、いくらでも構わない、大事に育ててくれるならお金なんて要らないよ、と。いや、それじゃ申し訳ないからお前さんの煙草代くらいはって。何だろうね、そこんとこは朧《おぼろ》げなんだけど、ちょうどポケットにねじ込んであった偽札を二枚ばかりつかませて——。だから、盗んできたわけじゃない。

極上の手乗り象でさ。柔らかい革の袋に入れてもらったんだが、そいつを首からさげると、ちょうど俺の腹のあたりで袋の中の小象が鼻をくねらせる。こそばゆくて。ああ、いいぞ、これは本当にいいものを手に入れた、皆に見せてやらなきゃと思う。でも、残念なことにバスはもう出たあとで、俺は仕方なく一人でとぼとぼ歩き始めた。いつもそんなだよ。俺は一人残される。もう慣れっこだ。だから驚かない。なにしろ、小象を手に入れたんだし。

だけど、俺は裸足《はだし》だったから足の裏が痛くて困った。しばらく行くと草が生えた広いところに出て、草っていうか短い芝のようなもんで、すごく気持ち良くて、踏むと草がつぶれて中から緑色のジュースみたいなのが出てきた。それがほてった俺の足の裏をなだめてくれた。

で、そのころにはもう象は眠ってすっかり大人しくなって、縛ってあった紐《ひも》を解いて袋の中を覗《のぞ》いてみると、目を閉じて死んでるみたいだった。でも、耳を澄ますとかすかな寝息が聞こえて、それは雲が流れてゆくみたいな、聞こえるようで聞こえないような音だった。俺は安らいだ。ひさしぶりに本物の良い気分で、俺は俺の象を手に入れて、足の裏は草を踏んで緑色に染まっていた。歩いたよ。結構、歩いた。全然、疲れないし、少し行くと、海の匂いがしてきた。ああ、そうか、海っていうのも久しぶりだと思ったら、どうしてもそこまで行ってみたくて、そのうち水平線が見えた。嬉《うれ》しかったね。今日は何ていい日だろう。小象を手に入れて、しかも海まで来た。こんな日は二度と来ない。実際、そうだ。ここには海なんてないし。いや、ここの話はよしとこう。それはまた今度。で、何だっけ。そうだ、海の話だ」

——そんなふうに延々と話しながら、背の低いコックは手を動かして料理の下ごしらえをしていた。食器を洗い、仕事がなくなれば、爪を切ったり新聞を眺めたり、ひとときも手を休めることがなかった。そのうえ、話しつづけるのも止まらない。

「海というのは匂いだ。それから音だ。そのふたつがカーテンを開いたときのように右へ左へ前へ広がる。それが海だ。波は穏やかで、船はどこにも見えなかった。もし、船が見えて港が見えたら、俺はそこから船に乗ってどこか遠い国に行ってた。それはそれでいい人生が送れたろう。俺はたぶん小象と一緒にもっと穏やかな国でバナナでも食いながら分厚い本でも読んで暮らした。

だが、事実はそうじゃない。もっと面白い事が起きた。俺が海に見とれていると、急にだ、急に海が音をたててふたつに割れた。想像できないだろ。だが、他に言いようもない。割れたんだ。海が。そして、その割れた海から象が出てきた。いや、その象は小象じゃない。本物のでかい象。背中に乗って長い旅ができるような象。すごい象。見事な象。そいつが象使いに連れられて割れた海からあがってきた。しかも、一頭や二頭じゃなく、三頭も四頭も五頭もだ。次から次へと浜辺にあがってきた。おまけに象の股間《こかん》にはとんでもなくでかいイチモツが付いていて、どの象も完全に勃起《ぼっき》して、見ものとはこのことさ。

さらには、象使いの男がみんな同じような顔で、これがまた俺によく似てる。俺より背は高くてしなやかな体つきをしてるんだが、顔は俺だ。海に濡れたシャツというか、何だろうかアレは、布のようなものを体に巻き付けてた。それがぴったり体に張り付いて、よく見たら象使いの股間も勃起してる。笑ったよ。一心同体というヤツだ。象も象使いもしっかり勃起して浜辺を歩き、濡れた体で芝の方へ向かって歩いた。俺になんか目もくれない。いい光景だった。これから何かが始まるんだと俺は思った。それが何なのか知らないが、何かすごくいいことに違いない。でなければ、すごく悪いことだ。

どっちだったと思う？

教えてやってもいいが、なかなか難しい問題だ。なぜなら、そのあとで起きたことは、人によって捉《とら》え方が違う。立場っていうか。俺はいつもあの光景を思い出すたびに思う。誰かにとってすごくいいことが、誰かにとっては最悪のことになる。それがこの世の仕組みだ。俺はあのときそれに気付いた。あの象の股間を見て。忘れられない。とても、いい日だった」

——背の低いコックは湿ったタオルで調理台の汚れを拭《ふ》きながら遠い目で話しつづけた。

「それはそれとしてだ、小象がどうなったか知りたいだろ」

「いや、その話はもういい」

背の高いコックが耐えかねたように言った。閉め忘れていた小窓をぴしゃりと閉ざす要領で。

「あ、そうか」

背の低いコックは「じゃあ、空から少年が降ってきた話をしよう」と調理台を磨き始めた。

「あれもすごい日だった。バスだよ。バスが来た。すごくいいバスで。美しいバスだった。見たこともないような色をしてた。だから、皆でそれに乗ってどこかへ行こうという話になった。だが俺はね——」

「それも、もういい。それよりも——」

背の高いコックが鼻面を振って店の入口を示すと、そこに、ちょうど海からあがってそのまま長旅をつづけてきたようなココノツとフィッシュの疲れ果てた姿があった。

「おっと、いらっしゃい」

背の低いコックが二人に愛嬌を振りまいた。

「久しぶりのお客さんだ。何日ぶりだろう。今日はいい日だよ。お客さんが来るなんて」

「冗談ですから、気にしないでください」

そう言いながら、背の高いコックが無表情のままフィッシュの頭のてっぺんからつま先までしかと点検した。

「あ、この人はワタシの知り合いですから」

ココノツがそれに気付いて、背の高いコックに目配せした。

「あ、そうでしたか」

背の高いコックが二人をいちばん奥のテーブル席に座るよう鼻面で促し、席に着くなりフィッシュが「あの二人は何なんだ」と声をひそめた。店の中に他に客はいない。

「コックでしょ、見てのとおり」

「コック？　あれはどう見ても——」

「危ない橋を渡ってきたコック。これで満足？」

「あの背の低い方は何を喋りつづけている？」

「あの人はああいう人なんです」

「ああいう人って？」

「陽気な人」

そこでフィッシュはめずらしく笑い声をあげた。

「あら、笑った」とココノツ。「あなた、笑えるんだ？　笑えるなら、もっと笑ってよ。自分で見たことないんでしょ、自分の笑顔。想像がつく。あなたが鏡を見るところ。恰好つけてわざと渋い顔して。ロイドと同じ。いま、分かった。似た者同士なんですよ、あなたたち」

「そうあっさりと、ひとくくりに──」

「あなたはロイドを知らないでしょ。一度、会ったらいい。会えば、きっと気が合う」

「なるほどね」フィッシュの顔から血の気が引くように笑顔が遠のいた。「それを言いたかったわけだ、君は」

するとココノツは、馬鹿げてる、といった感じで首を振った。

「誤解しないで。あなたには分からないでしょうけど、ワタシはもうロイドの元へは戻れない。ただ、あなたがそうしたいなら、そうすればいいと思っただけで」

「君がかつてそうしたように」

ココノツは無言で首を振りつづけた。

「大体、鏡を見ながら笑う男なんてどこにいる？」

「あそこにいるじゃないですか」

ココノツが頭を傾けるような仕草で背の低いコックを示した。

「あれは頭がおかしい。まだ何か話してる。雨のように少年が降ってきたとかナントカ。少年の股間がどうとかこうとか。何を言ってるんだろう、あの男は」

「いいの、あれで。料理の腕は天才なんだから。それに、もうひとりのコックは無口だし」

「それはそうだろう。あれで料理がひどかったら、とんでもない。それに、もう一人のコックまでべらべら喋ったら、こっちまで頭がおかしくなる」

今度はココノツが笑った。「何がおかしい」とフィッシュは真顔になる。

「趣味の悪い音楽が流れてるより、よっぽどいいと思う。ワタシは、彼の話っていうか彼の声を聞きたくて、ここへ来る。お腹が空いてなくても」

「本気で言ってるのか」

「ワタシはいつだって本気です」

「でも、本当のことはまだ言ってない。君には腹が膨れるくらい本当のことがある」

「あなたはどうなんですか」

「もちろん君に話してない本当のことが満腹になるほどある」

「じゃあ、その話は食事のあとにしましょう。話を聞いてお腹が膨れたら、せっかくの温かい料理が台無しになるから」

「とっくに、あのお喋りなコックがすでに台無しにしてる。君は彼の話を聞いてるのか」

「趣味の悪い音楽は耳につくものだけど、心地いい音楽は意外と耳に残らないから」

「心地いい？　彼の話が？　あのコックは我々がこの店にはいってから、十二回も勃起だの股間だのと言ってる」

「いいじゃない、勃起ぐらい。それに話の中身なんてワタシにはどうでもいい。ワタシは彼のあの陽気な声を聞いてるだけでいい」

「まさか、料理もそういった類《たぐい》のものとか――」

「そう。勃起するくらい素晴らしい。それは保証します」

「君はまだ若いのに――」

「いいえ、そうでもないの」

そこでココノツは、またもどかしげな表情になった。

「それがワタシがあなたにしてない本当の話のひとつ」

「年齢詐称？　というか、そもそも君の年齢をまだ聞いてないけど」

「二十一歳。でもそれは本当じゃない。本当なんだけど本当じゃない」

「どういうことだろう？」

「じゃあ、あなたは何歳？　すぐに答えて。考えないで即答してください」

「三十……二歳だったか」

「そんな曖昧《あいまい》な答え方じゃなくて。それは、あなたの本当の――つまり、フィッシュとしての年齢なんですか？　それとも、あなたが肉体を借りている――その」

「鳥口職人」

「そう。その本の中の彼が三十二歳なわけ？」

「なぜ、そんなことを訊く？」

「別に。他に訊くこともないし。あなたがワタシの年齢を訊いたから」

「いや、最初に言ったとおり、君には何も訊いてない。君の年齢がいくつだろうと――」

「三十八歳よ」

背の高いコックが注文をとりにきて、背の低いコックは相変わらず喋りつづけていた。

大丈夫よ。あなた、生きてる。

ワタシが年齢を告げると、彼はしばらくワタシの目の奥のそのまた奥をじっと見ていた。目の奥の奥にワタシの知らない何かが宿されていて、彼にはそれが見えているかのように。

彼の目はときどきそんなふうにワタシを魅了した。でなければ、彼をこんなところまで連れて来たりしない。ワタシにだってそれなりに考えはある。いや、あったと言うべきか。

というのも、ワタシにも混乱が生じているからだ。彼と同じように。ワタシもまた完全ではない。結局、誰もがそうなる。「考え」は歩を進めるたびに目まぐるしく変わって、ワタシが自分の「考え」を先導しているのか、それとも、ワタシが「考え」に追随しているだけなのか見分けがつかなくなる。ワタシは口がへの字になるほど未熟だ。学ぶべきことは沢山ある。それはワタシが借り受けた——いや、この言い方も公正じゃない。ここははっきり盗みとったと言うべきだ。ワタシは「彼女」の肉体を本の中から盗みとってきた。それが正しい。

なるべく若い娘を——最初はその程度の浅はかな考えだった。若ければいい。若ければ大抵のことはなんとかなるから。それがワタシの自慢の勘の良さだった。いまになって考えてみると、的を射たとも言えるが、それがいたずらにもどかしさを募らせる原因にもなった。

ワタシはすごくもどかしい。本来のワタシは、もう少し頭の回転が速かった。道に迷うことなどなかった。混乱や戸惑いとは無縁で過ごしていた。この街に来るまでは。

ワタシはいささか自惚《うぬぼ》れ気味の、しかし、諜報員《ちょうほういん》としての才能に満ちた成熟したフィッシュだった。「女だてらに」と同僚に言われるたび、「これはむしろ女向きの仕事です」と返した。ワタシはワタシの自信をいつでもあたたかい卵のように抱えていた。

たぶん。おそらく——。

変貌《へんぼう》以前の記憶はまだ健在だと思う。おそらく。ワタシはまだ「彼女」と完全にシンクロしていない。たぶん。おそらく。

そう望んだわけではないけれど、たまたまそういう結果になった。完全にシンクロしてしまえば、もどかしさなど消えるはず。身も心も完全に二十一歳の娘になるはず。でも、いまだにそうならない。余計な自惚れが邪魔したのか、それとも自惚れるほどの才能などなかったのか。シンクロは未完のまま時間ばかりが過ぎ、三十八歳の自惚れたフィッシュが、そのまま「彼女」の肉体の中でつぶやきつづけている。

ワタシの混乱の種はそこにあった。しばしば戸惑う。こうしてこう考えるワタシはワタシではなく「彼女」の意識ではないのか。分からない。答えを出せない。才能を見込まれて必要以上に酷使されたのは事実だけど、三十八年でイカれてしまうほどワタシの脳はヤワではない。たぶん。

もちろん、肉体はいつか衰える。あるときを境に著しくキレが鈍る。だから、早々に若い娘の肉体を取り戻しておきたかった。それを世間では下心と言うのかもしれないけれど、ワタシはそれを正しく下準備と言い直したい。

それに、ワタシはただ若いという理由だけで「彼女」を選んだのではない。「彼女」には思わず目を覆いたくなるような痛ましい傷あとが右の腿《もも》にあった。けれど、ワタシはその傷あとを含めて「彼女」を受け入れようと決めた。それがワタシの為《な》すべき任務に非常に重要なポイントになるだろうと判断したからだ。

同化すること。ワタシの思いはいつもそこに戻る。

「同化」「同期」「シンクロ」を無視した諜報活動は、いきなり相手の陣地に手榴弾《しゅりゅうだん》を投げ込むことに等しい。これはワタシひとりに限らず、多くのフィッシュが、代々、肝に銘じてきた自戒だ。しかしまた、多くのフィッシュが自分の命と引き換えに手放してきた美徳でもある。ワタシはそれが何より残念だ。ワタシはいまここで——それこそ若い娘の口ぶりを借りて——「腑《ふ》抜《ぬ》けた男ども」などと悪態をつくつもりはない。ただ、ワタシに先んじた二名のフィッシュが、いずれも自らそう望んで「行方不明」になったことは無視できない。

いま目の前にいるこの彼、この十一番目のフィッシュが、先人の轍《てつ》を踏むことになるかどうか、いまのところまだ分からない。もちろんワタシはそれを望まない。ワタシがいますべき仕事は、彼を正確に誘導すること。いまのところ、彼はまだ誤っていない。彼は同化の対象としてじつに適切な人物を選んだ。

「そのあたりに転がっていた本の中から——」

彼は素っ気なくそう答えるだろう。でなければ、

「烏口職人という特殊な仕事に興味を持ったので」

そんなふうにはぐらかすかもしれない。でも、彼が書物の中からシンクロすべき人物を選んだとき、対象となった「彼」が、あのいわくつきの爆破事件の被害者であったことを見逃すはずがない。彼は間違いなくその点に注目した。ワタシにはそれが分かる。ワタシもあのとき――あのときだ――真っ当な一人のフィッシュとして同じように考えたから。

*

あのとき――あの日からどれほど時間が流れたのか。思い返すと、ワタシの記憶はそれより遡《さかのぼ》り、キノフでの諜報活動に息苦しさを覚えたところまで引き戻される。

ワタシは三百六十度、全方位から監視されていた。誰に？　もちろんロイドにだ。そして、彼の愉快な仲間たちに。すなわち、彼のオフィシャルな尾行班と、彼が自主的に組織した「他国の諜報員の寝返り組」による二重の包囲網に。ロイドはいまもこの戦術を変えていない。決して完璧《かんぺき》な網ではないが、ターゲットに与える重圧は充分だ。

ワタシは当時、〈指導部〉から選抜されたフィッシュの中で自分こそトップクラスにあると過信していた。

「七番目のフィッシュ。今日から、君はそう呼ばれる」

〈指導部〉の「その場限りの男」が、「これは君に名誉を与える任務だ」と確約してくれた。名誉。愚かにもワタシはその手の言葉に飢えていた。掌《てのひら》の皺《しわ》を確かめながら真摯《しんし》に年齢を受けとめれば、体を張って行動するのは今回が最後になる可能性がある。そう決心した。まして「七番目」は、長らく欠番とされていたエースにのみ与えられる冠で、断る理由などもちろんない。ワタシは「これで最後になるだろう」と日記にも書きとめた。

——この任務を全うすれば、ワタシは「七番目」の称号を手にしたまま〈指導部〉への昇任を命じられる。それはワタシが歴代五人目の女性指導部員になることを意味する。

そう書いた。それ以上、望むことはない。このうえなく幸福だった。でも、それが罠《わな》であることに気付くまでそれほど時間はかからなかった。思えば、ワタシの幸福は粗悪な脆《もろ》い鉛筆のようなもので、日記を一頁書いただけで簡単に芯《しん》が折れた。

芯がどんなふうに折れたのかは大して説明を要しない。

キノフに潜入して一週間と経たぬうち、まるで姿の見えないガイドに手引きされるようにして、こちらの求めていたものが手もとに集まってきた。あり得ないことだった。あまりにも上出来で、雲をつかむかの如き「パロール・ジュレ」の存在が、学校で一から教わるようにつぎつぎ浮上してきた。そんなはずがない。一方で、自分の幸運を信じたい思いもあった。それまでそんな甘い感傷につきあったことはなかったのに、ワタシはやはりどこか浮かれていたのかもしれない。

おまけに、ワタシはキノフを好ましく思うようになっていた。街には殺伐さと優雅さが同居し、人々もまた孤立感と独特の親密さをあわせ持っていた。矛盾がまろやかな不協和音を奏で、これまでに経験のない居心地の良さを感じた。いつかどこかの本の中で出会った忘れ難い場所のような。この街には諜報員という不可解な仕事を課せられた者を慰撫《いぶ》して包み込む時の流れがある。それはつまり、どこか無法地帯めく都の風とおしの良さだったかもしれない。

言葉を換えると、すべての諜報員はこの街でつい気を緩める。油断してしまう。キノフ全体がそうした空気を擁している。といって、街そのものが罠であるとは言わない。そこにはやはり、それ相応の魂胆を持った街の演出家が存在している。彼は監視と尾行の度合いの緩急を絶妙のタイミングで指揮し、ワタシにはそれが手に取るように分かった。惚れ惚れするような罠の仕掛け方だと早々に降参するしかなかった。

そのうえ、街の空気がほどよいスパイスにでもなっているのか、ワタシは騙《だま》されていると知りながら、甘美で刺激的なものに呑《の》まれる思いで彼らの術中にはまった。進んで身を投じた。もう、構わない。この際、どうなっても構わない。そう思った。

ワタシは明らかに追い詰められていた。次の一手が思い浮かばないまま足踏みしていた。しかも、そういうときに限って、ワタシはオッズの声を思い出した。他の場面ではまったく思い出さなかったのに。

ワタシは死者に優しくない。どれだけ死者に優しくしても、もう手遅れだと分かっているから。でも、オッズくらいワタシを認めてくれた人はいなかった。彼はワタシの指導員で、ワタシの死んだ父の代役で、しばらくすると公認の恋人になった。彼がもう少し長く生きていたら、ワタシは彼のアパートで洗濯と料理と縫い物をしながら彼の愛した老猫の頭を撫《な》でて過ごしたろう。

「引き際を見極めろ」

「身の程を知ることだ」

「潔さが大切だ」

その三つを繰り返し言った。指導員として。父のような威厳をもって。ときには、情事のあとの夕闇の気だるさの中で。

――本当にそのとおり。そのとおりになった。潔さが大切。身の程を知ること。そして、引き際を見極めないと。もうおしまい。ワタシはこのままだとこの街が好きになって、この街の人をみんな好きになって、この街のために働くことを選ぶかもしれない。それが本音だった。パロール・ジュレなんてどうでもいい。所詮《しょせん》、それはワタシが求めていたものではなく、ワタシが籍を置いた国の誰かが欲しがっていたものだ。誰かとしか言いようがないそんな男――たぶん男だろう――のために、ワタシはいったい何をしてきたのか。その誰かは、はたしてパロール・ジュレの秘密を解くことで、どのような国益がもたらされるのか本当に理解しているのか。

ワタシは首を振った。もうおしまい。もうおしまいでイイでしょう？　オッズ。

どこにもいない彼にワタシは呼びかけた。ワタシがそのとき潜伏していたあのホテル――そういえば、あの安ホテルはいまもあるんだろうか――あの小さなホテルの部屋で、依然として三百六十度を包囲されたまま、ワタシは逃走するよりオッズのところへ行く方がよっぽどいいと決意した。潔い選択。大海に出て身の程を知れば、ここが引き際だと誰かが耳もとで囁《ささや》いた。

そうします。いますぐに。あなたのところへ行きます。どうか快く迎えてください。

ところが、姿の見えないオッズは「まだ早い」と言った。いかにも父親のような口ぶりで。

「君にはまだすべきことが沢山ある。引き際なんてとんでもない。まだ始まったばかりだ」

そうなんだろうか。

すでにワタシは、いつかこういう日が来るかもしれないと常備していた水色の錠剤を掌に載せていた。一錠で深い眠りに落ち、それきり二度と目覚めない。苦しむこともない——らしい。

「それを飲んで、君が君を終わらせるのは君の勝手だ。だが、君はすぐにまた生まれ変わるべきだ。別の誰かに姿を変えればいい。いまの君にならそれが出来る。なにしろ君は七番目のフィッシュなんだから」

生まれ変わる？〈再登場〉や〈変貌〉ではなく？

知識はあったが試みたことはなかった。ワタシたちのあいだでは〈再生〉あるいは〈脱皮〉と呼ばれる。起きることは〈変貌〉とさして変わらないが、〈変貌〉は最終的に元の自分に戻ることを前提にしている。しかし、〈再生〉や〈脱皮〉は元の自分を消滅させなくてはならない。「消失」ではない。完全なる「消滅」である。

それはつまり、元の自分を抹消し、〈変貌〉した人物として、その肉体を貰《もら》い受けて生きることを意味する。まさに「借りる」のではなく奪いとることになる。そして、その上でさらに〈変貌〉するときは、貰い受けた肉体をその人物の履歴ごと抹消しなければならない。

「いずれにしても、相手は書物の中の住人だ。すでに亡くなった者も多い。君がこの街で資料として入手した書物は、この都の歴史と人物を紹介したものだったはず。それはおそらく鬼籍簿としても機能する」

オッズの幻が言う「書物」とは、そのときワタシが携えていた唯一の本で、キノフの歴史というより、近代から現代へ至るこの都市の主な出来事を要約したものだった。ワタシとしても、緊急事態に備えるべく〈変貌〉用に持ち歩いていた本だったが、これまでの経緯と得意の勘を駆使した感触では、すでにこちらの手の内は一から十まで彼——ロイドのことだ——に読まれているように思えた。

後になって知ったことだが、この都に送り込まれたフィッシュは、「フィッシュとしては君が最初の潜入者になる」と誰もが言い含められて意気揚々とやって来た。でも、事実はそうではない。ロイドから聞き出した話を総合すると、ワタシは三人目のフィッシュで、その時点で先の二名のフィッシュの活動は詳細に洗い出されていた。ロイドの元にはレントゲン写真さながらに暴かれた報告書が残されている。

そこには、その二名のフィッシュが、いずれも「携えていた書物」に〈潜航〉し、書物の中に登場する実在の人物の姿を借りて〈再登場〉したと記されていた。すべてお見通しだった。だから、また同様の手口で〈変貌〉を遂げるだろうことを彼らは最初から予測してワタシを追い詰めていたのだ。

だが、ワタシが選ぼうとしたのは〈変貌〉ではなく自死だった。偶然ではあるが——いや、やはりあれはワタシの勘が働いたのか——ワタシはロイドの予測を出し抜いた。

ちなみに、こうした特命を託されたフィッシュには、誰もがワタシと同じ選択を採れるよう、水色の錠剤があらかじめ配布されている。だから、先の二名が〈変貌〉とは別のデータをロイドの報告書に残すことも可能だったはずだ。

もし、そうだったら、おそらくワタシの勘は〈変貌〉を選ぶ方に働いたろう。諜報員であれば客死は覚悟の上だが、当然ながら最良の選択ではない。でも、ひとたびそう覚悟してみれば、どんな無茶な挑戦でも試してみる価値はある。

それで、ワタシはオッズの幻の声に従い、最初で最後になるだろう〈再生〉を試みた。それには面倒な手続きがいくつも必要だった。

まず何より、手もとにある唯一の書物を徹底的に読み、そこに記されたどの人物の体を貰い受けるかを決めなくてはならない。いったん死んだ気になったワタシは、本の頁を繰りながら、「どうせなら」と、決して下心ではなくあくまで下準備の思いが働いた。

どうせなら若い娘がいい。だって、そうでしょう、オッズ？　いえ、返事なんてしなくていい。でも、男に化けるなんて考えられない。それに、同じ年恰好の女性に変貌したらすぐに怪しまれる。かといって、老いてしまったら、そのあとの行動に差し支える。幸か不幸か、ワタシには「老い」の経験がない。たっぷり経験があるのは「若い女性」だけ。

これはもう、どこから検討しても「若い女性」以外に考えられなかった。どうせなら色白で。ちょっとくらい生意気でもいいから。それなりの風貌を備えていれば。

それからワタシは著しく不機嫌になった。せっかくワタシがワタシの肉体と最後の時を過ごしていたのに、その二時間あまり、ワタシは延々と不機嫌のままむっつりしていた。いや、はっきり悪態をついていた。頁をめくりながら、本に向かって下品な言葉を漏らし、ひとつの都の成り立ちそのものにブーイングを浴びせた。

——何よこれ、出てくるのは男ばかりじゃない。

それも、大いに品性を欠いた眉《まゆ》が太い声のデカそうな男たち。ワタシはワタシの肉体が消滅する直前に、ひとつの真理と対面せざるを得なかった。

歴史にその名が刻まれるのは、いつでも目をギラつかせた男と下あごにたっぷり肉のついた男たちである。

でも、本当はそんなはずがない。ずいぶんと立派な書物だったが、中身はじつにろくでもない歴史の編纂《へんさん》——いや、おそらく改竄《かいざん》だった。都の成立には色白のうら若き美女などいっさい無関係、と言わんばかりの書きっぷりだった。編纂に名を連ねた数名はこぞって男ばかりで、要するに男たちによって記された男たちのための男の都の歴史だった。というか、物語だろう。

ワタシは次第に暗澹《あんたん》たる思いになった。こんな脂ぎった男たちの体臭に充《み》ちた書物に身を投じるくらいなら、「死んだ方がましです」と啖呵《たんか》まがいの遺書をしたためたくなった。潔く身の程を知って、引き際を鮮やかに、そして穏やかにしめくくりたい。

——そう思いかけたところで、頁を繰る手が止まった。巻末に近い数十頁が、きわめて事務的な印象を漂わせ、そこに「デムズ百貨店爆破事件」のあらましが記されていた。

「爆発は同時に六ヶ所で起きた」とあり、「さらに二次的な爆発が直後に三ヶ所で起きた」と追記されていた。ワタシが「デムズ」の名を目にしたのはそのときが初めてで、哀悼の意を表して——と、ことわりおいた扉頁につづき、この事件で命を落とした市民の名が切手大にも充たない小さな顔写真入りで掲載されていた。

そこに至って初めて、この都の「正史」に若い女性たちが連なって登場した。それも次から次へと。その多くは百貨店の店員で、誘発された地下通路内のボイラーの爆発に巻き込まれた医師と看護師だった。ワタシは彼らや彼女たちのこちらを見据えた小さな顔をひとつひとつじっくり観察し、そもそも不機嫌ゆえにひそめられていた眉が、より険しさを増してゆくのを自覚していた。そして、悲しさと同時に新たな決意が芽生えた。

思えば、下心はもちろん、下準備の心構えももうそこになかった。ワタシはあのとき無心になっていたと思う。非公式に確認されたという六百八十四名の犠牲者の顔を、その目を、その鼻と口を、耳を、髪を、ワタシは二度なぞるようにして最初から最後まで見た。そして、ワタシはある女の子の顔に——正確に言うと彼女の大きな瞳《ひとみ》に——二度、同じようにして見入った。あのときもやはり勘が働いたのか。彼女の写真もそうだったが、いくつもの写真がかろうじて焼失を免れた身分証から転写したものと察せられた。多くの写真の周囲やどこか一点に、黒く焦げた痕跡《こんせき》が生々しく残されていた。あるいは、混沌《こんとん》とした焼け跡の中で、すでに人体としての形は失われたものの、パスケースに納まっていた写真だけが奇跡的に救い出されたのかもしれない。

「身元不明」と記された写真が数多く見受けられた。それは〈離別〉による戸籍の混乱が未整理のうちに起きた悲劇であったこととも関連していた。その瞳の大きな女の子も「身元不明」の一人で、名前もなければ、所属する団体名や会社名なども記されていなかった。

最初は気付かなかったが、二度目に目を通したとき、最後の頁に、ほとんど読みとれないような小さな活字で次のような注意書きがあった。

「この事件の犠牲者の数は現在までのところ公式に確認されていない。ここに掲載された写真の中には多くの身元不明者があり、実際の犠牲者であるか否か、未確認の写真が混在している可能性がある。心当たりのある方は速やかに当局へ申し出られたい」

ワタシはその注意書きを声に出して読みながら、このときばかりは勘というより何やら確信めいたものに動かされた。それが結果として、イチかバチかの〈再生〉の成功につながったのかもしれない。

「彼女」に会いに行こう。ワタシはそう思った。若い女性というより女の子と言うべきだけど、「彼女」から何か特別なものを感じとっていた。迷いはもうない。きっとうまくいく。ワタシはオッズではなく自分にそう声をかけた。

その先の記憶は断片的になる。

まずは、本に〈潜航〉する際、意識だけになって体を置いてゆく。本の中にはいってからのワタシには体がない。意識だけが頁の中をさまよい、その意識が見事に朦朧《もうろう》としていた。

他の頁にはさしあたって用がなかったので、最初から狙いを定めて巻末の頁に潜り込んだ。

これまでにも何度か〈潜航〉は経験してきたが、これほど多くの人物がひしめき合っている頁は初めてだった。潜り込んだ瞬間、ワタシは意識を失ったらしい。意識が意識を失ったわけだ。体は本の外に置いてきたわけで、意識だけで臨んだのに、その意識を失った。ワタシはもう実体がどこにあるのか分からない「何か」でしかなかった。

それでも、その名付けようもない「何か」が——つまり体でも意識でもない「何か」が——明らかに「ワタシ」の自覚を抱いたまま頁の中を流動していた。流動と浮遊と点在が同時に起きた。ワタシはそのとき音であったか、あるいは気体であったか、それとも、飛び散った液体にでもなったか。そんな気分だった。快くもなければ不快でもなかった。言葉で確定できるようなものはひとつもなく、それでも、気分や感覚のようなものだけが、かろうじてワタシを支えていた。

風が吹けば一瞬でかき消される。それがワタシで、周りに人の形をした青白いガスのようなものが無数に漂っていた。ワタシはそのガス状のものを見ているが、ワタシには見ている目もなければ認識する脳も意識もない。にもかかわらず、ワタシはあたかも遺体安置所で番号札の付いた白い布をそっとめくるように、青白い気体をひとつひとつ確かめていった。そこにはたして時間が流れていたかどうか。流れているといえばすべてが流れ、ワタシも青白い気体も常に流動して浮遊して点在していた。目印はどこにもない。それでも、ワタシは途方に暮れなかった。そこにはもう「途方」もなければ「諦念《ていねん》」も「徒労」もなかった。それに、こちらが探していれば、きっと向こうから呼びかけてくると信じた。

事実、その気体だけが光を内包し、ワタシが意思を示したのではなく——もちろん「意思」

けていった。

もそこにはなかった――そのわずかな輝きを持った気体に吸い込まれるようにしてワタシは溶

その先は、いよいよ、記憶は断片的にスキップする。

最初は音ではなく、波動のみが背中から来た。そのあと数秒遅れて音が追いつき、それもほんの一瞬の爆発音で、すぐに高周波音だけが耳に残った。と同時に背後から強い衝撃と熱風が襲い、まだ流動と浮遊がつづいているようにも思えたが、ワタシには背中と耳と意識があって、熱さと痛みと重力の呪縛《じゅばく》があった。

白いものが――白い細かい紙屑《かみくず》状のものが、凱旋《がいせん》パレードのニュース映像のように視界の全域を覆った。熱風と波動は左右前後からワタシを圧して足の裏に鋭いものが刺さった。聴覚が正常ではなかった。左は途切れ、右は完全に聞こえなかった。瞬間、ワタシは宙に浮いたような感覚に包まれ、誰かがワタシの手を握り、誰かがワタシの脇腹と腿のあたりを強く縛りあげた。白衣を着た人が何人も駆けめぐり、消毒液の匂いと焦げ臭い匂いが入りまじって鼻についた。

――大丈夫よ。

誰かがそう言った。

――あなた、生きてる。

誰かがそう言った。

口の中は鉄の味がした。ワタシは声が出なかった。まぶたが熱く、髪の中にジャリジャリした感触があった。目の前が明るくなったり暗くなったりを繰り返し、それからワタシは無理やりどこかへ押し込まれた。それは箱の中か、それとも細長い管のようなものに流し込まれたか。再び流動する感覚があり、そこですべてが途絶えた。

気付いたとき、ワタシは両膝《りょうひざ》を抱えてベッドの上に横たわっていた。体全体が強張《こわば》り、意識が戻ってきても、その体勢のまましばらく身動きがとれなかった。痛みはやわらいでいたが、全身のあちらこちらに違和感があり、右の耳は手で塞《ふさ》がれたように聞こえが悪く、それでも、音や匂いや視覚が確かなものとして体に響いた。血が流れる音が聞こえてきた。心臓の音が抱え込んだ左の腿に伝わってきた。ワタシは息をしていた。全身の硬直が解凍されるように解かれてゆく。目はまだぼんやりしていたが、最初に捉《とら》えたのは床の上に広げられた本の頁だった。その次に安ホテルの染みだらけの天井を見た。

それから、ワタシはワタシを見た。広げられた本の向こうで背中を曲げ、こちらに顔を向けて眠るようにワタシは横たわっていた。

それはワタシの遺体だった。

いや、まだそう呼ぶのはふさわしくない。正しく言い直すなら、ワタシの抜け殻だった。意識はそっくりそのままこちらのワタシにあったが、床の上に横たわったワタシは抜け殻とはいえ、まだ規則正しい呼吸を繰り返していた。呼吸をする遺体がどこにあるだろう。

でも、すでにその肉体にワタシの意識は戻らなかった。戻りたくても戻れなかった。〈再生〉

が成功した証拠だ。成功はしたが、ベッドの上で膝を抱えているワタシの気分は優れなかった。もちろん、床の上で意識を失っているワタシは最悪の気分だ。ただし、床の上のワタシにはもう気分がない。どうにか肉体としての最低条件を充たしているが、彼女は——ワタシはすでにそう呼び始めていた——そこからもう二度と動けない。

ワタシもしばらくのあいだ膝を抱えたまま動けなかった。しかし、いつまでもそうしているわけにいかない。ワタシはゆるゆると唇を動かし、顎《あご》の筋肉の緊張を解いて、控えめな咳払《せきばら》いのように喉《のど》をひとつ鳴らした。それから、声が正確に出るか試してみた。

「ワタシは」と言ってみた。

それはやはりさっきまでの自分の声ではなく、初めて聞く子供じみた声だった。

「ワタシは、七番目のフィッシュです」

そうです。ワタシはこうしてすっかり声が変わってしまったけれど、間違いなく「七番目のフィッシュ」です。その意識はまだ失われずにある。でも、それはどことなくクリアさに欠けていた。たしかに自分は「七番目のフィッシュ」をよく知っているが、そのうえで彼女を演じているようなもどかしさがあった。

気分が悪かった。おまけに部屋の空気もよくない。喉が渇いて仕方なかった。

その渇きに応《こた》えるように、ベッドサイド・テーブルに冷めた湯を入れたポットと空のコップが用意されていた。頭の中にもうひとつ別の頭があるようなぼんやりした感覚があり、その頭の中の頭が、空のコップを準備したのは、たしか自分であったと記憶を呼び戻した。

ワタシは抱えていた膝を解放した。いったん体中の力を抜いて仰向《あおむ》けになり、部屋の天井を眺めて大きく息を吸って大きく吐いた。

皮肉なことに、こちらのワタシはまだ正確な呼吸がうまく出来なかった。まるで、呼吸の仕方を忘れてしまったように息が乱れて荒かった。もしかすると、生きているというのはそういうことかもしれなかった。生きているからワタシはいま呼吸が荒くなっている。そう思い直し、また大きく吸って大きく吐いた。

そのうち、心臓の鼓動と呼応するように少しずつ息が整ってきた。同時に体の硬直と緊張が緩み、ワタシはベッドの上で上体を起こした。ポットの中からぬるい湯をコップに注ぎ、ポットの把手《とって》をつかんだ白く細い手が、自分の手のようでありながら見慣れぬ他人の手のように見えた。それから、混乱したまま湯をコップの半分まで注ぎ、我慢できずにあおるようにしてひと息で飲みほした。

「ワタシは七番目のフィッシュです」

もう一度そう言ってみる。やはり、知っているような知らない声だ。体はひどく重たい。だが、のんびりはしていられなかった。ワタシのこうした行動に彼らが気付いたかもしれない。もし、そうだとしたら、一刻も早く急がなくては。

ワタシは同じようにポットから湯をコップに注ぎ、それを手にしたままベッドから床へおりて両膝をついた。

その瞬間。

右の腿に激痛が走ったかと思うと、ピリピリと神経を伝わって、刺激を受けたいくつかの記憶が断片的に再現された。脳裡《のうり》にいくつもの音や色や匂いがよぎった。ワタシは首を振ってそれらを払い落とし、腿をさすり、コップを握ったまま床に横たわった彼女の——ワタシだった彼女の——背中に手を回した。体重と体温を受けとめながらゆっくり抱き起こした。ワタシの体も重たかったが、彼女の体はもっと重かった。重たい頭がグラリと右へ倒れた。

ワタシはいったんコップを床に置き、彼女の頭をまっすぐ支え直した。固く握られた彼女の右の拳《こぶし》の指を一本一本剝《は》ぎとるように開いた。水色の錠剤が転げ落ちないよう、慎重に確実に。間違いなく錠剤が掌の中心にあるのを確認し、ワタシはそれを白い指先でつまみあげた。床に置いたコップを手にし、唇のあいだに急いで錠剤を差し込んだ。彼女の顎の先を持ち、唇のあいだに指を差し入れると、唇の中はまだあたたかく濡れ、舌と唾液《だえき》の感触を指先で確かめながら一気に口の中へ錠剤を滑らせた。同時にコップのぬるま湯を唇のすき間から流し入れると、事務的に、つとめて事務的にと自分に言い聞かせた。

そのとき、彼女が自ら進んでそれを嚥下《えんか》したように見えた。たぶん錯覚だろう。初めての経験なので、〈再生〉を終えた抜け殻にそんな気力が残されているかどうか知らない。が、ワタシは彼女との共同作業によって、無事、彼女の体内に薬を流し込んだ。ワタシは目を閉じた。支えていた彼女の頭をゆっくり床へ戻し、目を閉じたまま彼女から離れて音をたてずに立ち上がった。

部屋の中を見まわした。なるべく彼女を見ないよう背を向けて。

知っているような知らないような部屋を隅々まで眺め、不備がないよう点検した。コップを床に置き、自分の頰を両手で挟むように触れた。歯の根が合わずに音をたてているのを聞いた。

——大丈夫。

ワタシはワタシを勇気づけた。

——あともう少し。

でも、その前に。いや、ワタシは浴室の扉を開き、おそるおそる洗面台の前に立って鏡を覗《のぞ》いた。深呼吸をひとつ。いや、そうする前に息を吞んでいた。

汚れた鏡の中から、あの小さな写真が拡大されてワタシを見ていた。汚れた鏡のせいか、それともワタシの疲労した目のせいか、色が妙にくすんで印象が違うようにも見えた。「女の子」ではなく、充分に「若い女性」だった。頰に目に鼻に唇に血が通い、ワタシは驚愕《きょうがく》の表情でワタシを見ていた。間違いない。あの女の子だ。いや、すでにもうワタシなのだ。これからは「彼女」がワタシになる。

大きな瞳。生意気そうに尖《とが》った鼻先。弾力のある頰。小さな唇。でたらめにおろした前髪。これからはそれがワタシだ。

ワタシは鏡から視線を外した。ワタシは抜け殻となった自分も正視できず、新しい自分を直視することもできなかった。自分以外の何者かに成りかわるのは〈変貌〉で何度も経験済みなのに、もう二度と以前のあのワタシに戻ることがないのかと思うと、その事実をフィッシュとしてのワタシが受け入れられなかった。そればかりか、肉体の持ち主であるところの新しいワタシも理解できずにいた。二人のワタシが二人とも同じように途方に暮れていた。

でも、二人のワタシは二人とも次に何をすべきか知っていた。

——こんなところで、うろたえている場合じゃない。

ワタシはもどかしさに支配された頭を整理し、どうにか正常な深呼吸をした。もういちど鏡の中を見た。もういちど深呼吸をした。

それから、ワタシになった「彼女」の前髪を梳《と》かし始めた。

＊

ホテルを出て五分と経たぬうちに、ワタシは当然のように尾行されていることに気付いた。それはもう尾行というよりメッセージに近い。

——我々はあなたを尾行しています。だから、無駄な抵抗はやめなさい。

尾行者を送り込んだ正体の分からぬ男の声が聞こえるようだった。

後になって、その男がつまりロイドであったことを知ったが、そのあからさまな尾行が、およそ十五分後に途絶えたことにもワタシは気付いた。そうなるだろうことを予測していたわけだし、すべてはそうなることを願って仕組んだ最後の賭《か》けだった。その賭けの勝敗がその後のワタシの運命を左右する——それも分かっていた。そして、そのとおりになった。

結果から言うと、少なくとも「七番目のフィッシュ」としてのワタシはその賭けに勝った。

いまでもそう思っている。

このときのロイドの捜査状況を、ココノツとなったワタシが詳しく知るのはそれから二年近く経ってからだ。ほぼ二年を経て、ワタシにつづく次のフィッシュがキノフに送り込まれて来たとき。そのときにはもう、ワタシはロイドのもとで働く一員となり、フィッシュに関する「これまでの経過と報告」を学ぶ身になっていた。

そこでワタシは自分がキノフに潜入した三人目のフィッシュであったと知った。二年前のあの夜、ワタシを追い詰めたロイドが何を見て何を確認したのか克明に知った。それは、ワタシの勘と賭けが、ワタシ自身を救ったことを証明する物語だった。すでにココノツとして地に足の着いたワタシは、その報告書を「見知らぬ女性課報員の足どりとその死亡報告」として目を通した。

ワタシがあの安ホテルを出て尾行の存在に気付いたとき、ワタシのいた部屋にはただちに尾行チームの二名を従えたロイド本人が向かっていた。報告書にそう記されていた。その事実がワタシを興奮させたが、ワタシは冷静を装ってそれを最後まで余さず読んだ。あくまで資料として。それまでにキノフに潜入した三名のフィッシュの尾行報告の一部として。

それを読むと、ワタシが何より幸運だったのは、部屋を出るところを尾行チームに見られなかったことに尽きる。ホテルの玄関から「若い女性」が出てきたところをチームのリーダーが認めたときですら、彼らが彼女の尾行をためらったことが分かる。それはワタシがあまりに無防備な様子で堂々と正面玄関から出てきたからだ。が、いちおう念のために数名の尾行が付けられ、同時に事態の報告がロイドの耳に届いた。

ロイドはこれまでのフィッシュのやり口から察し、間髪入れずに部屋の中に踏み込んだようだ。でも、それはワタシが部屋を出た七分後で、部屋の中には彼らが尾行の対象としていた女性のフィッシュの遺体が横たわり──彼女は「すでに息絶えていた」と記されていた──即刻、ワタシの尾行は中断され、チームの全員が部屋に招集された。

報告にはこう記されていた。

「自害を選んだ女性の遺体が、間違いなく数ヶ月にわたって追跡してきた人物の亡骸《なきがら》であると、チームの全員が無言で認めた」

こうして、ワタシは「七番目のフィッシュ」をこの世から消滅させ、「身元不明」の若い女性としてキノフの片隅に隠れ住んだ。〈再生〉の二年後にはロイドのもとで働いていたが、そこに至るまでにはやはりいくつかの幸運が重なった。加えて、ワタシの勘の良さも抜群に功を奏した。

その反面、初めての経験である〈再生〉にワタシはなかなか馴染《なじ》めなかった。これは今でも変わらない。おそらく最後の最後まで馴染まずに終わるだろう。

外見の大きな変容が、少しずつ自分を現在の「ココノツ」へ導いてはくれた。でも、内面に居座っている「七番目のフィッシュ」としてのワタシは、その意識と精神を失うことなく保存されていた。そこに問題があった。ワタシの混乱は、ワタシ自身がその状態を望んでいるのか、それともやはりこれは失敗ではなかったのかと思い悩むところに根ざしていた。

というのも、その意識と精神が、かつてのワタシそのままであるのかどうか、じつのところ判断しかねるからだ。

書物の中の人物にシンクロしたことで引き起こされる意識の分裂と二重構造は、〈変貌〉によって何度も経験していた。しかし、〈変貌〉はひとつの任務を終えるまでの短期間に限られ、短ければ数週間、長くても三ヶ月程度が限度とされている。その三ヶ月を超えた未知の領域に踏み込んだあたりから、ワタシはしだいにワタシ自身を捉え難くなった。

見知らぬ記憶——それはもちろん「彼女」の記憶に違いない——が反芻《はんすう》されるたび、ワタシはそれがあたかも自分の記憶であったかのように体の奥深くへ刻まれてゆくのを体感できた。ワタシはそれが怖かった。怖いと感じる自分の意識を丸ごとどこかへ投げてしまいたかった。とうに肉体は消滅してしまったのだから、いっそのこと意識もまた消滅し、身も心も「彼女」になってしまえばよほど楽なのに——何度もそう考えた。

しかしその一方で、その時点のワタシは「彼女」の名前すら知らなかった。もどかしかった。そのうち、時が解決してくれるだろうとワタシは楽天的になろうと努めたが、そんなワタシを救ったのは時ではなく、不意に背中から聞こえてきたひとつの声だった。

「あなた、ココノツじゃないの」

その声が背中から聞こえて来たとき、ココノツが自分の名で、それが他の誰でもなく自分を呼ぶ声であるとワタシはただちに了解した。

「え?」とワタシの中の何かが強く弾かれたように声が出た。相手を確かめることもなく、振り向きざまに「ハイ」と答えた。

それが、〈再生〉以降のワタシが初めて「ココノツ」と呼ばれた記念すべき瞬間だ。

「そうでしょう？　そうよね」

一週間ぶりに買い物に出た帰りがけの路上。ワタシは両手に大きな紙袋をさげ、髪はボサボサで化粧もしていなかった。ワタシですら、ワタシがワタシであると分からないようなそんな風貌だったのに、その女性は——女性だった——ワタシの顔を覗き込み、

「そうよね、そうでしょ」

鼻から唇のあたりを震わせながらワタシに抱きついた。ふたつの紙袋ごとワタシは抱きしめられ、彼女の大きな胸と豊かな髪から発散される匂いと感触が、さらにワタシの奥深くにあるものを揺さぶった。紙袋がつぶれて音をたてた。ワタシは彼女のそうした爆発するような感激ぶりを知っていた。その力強い抱擁に覚えがあった。何年ぶりだろう。最後に会ったのはいつだったか。

「あなた、とっくに国へ帰ったのかと思ってた。そうじゃないの？　そうなんでしょう？　何かあったんでしょう？　何も言わずにいなくなったから」

「ええ」とワタシは答えた。そう答えなければ話が先に進まないような気がしたのだ。それがワタシの勘であったか、あなたが生きていて」

「嬉《うれ》しいわ、あなたが生きていて」

「ワタシも嬉しい」

ワタシは言葉が口から勝手に滑り出てくることに自分で驚いていた。

「こんなところで、ライコ叔母《おば》さんに会えるなんて」――ワタシの口がそう言った。間違いなくそう言ったのだ。「ライコ叔母さん」と。

その途端、誰かに突き飛ばされたような衝撃に打たれ、いきなり頭のてっぺんから大量の記憶が流し込まれた。色や音や匂いがあふれ返り、ワタシもまた全身が震え出した。立っているのがやっとだった。もし、叔母が強く抱きとめてくれなければ、もしかしてワタシはそのまま気を失っていたかもしれない。

そんなことは、そのときが初めてではなかった。いつでもそうだったような気がする。ワタシは事あるごとに叔母に抱きとめられた。どうしてそんな大事なことを忘れていたんだろうと、「ココノツ」と呼ばれた「彼女」がワタシの中でワタシを押しのけて立ち上がった。立ち上がる「彼女」とそれを背後から眺めるワタシがはっきり分離されていた。

叔母は抱擁を解くと、ワタシの肩に触れ、腕に触れ、それから手に触れながらワタシの顔を点検するように見た。

「大人になった。でも、ちっとも変わらない。子供のときから大人びてたけど、本物の大人になってもそのままじゃない」

「叔母さんこそ、変わってない」

「私はもう――」

「今でもアマンダンにいるの？」

アマンダン――とワタシの口が滑らかにその言葉を発音した。叔母はそれを聞くと目を細め、あたりを憚《はばか》るような様子を見せてから「アマンダンはもうなくなったの」と答えた。

「本当に？」

「表向きはそう。でも、もうないと思って。私はね――」そこで叔母は言葉を呑んだ。「あなたまだ、こっちへ来たばかりね」

「そう――」とワタシもそのあとの言葉をあわてて呑んだ。再生したの、と思わず言ってしまいそうになったのだ。もし、そう言ったところで叔母には通じなかったろうが、叔母の性格を考えると、それを自分が理解するまで質問しつづけるに違いない。

「みんなが懐かしいでしょう？」

ワタシは頷《うなず》いた。

「会いたい？ きっと、みんなも会いたがる。すごく驚く。ココノツが帰って来たって」

「ワタシはもう、ココノツじゃないけど」

どうしてだろう。言葉を選ぶ冷静さだけは守りとおしていたのに、つい魔が差したのか、それとも感激した「ココノツ」の勢いに負けてしまったのか、ワタシはそのとき、自分の口がそう言ってしまうのを抑えることが出来なかった。ところが――

「そうよね」

叔母は微笑してそう答えた。それ以上、何も言わないし何も訊《き》かない。

「でも、やっぱりあなたはココノツよ。何も変わってないもの」

微笑のままワタシの目を――目の奥を――探るように見ていた。それこそ、忘れ難い叔母の目だ。思い出した。叔母がときどきそういう目になったことを。男たちの欲望を一手に引き受けていた艶《なま》めかしい女の目ではなく、優秀な諜報員としての鋭い叔母の目。その目に射すくめられ、身構えたワタシを察したのか、叔母は再び目尻《めじり》を下げると、

「レンに会いたいでしょ」

ワタシの心の中を言い当てた。「あなた、いつもレンに憧《あこが》れてたから」

「そう？」ワタシは唐突に複雑な心境に追い込まれて曖昧《あいまい》に答えた。「会えるの、レンに？」

「会える」

「本当に？」

もちろん、ワタシはすぐにでもレンに会いたかった。レンはいつでもワタシのことを見ていてくれたし気遣ってくれた。叔母よりずっと若かったのに、叔母以上にワタシを保護してくれた。

思えば、あの日もそうだった。

「レン」というその響きが、彼女の花の香りがするブラウスや、時おり見せる凜《りん》とした佇《たたず》まいと一緒にワタシの記憶に色を添えた。封印すべきあの日の記憶も、「レン」の響きによって、モノクロがカラーに変換されるように鮮明に浮かび上がる。

レンは叔母に放ったらかしにされているワタシを見かね、「百貨店にでも行こうよ、ココノツ」と連れ出してくれたのだ。アマンダンの娼館《しょうかん》から〈デムズ百貨店〉までは歩いて行ける距

離にあった。ときどきレンは買い物がてら、退屈しているワタシをそうして連れ出してくれた。

あのとき、レンはワタシの前をいつもどおり足早に歩いていた。レンは常に足早だった。彼女はゆったりしたもの、ゆっくりしたものを好まなかった。どんなことも速やかに済ませ、無駄なく事が運ぶことを信条にしていた。そのスマートな立ち居振る舞いがワタシにはことさら魅力的で、もちろんワタシだけではなく、多くの男たちが魅了され、そして多くの女たちもレンに憧れを抱いた。

「見ているだけでいい」と誰かが言った。そのとおりだ。ワタシはレンがその長い足で足早に歩く姿を後ろから眺めているだけでよかった。ワタシはレンの速やかさに憧れながらも、わざとゆっくり歩いてレンの後ろ姿を見ていた。そうしていれば、レンはこちらを振り向いて「ココノツ」とワタシを呼んで待っていてくれる。

あの瞬間がそうだった。あの爆発の瞬間。陽が射していた。いい天気だった。空が青く、細かい花柄のワンピースを着たレンが交差点に差しかかる手前でワタシの方に振り向いた。風になびく長い髪を耳にかけ、ぐずぐずしているワタシに声をかけようとした。

「ココノツ」――と、すぐにもその声が聞こえるはずだった。

でも、すべては一瞬で吹き飛ばされた。

ワタシの記憶では、その一瞬の前に、周囲が静まり返った。誰かが停止ボタンを押して時間が止まったように、あたり一帯が真空状態になってしまったような空白の間があった。

でも、それは錯覚だろう。熱と音と暴風が、巨大なかたまりとなってワタシを通過していった。それもたぶん錯覚だ。目が見たのは銀白色の光の炸裂《さくれつ》と、そのあとに続いた濁流によく似た大量の何かだ。それも本当に見たのかどうか。ただ、レンがワタシに声をかけようとした姿は静止画像になって目に焼きついた。

それからワタシはレンに会っていなかった。ワタシはレンが生きているはずがないと思い込み、レンもワタシが命を落としたに違いないと意識を回復した直後にそう言ったらしい。事件から半年近く経過した或《あ》る日、ワタシは叔母からそう聞かされた。その時点では、まだ叔母もレンの面会を許されておらず、あくまでもレンの担当医から聞いた話だと叔母は言っていた。

レンは「誰にも会いたくない」と絶対面会謝絶を通していたから、事件後のレンには誰ひとり会っていないと思っていた。

だが、叔母は「レンに会える」と言う。ワタシはあれから何がどんなふうに自分の身に起きたのかよく分からなくて、順序だてて時間の経過を辿ろうとすると、辿り始める前に混乱が起きた。ただでさえ混乱している糸が、より複雑にからみあって頭が痛くなってくる。

「ねぇ、ココノツ」と叔母が言った。「こんなところで立ち話も何だから、とりあえず私の部屋に来なさい」

ワタシの手を握る叔母の手に力がこめられ、その有無を言わさぬ強引さもすぐに甦《よみがえ》った。体は何でも覚えている。叔母がそう決めてそう言ったら、もうそうするしかないと体が知っていた。

＊

叔母の部屋は〈血管路地街〉の蜂の巣のようなアパートの奥にあった。

「狭いでしょ」

叔母は苦笑したがワタシはそう思わなかった。ワタシが隠れ住んでいる部屋よりもずっと広く、風の通りも快適だった。

「あなた、住むところはあるの？　仕事やお金はどうしてる？」

叔母は叔母なりにワタシのことを気遣っているのだと一旦《いったん》は思った。でも、それは一度として長つづきしたためしがない。あの事件の後でさえ。

「もし、よかったら、ここにいなさい」

叔母はワタシの顔を見ながら、あの鋭い目で言った。ワタシは思わず目を逸《そ》らした。

「私はね、あなたがいつか戻ってくると信じてた。気持ちの整理がついて、あなたが本当の大人になったとき、あの事件を思い返して、そして、もちろんレンのことを思い出して、きっと帰ってくると」

ワタシは何も答えられず、ただうつむいて黙っているしかなかった。

「レンもそう言ってる」

ワタシは顔をあげて叔母の目を見た。

「レンも、あなたが帰ってくるのをずっと待っていた。あなたがいなくなったと知って、レンは本当にがっかりしたの」

「レンにはすぐに会えるの？」

　ワタシはそれを確かめたかった。

「もちろん。あなたなら、いつでも歓迎してくれる」

「ワタシなら」

「そう、あなたなら」

「他の人はどうなの。レンはいま——」

「そうね——レンは——何と言ったらいいのかしら——ずっと隠遁《いんとん》してるから」

「どうして」

「それは——レンが自分の姿を——顔をね——あまり見せたくないから」

「顔？　レンはあのとき、どんな——」

「そうね——」

　叔母は慎重に言葉を選んだ。

「会えば分かる」

「会わなきゃ分からないの？」

「あなた、レンに会いたくないの？」

「——もちろん会いたい」

ワタシはそこで口をつぐんだ。叔母は差し向かいに座っていた椅子から立ち上がると、左の足を少し引きずるようにして窓辺まで歩いた。

「叔母さん、足をどうかした？」

窓辺に立った叔母は外の様子を注意深く見ていた。その緊張を孕《はら》んだ背中に記憶があった。叔母はいつもそうだった。音や気配といったものに、人一倍敏感だった。

「大したことはないの。ときどきちょっと痛むだけ。私のことなんかより、あなたの傷は？」

「ワタシは——ワタシもときどき」

「完全に治るということはないのね、やっぱり」

叔母はまだ窓の外を見ていた。

「あのね、レンは何も変わってないのよ。あなたの知ってるあのレンのまま。ただ、あなたと同じように深傷《ふかで》を負ったから」

「それは——顔に？」

「目なの。左のね。失ったの。右の目はどうにか回復したけど、最近は右もほとんど見えない」

「じゃあ、アマンダンは——」

「さっきも言ったでしょ。あなたの知ってるアマンダンはもうなくなった。あのあたりは味気ないオフィス街になってしまったし、それでもう続けられなくなった。レンが戻ってくるのを待っていたんだけど、そういうわけで——」

叔母は窓のブラインドをおろした。さっきと同じように、ゆっくり足を引きずりながらこちらへ戻りながら言った。

「でも、いろいろ考えてアマンダンという名前は残したの。別のかたちでね。私たちの活動の中心にその名前を置いて。みんなでレンを支えながら――」

「いつ、会えるの」

「あなたが会いたいなら、明日にでも」

いつかも――もうずっと前だ――ワタシは叔母に「いつ、レンに会える？」と訊いたことがあった。叔母はあのとき答えてくれなかったが、しばらくして、ワタシはレンからの伝言を受けとった。担当医を通じて叔母が貰い受けてきたもので、白い封筒の中に正方形に折り畳んだレースのハンカチーフが一枚入っていた。封筒の表に「ココノツへ」とレンの字で書いてあり、ただそれだけで他にはメッセージもなかった。

でも、ハンカチーフを広げるとレンの匂いがした。匂いだけではない。

「よかった」

ワタシにはレンの丸みを帯びた声がはっきりそう聞こえたのだ。

残酷な神の手によって

彼女の言うとおり料理は大変美味だったが、彼女が語った「本当の話」は、私を大いに混乱させた。食事も話も先へ進むほどに胃がもたれるような量で、さすがに料理は途中で「もう結構」と両手を挙げて降参するしかなかった。

が、背の低いコックはこちらの腹具合などにはお構いなく、相変わらず延々と喋《しゃべ》りつづけながらとんでもない量の料理をこしらえていた。それを背の高いコックが無言で運んでくる。

背の低いコックは空から少年が降ってきた話を終えると、今度は巨大トカゲと対決したときの話へ移行した。

「本当にもういい」

私は背の高いコックを睨《にら》みながら言った。「あのコックは我々を殺すつもりなのか」

「では、そのように伝えます」

すると、ほどなくして「巨大トカゲ」を語る声が途絶え、調理場から響いていた金属的な音が、交響曲の終わりのような余韻をもって停止した。店は冷ややかな空気と静謐《せいひつ》を取り戻し、ここが〈血管路地街〉の地下に位置していることを思い出させた。

「店の名は」と彼女に訊《き》くと、

「〈象の勃起《ぼっき》〉」と真顔で答えた。「冗談だけど。たぶん、名前なんてない。あったとしても誰も覚えてないもの。あのコックたちでさえ」

「たしかに〈象の勃起〉みたいな料理だった」

「満足しました？」

「食事の方は。ただ、君の——と言っていいものかそれさえ混乱する。なにしろ、君は——」

「ワタシが二十一歳にして、三十八歳だから？」

「熟練の先輩に敬意を表すべきか、それとも、生意気な小娘を適当にあしらうべきか。何が本当で何が罠《わな》なのか」

「分からないでしょう？」

「正直言って、すぐには判断できない」

「では、お得意の仮説はどう？」

私は食後のコーヒーに口をつけたが、そのカップも無論のこと象の勃起の如く巨大だった。

「仮説ならいくらでも」

私は彼女の話を整理するべく、机の上に広げられたものを頭の中で選《よ》り分けた。

「まずは——」

「さっそく始めるの？　急に頼もしくなっちゃって」

「いや、とりあえず分からないことを並べていくだけで——」

「あなたは実際のところ何歳なの？」

「まずはそこから。年齢のことから。しかし、この店でそんな話をしても——」

「平気」

彼女が指差したのは、居眠りをしている二人のコックの姿だった。客はいない。

「君の話を全面的に信じるとして、つまり、君が七番目のフィッシュであるとして」

「かつては間違いなくそうだった。でも、〈再生〉を経たことで――」

「そう。もうひとつはその〈再生〉だ。私は〈再生〉を成功させたフィッシュの例を他に知らない。だから、あくまで憶測でしか語れないが、問題は〈再生〉と〈変貌《へんぼう》〉にどのような差があるのか」

私は自分の頬を指先で撫《な》でた。

「私もまた〈変貌〉の過程にある。御存じのとおり〈変貌〉は短期間にのみ限られている。だから、〈変貌〉中に歳をとることはない。私が同期した鳥口職人はおそらく二十九歳から三十二歳で、彼もまたデムズ爆破事件の被害者の一人だった。見てのとおり顔に傷を負っている。他にもいくつか――腿《もも》や足の甲や脇腹に、まだ充分に癒《い》えていない傷がある」

彼女が痛そうに顔をしかめた。

「同期のために使った書物によると、彼は二十九歳のときに事件に遭い、六年後に三十五歳の若さで亡くなった。残酷な神は彼をデムズ事件の貴重な生き残りにした挙句、六年後に出合い頭の交通事故に遭わせた」

「残酷な神って、何のこと？」

「その本は、彼の友人が若くして亡くなった親友へ追悼の思いをこめて上梓《じょうし》したものだった」

「彼はとっくに死んでるわけね。残酷な神の手によって」

「〈変貌〉による同期／シンクロは書物内の時間で完結する。だから、仮に〈変貌〉を長期的につづけても、彼が亡くなった年齢を超えない」

「あなたは本当に優等生のフィッシュ」

「そのうえで、さっきの質問に答えると、フィッシュとしての私は現在三十六歳のはず」

「じゃあ、ワタシとあまり変わらない」

「でも、いま肉体を借り受けている彼は——傷の状態から察するに、おそらく三十二歳といったところ。同期の際に書物の中で出会った彼は事件と臨終とに挟まれたちょうど真ん中あたり。職人として最も安定した状態にあった。そう書かれている。だから、基本的に彼との年齢差は感じない。記憶はまるで別物としても、思考回路も似ているし、声や目線の高さにも違和感がない。ただ、ときどき若いときの彼が前面に出てくる。若い彼はニヒリストで生意気者だった」

「そのようね」

「だが、これはあくまで〈変貌〉の場合で、〈再生〉は非常にデータが少ない」

「〈再生〉してからいまが三年目になる。ロイドの記録で確認したから間違いない。ワタシがあの安ホテルの部屋で遺体になったのは三年前で享年三十五歳。偶然だけど、あなたがシンクロしている烏口職人と同じ。もう三年になる。そのあいだに——」

「いや、この三年間のことは後で聞くとして、率直に印象を言うと——」

「何の印象?」

「君の印象を」

「ワタシの? 何だか、良い気分のような心外のような」

「君は間違いなく複雑で、混乱しているし変だ。とにかく普通ではない」

「複雑で、混乱していて、変で、普通じゃない——って、それ全部同じじゃない。お願いだから、ワタシに負けないでワタシを言いくるめて。騙《だま》してくれてもいいから。何でもいいから、うまいこと言って。ワタシを説得したり感心させたりして」

「じゃあ、ひとつ訊くけど、君はさっき自分の年齢は三十八歳だと言った。だが、フィッシュとしての自分は三十五歳で亡くなったと」

「そう」

「どっちなんだろう? いや、これには答えなくて結構。答えはたぶんどちらも正解。というのは、君は〈再生〉後のこの三年間に、年齢を重ねる自分を感じている」

「そこなんです」彼女がパチンと指を鳴らした。「もし、これが十年間だったら、もっとはっきりしたことが言えるけど、三年間っていうのはあまりに微妙で。それでも——」

「歳をとった?」

「そうみたい。勘だけど、三年前に比べると少しずつ肉体が変化してる」

「ということは」

「待って。ということは——」

「君が〈再生〉の対象として選んだココノツは、ライコ叔母《おば》さんの話から察すると、奇跡的にデムズ事件の犠牲者にならなかった」

「それはそう。それが事実」

「では、事件のとき、彼女は何歳だったのか」

　彼女の顔色がわずかに変化した。

「感心する。本当にあなた、ワタシが見込んだだけはある。いまの質問が一本の矢になって、ワタシの中にいる三人のワタシをいっぺんに貫いた」

「三人のワタシ？」

「それも勘だけど」

「いや、君は自分が三十八歳であることを明かす前に、自分は二十一歳だと言った。でも、それは本当じゃないとも言った。その二十一歳という年齢はどこから出てきたのか？　たしかにいまの君は――」

　私はもういちど彼女の顔を見た。

「その声と相まって、二十一歳だと言われても誰も疑わない。仮にごまかしていたとしても、せいぜい二、三歳といったところだろう。しかし、はっきり二十一歳だと君は言った。考える間もなく即答した。それはなぜか？　誰かに訊かれたらそう答えようと決めていたのか」

「それはねぇ」

　不意に彼女は三十八歳のベテラン諜報員《ちょうほういん》から、二十一歳の女の子の喋り方に変わった。それが故意なのか、それとも自然とそうなっているのか、そこのところはさすがに測りかねる。

「それも勘なの。というか、三年前に本の中で彼女の写真を見たとき、とにかく目が大きくって童顔で、いくつなのか見当もつかなかった。十歳くらいにも見えるし、もうちょっと上の十五歳くらいとか？　写真の状態が良くなくて分かりにくいし、自分を振り返ると、ワタシは十八歳のときがいちばん好きだった。なにしろオッズと知り合ったのが十八のときだったし、それに、事件のことに気持ちの整理がつき始めたのも十八のときだった」

「ちょっと待った。オッズというのは、君を諜報員として指導した――」

「そう。彼もフィッシュだった。ワタシの恋人で、父のようで――」

「でも、君はいま、事件のことに気持ちの整理がつき始めたと言った。それは七番目のフィッシュではなく、ココノツの記憶のはず」

「そうね、ちょっと混乱した」

「君が〈再生〉の対象として彼女を選んだとき、写真の彼女がいくつなのか分からなくて、オッズと知り合ったときを思い出して独断で十八歳と思い決めた。それはおそらく半分当たっていて、半分間違っている。その写真がいつ撮影されたのかはっきりしないが、〈離別〉から間もないあの時期に携帯していた写真入りの身分証となると、おそらく交付されたばかりの新しいパスポートか何かのはず。君は瞬間的に爆風で飛ばされ、身に着けていたものはあらかたどこかへ吹き飛んだ。もちろん、そのパスポートも」

「それは、あなたの仮説でしょ」

「もちろん、仮説だけど——」

「あなたの言いたいことは分かる。事件後の焼け跡からパスポートだけが発見されて、それも写真だけがうまい具合に残ってた。名前と身分が記された部分は焼けてしまい、写真だけが残るなんてことが——」

「いや、特殊な紙を使ってるので」

「え？」

〈離別〉後の初期につくられたいくつかのパスポートは、写真の印画紙にレチナ製の防火紙を使っている。ああした突発的な事故を想定して、なるべく身元が判明するよう——といっても、これは犠牲者ではなく犯行に及んだ者を特定するために編み出されたもので、まさか、七番目のフィッシュである君が知らないはずはない」

「もちろん知ってます。うっかり忘れてたけど」

「充分にその可能性はある」

「だとしたら、何？」

「だとすれば、君がシンクロした彼女が、君の言う十八歳であったら——」

「あなたは何を疑ってるの？　それこそ単純じゃない。彼女は事件に遭ったとき十八歳だった。あなたの仮説に従うなら、写真は事件の直前に撮ったもので誤差もない。つまり、ワタシは十八歳の彼女にシンクロして〈再生〉に成功した。違う？　よく見て。すべてはこの肉体が証明してるでしょう？」

「いや、大事なことをうっかり忘れている。複雑で混乱して変で普通じゃなくなってる。これは〈再生〉における最も重要なポイントで、それを君はうっかり忘れた。オッズから何を教わったのか知らないが、私が指導員から〈再生〉について教わった最も重要なことは、〈再生〉はシンクロした人物の現時間と同期する可能性があるということ。その人物がすでに他界していれば話は別だが、対象者が存命の場合は、シンクロは書物内の時間ではなく、対象者の生きる現時間に同期する――」

このとき、彼女の顔に兆していたものに火がついた。

「それは――」

彼女は思い出したのだろう。オッズに教わった〈再生〉の原則を。

「ということは」

「それで矛盾が解かれる。いま、話してくれたこともすべて理にかなう。君の言う三人のワタシというのも」

「でも、それは仮説でしょう？」

「この話の混乱の根は、デムズ事件のときにココノツが十八歳だったと勝手に決めてしまったことにある。しかし、単純に考えてそんなわけがない」

「どうして？」

「我々はしばしば書物内の時間に同期するので妙な癖がついている。だが、現実の時間に則《のっと》って経緯を追うと、混乱は簡単に解ける。あれから十二年が経った。〈離別〉の施行とデムズの事件から十二年。ということは、もし、ココノツが当時十八歳だったら、いまではもう三十歳になっている。ところが、三年前に君がライコ叔母さんと再会したとき、彼女は迷わず君を抱きしめた」

「そう」

「その再会が示しているのは、じつに単純なことだ。つまり、君はデムズ事件のときに、まだ九歳の子供だった。もともと大人びた子だったようだが、叔母さんにしてみればそれは少々都合が悪かった。というのも、諜報員であった叔母さんは、幼い子供を連れて歩くことが諜報活動のカムフラージュになると考えていた。でも、君は大人の世界に憧《あこが》れを抱く非常にマセた少女だった」

「どうして、そんなことが分かるんです？」

「いまの君に、その頃の彼女がそのまま反映されてるから。思うに、それは〈再生〉の副作用のひとつかもしれない」

「ワタシのどこがマセた女の子？」

「君は私に本当の名前を教えなかった。いや、教えてくれなかったのではなく、ライコ叔母さんに言い含められた名残がそのままになっている。名前を訊かれたら代わりに答えなさいと、君はそう言われてきた。叔母さんは大人びて見える君の印象を正すために何度も大きな声で呼んだ。ココノツ、ココノツ、ココノツと」

彼女は——ココノツは——こちらを見たまま表情を変えなかった。

「君は十二年前に九歳——ココノツだった。十二年は長いようで短い。でも、これが現実に流れた時間で、この十二年にココノツを足してみれば、君が直感で口走ったいまの年齢、すなわち、二十一歳がはじき出される」

彼女は目を見開いたまま黙っていた。

「基本的に君の勘を信じてる。それに、『七番目』の冠にふさわしい優秀なフィッシュであることも。ただ、自分は二十一歳だと即答したのは勘ではなく、シンクロしているココノツが反射的に答えたからだろう。君が九歳の女の子の写真を十八歳であると判断したのもシンクロのいたずらだと思う。撮影時には九歳だったが、〈再生〉をしたその夜にはもう十八歳になっていた」

「ちょっと待って。じゃあ、ワタシはあのとき九歳の女の子にシンクロしたわけ？」

「いや、潜航して出会ったときは九歳だったけど、〈再生〉が成功した瞬間、十八歳に成長した彼女がシンクロしてきた。だから、鏡の中に見たときは十八歳で間違いない」

「どういうこと？　急にそんなことを言われても頭が追いつかない」

「じゃあ、この三年間を振り返って。十八歳になったココノツにシンクロしてからのこの三年。そのあいだに、ライコ叔母さんの手引きでレンと再会し、レンのもとで新しい仕事を始めた。そして、仕事の一環として、レンを追い詰めようとしているロイドの手の内を暴こうと考えた。それで、一年ほど前からあえて彼の手下となって働き始め——」

「そのとおり。あなた、いつそんなことを調べたの？　それとも、ワタシが全部、自分でバラしてしまったの？」

「この仮説に必要な情報はすべて話してくれたけど」

「がっかりです。大体、あなたに会ってから、どのくらい時間が経ったんだろう？」

「さて。現実の時間の流れに疎い我々に正確なところは――」

「さっき言われて気付いたけれど、ワタシの本当の名前を教えてないってことは、まだ相当につきあいが浅いってことでしょ。ということは、つきあいの長いロイドには、もっといろんなことを話した可能性がある」

「場合によっては」

「がっかり。ワタシ、何もかもロイドに見抜かれてたってこと？」

「いや、少なくとも、君が安ホテルで自害したあのフィッシュだったとは気付いていない。彼の憶測は、君がレンに情報を流しているのではないか――そんなところだろう。それに、君が本当は三十八歳の――」

「あなた、さっきから何回、三十八歳って口にしたか分かってます？」

　こういうときの彼女の声色は二十一歳のココノツの声とはまるで別物だった。

「それに、何度も言うようだけど体は本物の二十一歳なんだから。〈変貌〉とはレベルが違う。本物なんだから。ただ、この肉体の中に含まれる、何なのか、精神というのか人格というのか、そんなものの三分の一くらいが三十八歳だって話でしょう？　言ってみれば、ワタシは部分的に三十八歳で、あらかたは見てのとおりの二十一歳。あなたの仮説が正しいなら、少しだけ九歳のマセた女の子も混在してる。その三人の年齢を平均したら何歳になる？」

「二十二歳」

「でしょ？　そのわりにあなたは、あまりに二十一歳のワタシを無視してない？」

今度は二十一歳の彼女が前面に出てきた。

「こっちにもいろいろと事情があるから」と私は口ごもった。「私も〈変貌〉の途中だし」

「混乱する？」

「うまくコントロールできない」

「ワタシたちって、どうしてこんなことに――」

私も同じように考えていた。「ワタシたち」と彼女は我々二人を指して言ったのだろうが、私はこの「ワタシたち」がこの先、どこまで波及してゆくのかと案じていた。それは諜報員ならではの最前線に於《お》けるつぶやきで、我々は誰よりも早く「ワタシたち」の行く末を知ることになる。残酷な神のシナリオをいち早く予見することになる。

「まさか」「なぜ、そんなことを」「愚かしい」「子供じみてる」「何とかならないのか」

――その他諸々《もろもろ》。

我々がつぶやいたことは、早ければ数ヶ月後に多くの人たちのつぶやきになる。否。多くのつぶやきになればまだいいが、時として、つぶやきさえ許されない状況に陥る。語ることをやめる。言葉を呑《の》んで言葉を消す。言わないようにする。沈黙する。

「ちょっと待って。いま、ようやく混乱した頭が晴れてきたんだけど」

彼女は自分の体を自分の両腕で抱きしめようとしていた。

「あなたがさっき言ったこと。〈再生〉のシンクロのことだけど、もう一度、言ってくれない？」

「もう一度？」

彼女が何を訊きたいのか私も頭が混乱してすぐには追いつかなかった。

「あなたが指導員から〈再生〉について教わった最も重要なこと」

「ああ」と私は繰り返す。「……〈再生〉は〈変貌〉と違って、シンクロした人物の現時間と同期する可能性がある」

「そのあと」

「その人物がすでに他界していれば話は別だが、対象者が存命の場合は――」

「存命の場合は？」

「シンクロは書物内の時間ではなく、対象者の生きる現時間に同期する」

「そこのところを九歳の子供にも分かる言葉で言って」

「つまり――」

「待って。やっぱり言わなくていい。定義とか原則なんてどうでもいい。ワタシの場合はどういうことになる？　それだけ教えて。いろいろ聞くとまた分からなくなるから」

「いや、どういうことになるとかじゃなく、すでにもう、どうにかなってる」

「どういうこと？　単純化して言って」

「君は」

「ワタシは？」

「君は九歳のときにココノツと呼ばれていた女の子と同化してる」

「同化って何？」

「まったく同じように――」

「同じように？」

「何と言えばいいのか」

「九歳のときにココノツと呼ばれていた女の子はいま何歳？」

「二十一歳」

「ワタシと同じ――」

「そう。同化してるから」

「じゃあ、もしも、その子が生きていたら――」

「生きてる」

「本当に？」

「生きてます。だから、いま君はそこにそうしている」

「そうなの？」

「いまの君とそっくり同じように。そっくり同じ顔で、そっくり同じ声で、同じ記憶を持って、同じように笑って、同じように泣いたり怒ったりして、どこかで生きている。いまは二十一歳になって」

「二十一歳になったの？　ただのココノツだったくせに」

「そう。二十一歳になったココノツが、いま、どこかで生きてる。それだけは確かなこと。これは仮説ではなく事実。でなければ、君は生きていない。君がそこにそうしている以上、あの写真だけ残されたココノツは、どこかで君とそっくり同じように生きている」

「そうなんだ――」

静かな店の中に、彼女の沈黙を囲むように二人のコックのいびきが共鳴していた。

世界から見放されたくらい二人きり

たとえば、円卓を囲んだ解凍士はいつでも四人だった。いまここにあらためて個々の名を挙げなくても、彼らは交替しても分からないほどよく似た表情と声を持っていた。名前などは所詮《しょせん》、記号に過ぎない。だから名前は忘れてもいい。が、せめて彼らが四人であったこと、そして、四人がそれぞれに誠実な態度を乱さなかったことは末長く記憶にとどめたい。たとえ、この円卓の上に百年の時が流れようと、「ここに彼らがいた、あの四人がいた」とすぐさま伝説が語り起こされるよう、いま一度ここに彼らの姿を刻んでおきたい。

それには、任意のある一日を選び、余計な思惑を払いのけ、節穴から覗《のぞ》くように彼らの様子を見届ければいい。それがたまたま彼らが倦《う》んで憂いた疲労の色濃い日であっても、彼らの孤独な作業を伝える意味では、むしろその方がふさわしい。

彼らは常にお互いを尊重し、非常識で突飛な意見を交わしあうことさえ無駄とは思わない。ただし、見解は思いのほかたびたび相違する。果てしなく長い議論が円卓の上を何周もし、最後に彼らは遊び疲れた子供のように倦む。

「今日も結論は出ない」四人のうちの誰かが言う。

「だが、我々は充分に検討した」

「この件については」

「もういいだろう」

それが何件目なのか誰にも言い当てられないが、倦むほどひもといてきた「極秘」の判が捺《お》されたファイルを閉じ、彼らはその日の推測と仮説を終了する。この終了は無論のこと「ひとまず今日のところは」といった意味でしかなく、明日になれば彼らはまた別の新しいジュレをめぐって新しい意見を円卓の上に載せる。

「ときどき――」「ああ、まったくそのとおり。君が何を言いたいのか分かる」「我々は無力だ」「こんなことをして一体――」「その先は言わない方がいい。当然、こういう日もある。すべてが気持ち良く解凍されるわけじゃない。結局のところ我々が解こうとしているのは、この世の写し絵のようなものだ」「ときどき――」「ああ、そのとおりだ。君が何を言いたいのか分かる」「この世の写し絵はジュレに限らない」「そういうことだ」

もし、本当に極秘などと呼びうるものがあるとすれば、彼らがここで交わしている会話がおそらくそれに当たる。憂い顔で「出ない」と確認しあった結論なるものも、じつは何気なく誰かがつぶやいた「ジュレに限らない」という一言に要約される。彼らは自分たちの不条理な営みの無意味さを理解した上で、あえて困難な作業に挑んでいる。

戯れに彼らは「たとえば」と例を挙げる。

「吸い殻でもいいわけだ」「ハンカチでもいい」「レシートとか」「映画の半券とか」「セーターの毛玉」「消しゴムのかすとか」

時間をかけて挙げてゆけば際限なく列挙できる。が、もちろん条件はある。それが一度でも人の体に触れていること。そして、なるべく小さな断片のようなものであること。このふたつの条件を充《み》たしていれば、およそたいていのものはジュレと同等の役割を果たす。

ただし、そのためにはそれ相応のトランスレーターが必要になる。すなわち「解凍士」に価する特殊な能力を持った技術者が、それら屑《くず》のごとき断片から失われた全体像を読みとらなければならない。否。仮にその読みとりに成功しても、たとえば、ロイドのような人物を満足させるには気の遠くなるような時間が必要になる。なぜなら、吸い殻や毛玉は言葉を持たないからだ。

ジュレと同等の役割を果たすには、それらの断片から明らかな声なり言葉なりを読みとる必要がある。でなければ、あの堅物のロイドが納得するわけがない。

あるいは、優れた詩人を四人ばかり円卓に集め、「詩文をしたためる要領でそれらを言語化せよ」と命じれば、彼らは見事に吸い殻や毛玉の声を聞きとるだろう。その方がはるかに神秘だ。

では、いま円卓を囲んでいる憂い顔の解凍士らは、はたして詩人の一形態なのか。

否。そうではない。

たしかに彼らが解凍した言葉から思いつくまま推測を語り合うとき、偶発的に詩人の精神に似たものが香るときはある。が、それはあくまでも偶然で、彼らの作業の過程のひとつに過ぎない。彼らが最終的に辿り着こうとしているのは詩とは正反対のものだ。辿り着く過程であえて詩的な飛躍をし、そうすることで余計なものを払い落とす。

そして、何より彼らは彼らのトランスレーションそのものが神秘ではないことを知っている。神秘は言葉の凍結にあり、凍結したものを解凍するのは、ごく自然なことと考えている。彼らの美徳はそうした謙虚さである。

散会して円卓を離れた彼らは、「では、また」と冷えた路上で言葉少なく別れる。憂い顔のままめいめいの部屋へ帰り、憂い顔のまま作業を再開する。夜の底に沈殿している静かな時間の中でこそ、彼らの作業はより捗《はかど》る。だから、彼らの姿を見届けたあとは、夜が来るたびその姿を思い描けばいい。絵葉書に刷られた映画の一場面みたいに。

百年先のことは分からないとしても、何事もなければ、少なくともあと半世紀は彼らも健在だろう。地図上に確認するのが困難なほど小さな国だが、探れば確かに存在する「キノフ」と呼ばれるこの寒い街で、彼らは寝静まった夜の底で言葉を解凍しつづける。夜の部屋の壁に彼らの影がゆらめいて映る。今夜もまた。明晩もまた。

＊

解凍士が常に四名なら、某国より派遣された紙魚《しみ》の諜報員《ちょうほういん》・フィッシュは二名である。一人は女性で「七番目のフィッシュ」と呼ばれ、もう一人は男性で「十一番目のフィッシュ」と呼ばれる。前者はロイドの管理する記録によれば、三年前に自害したことになっている。ロイドはそう認識して疑わない。したがって、ロイドが知るキノフに潜入中のフィッシュは「十一番目」の彼ただ一人ということになる。

ロイドはキノフに潜伏して活動する多数の諜報員の中で、この紙魚の諜報員たちに一目置いてきた。その特異な技術と才能を買っていた。ゆえに、その他の諜報員を「雑魚」と呼んで無視し、これまでもフィッシュにのみ特別な尾行チームを配した。その目的は「彼」あるいは「彼女」の獲得にある。逮捕や拘留ではなく、自分の手下とするのがロイドの狙いだ。

「七番目」のようにあまりに追い詰めて自害されてしまえばそれまでだが、なるべく長期にわたって紙魚を泳がせ、彼らがどのような特性を持ちあわせているか、可能な限り調査した。

と同時に、彼らが――否、これは彼らに限らないが――特別な関心を寄せている「パロール・ジュレ」の調査を、阻止するのではなくそれとなくガイドする。有能なフィッシュならではの嗅覚《きゅうかく》と行動力を限界まで引き出し、「ジュレ」の秘密を解く鍵《かぎ》を握るのが「水晶の眼の女・アマンダンのレン」であることを匂わせる。

ロイドには、フィッシュを尾行することが、そのままレンの居場所を暴くことになるという企《たくら》みがあった。フィッシュなら必ずそれを成し遂げる。ロイドは長年の経験からそう確信した。

もっとも、ロイドは自覚がないだけで、皮肉にもすでにフィッシュを一名、捕獲していた。それが「七番目」の彼女――正確には「元・七番目」である。

「元・七番目」の自死は一種の偽装であるとしても、その肉体が滅びたことは違いない。彼らの秘術とでも言うべき〈再生〉の鉄則どおり、「七番目」としての肉体を消滅させ、そのかわりに「ココノツ」と呼ばれる女性の肉体に同期していた。

こうして並べられた二名のフィッシュとロイドによる三《み》つ巴《どもえ》の駆け引きにおいて、一体、誰が抜きん出たのかと言えば、それはおそらくココノツである。

彼女がロイドを出し抜いたことにより、ロイドの狙いは標的から外れ、完璧《かんぺき》な尾行をつづけてきた「十一番目」の監視を断念せざるを得なくなった。

もし、細い糸の如きものであっても計画どおり尾行が続いていれば、ロイドの狙いは予測に見あった展開をしたはず。なにしろ、ここへ来てココノツが十一番目のフィッシュをレンの隠れ家に案内しようとしているのだから——。

本来なら、その二人の道行きをロイドの配下がしっかりマークするはずだった。が、一年半の間にロイドの手法を徹底的に学びとったココノツは、手を打つ術《すべ》が不器用なくらいワンパターンのロイドを煙《けむ》に巻くなどお手のものである。

そうしたわけで、いびきの響く地下食堂より脱け出た十一番目のフィッシュとココノツが、いま再び地下通路の迷宮めく道のりを辿っていた。誰にも知られぬ逃避行。二人の影が地下の湿った壁に映る。これもまたスチール写真として絵葉書に刷られる場面である。

「あなたは」と壁のシルエットがもうひとつのシルエットに話しかけた。「レンに会いたいんでしょう？」

「君もかつてライコ叔母《おば》さんに、そう訊《き》かれたんじゃないか？」もうひとつのシルエットが問う。

「そのとき、君はなんと答えた？」

「もちろん会いたい」

「では、私ももちろん会いたい」

「それがあなたの答え？」

「というより、自分はいま、任務を置き去りにしているのか、それとも任務を遂行しているのか、それさえ判断できなくなってきた。大体、レンに会ったところで何がどうなる？」

「でも会いたいんでしょ」

「それはたぶん君の話を聞いてしまったからで、そもそも、君と行動を共にしていること自体どうなのか。君の策略にはまっているだけかもしれないし」

「普通、そんなこと本人に言わないでしょう？　ワタシはフィッシュなのよ。どうしてあなたを陥れる必要があるわけ？」

「元はそうだが今はロイドの手下で、そのうえレンの手下でもある。私はレンについて何も知らないし、私に理解できるのはレンとロイドが対立していることくらい。でも、そんなことが私に関係あるのか。君にとっては重要かもしれないが、私にしてみればレンに会うのもライコ叔母さんに会うのも同じことだ」

「叔母さんはね、膝《ひざ》の関節炎がぶり返したの。分かる？　だから、ちょうどお誂《あつら》え向きでワタシの手を借りたかった。本音はそっちなの。レンのことはついで。会いたい？　とかうまいこと言って、結局、ワタシを杖《つえ》がわりにしたかった」

「同じことを私も君に訊きたい。会いたいかと訊いて、私をどうしたい？　今度は私が君の杖になればいいのか」

「ワタシがそんなことを求めると思います？　叔母さんにしてみればレンのことはどっちでもよかったはず。あの人は昔からそう。実際、レンのもとへ通って彼女の手伝いをするより、わがまま放題の叔母さんを病院に連れてゆくことの方がよっぽど大仕事」

「ライコ叔母さんは君の本当の、つまり血のつながった——」

「たぶん違うでしょう。でもそれは本当のところ分からない。ワタシが物心ついたときには〈離別の予感の時代〉が始まっていたし、色々なことが目茶苦茶に混乱して錯綜《さくそう》していた」

「では、君の両親は」

「それも知らない。ライコ叔母さんは母からワタシを預かったと言うけれど、それもあてにならない。なにしろ、あの人は娼館《しょうかん》で働いて、おまけに諜報員でもあったんだから。どう考えても普通じゃない。子供のころ、ワタシは叔母さんと一緒にいるのがイヤだった。だから、あの事件で負った怪我が癒《い》えたとき、ワタシは叔母さんから離れた。キノフを離れた。一人で生きてゆくことを選んだ」

　そこまで聞いて、十一番目のフィッシュが不意をついた。

「それで、いま君は何をしている？」

　不思議なもので、彼がココノツに「君は」と気安く声をかければ、自《おの》ずと彼女は二十一歳のココノツになる。かわりに「あなたは」と丁重に伺えば、三十八歳の「七番目のフィッシュ」へ傾いてゆく。

「どういう意味？」

「いや、単純な質問として」

「じゃあ、単純に答えればいい？」

「そう。何も考えずに」

「ワタシはあなたを連れてゆこうとしてる。そういうことじゃなくて？」

もしかして、と十一番目のフィッシュは考えたのだ。何の気なしに彼女に「どうしてる？」と問えば、目の前の彼女がこの現状を答えるのではなく、どこにいるのか分からない本物のココノツが、目の前の彼女にシンクロして答えるかもしれない——と。

しかし、とも思う。

そんなことに何の意味があるのだろう。なぜ、自分はそんなことを知りたいのか。自分が請け負ってきた任務はココノツの来歴とは無縁である。それを知ったところで何がどうなる。

「長居は禁物だ」と唐突に彼は冷たくつぶやいた。

「そう」とココノツの声色が途端に先達の声に変わった。「深入り、深追いは禁物。フィッシュの鉄則。もちろん——」彼女はそこで一瞬、言いよどんだ。「もちろん、恋も愛も禁物」

彼女は壁に映った自分たちの影を見た。

「こういう迷路みたいなところをすり抜けてゆくコツを知ってる？　あなたはとても優秀だからきっと知ってるでしょうけれど、いかにもこちらを惑わすように仕組まれた道を行くときは、自分で自分をはぐらかせばいい。わざと脇道に逸《そ》れる。逸脱する。勘が売りのワタシだけど、ときには自分の勘を信用しない。罠《わな》にはそれなりの法則がある。この地下通路にしても誰かが人を惑わすためにつくった。誰かしらの意図が隠されてる。でも、それは要するに意図であって、一見、分からないようにつくられてる」

「この通路はどこからどう見ても、罠だらけのひどい迷路のようだが」

「一般論を言ってるんです。ここのことなんてどうでもいい。先輩が大事な話をしてるときは余計な横槍《よこやり》を入れないこと。で、何の話だっけ？」

「罠のある迷路」

「そう。それを正確に読みとるのは至難の業と思った方がいい。なにしろ誰かの意図なんだから。意図って、あなたが思っているよりずっと面倒なもの。特にタチの悪い連中がつくった意図はイライラさせられる。薄汚い意図。そんなものにまともにつきあっていたら、こっちまで頭がおかしくなる。だから、これは意図だって分かったら、とりあえず脇道に逸れてみる。手順はそれだけ。脇道に逸れる。で、それはそのときの自分にとっての脇道でいい。あまり深く考え込むと、どれが脇道なのか分からなくなるから。いい？　自分を信じて。じゃなくて、自分を過信しないで。あえて、違う道を行ってみる。そうすると、不思議なくらいうまくゆく。本当なのよこれ。所詮、向こうもこっちも同じ人間だから、相手の意図から逃れたいときは自分の意図から逃れたらいい。そこで変に自分の考えに縛られると、まんまと罠にはまる。向こうはそれを意図して計算してる。だから、自分で自分をはぐらかせば罠から脱け出せる」

「なるほど」と壁に映った彼が頷《うなず》いた。

「鉄則も同じ。それも誰かが考えたずる賢い意図。だって、長居や恋が禁物なのは、それが我々に必要なものだと分かってるから。諜報員だって人の子。ワタシたちは紙魚ですけどね」

ふたつの影が壁の上でささやかに笑った。

「ワタシってもしかして悪い先輩？」

「悪い先輩の話は妙に説得力がある。というより、ずる賢いのは誰なのかもう分からない」

「分からない分からないって、あなた、いつもそればっかり。本当に何も分からない？　それとも分からないフリをしてるだけ？　ワタシの前ではそんな必要ない。保証してもいいけど、ワタシたちはいまここに二人きりなんだから。世界から見放されたくらい二人きり。寂しいけど尾行の一人もいないし、盗聴もされてない。だからフリなんてする必要もない。それともまだワタシを疑ってる？」

「それが分からない」

「いい加減、素直になってください」

「その素直が分からない。だからとりあえず鉄則に従ってしまう。その方が楽だから。それに君と違って私の叔母は娼館で働いていなかったし、諜報員でもなかった」

「それってどういう意味？　どうしていまそんなこと言うの？　ワタシを怒らせたい？　試してるの？　ワタシが怒ったらどうなるか知りたいんでしょう？　怒ってあなたをここに置き去りにするか、それともあくまでもあなたをレンのところへ連れてゆこうとするか――」

「いや」

「ワタシは怒った。猛烈に怒りました」

「いまのは自分をはぐらかしてみただけで――」

「あなたはちっとも優秀じゃない。ワタシが見誤ってた。ただの優等生じゃないの。つまらない人。それにあなた、自分の優等生ぶりを烏口職人のせいにしてる。それもひどい。それが一番ひどい。他人のせいにするなんて。諜報員失格。そんなに分からないなら、ワタシが教えてあげましょう。誰のせいでもない、あなたのせい。ワタシには分かる。ワタシにはワタシが三人もいるから。いま、その三人の意見がワタシの中で全員一致となりました。あなたは何も分からなくて残念でした。でも、そんなものです。あなたはその程度のフィッシュ。ただ言われたことを言われたとおりするだけの腰抜け。そんなことでいいの？　もしかして、それが諜報員のあるべき姿とでも思ってる？　鉄則に従って禁欲的であることが？　いちいちカッコつけちゃって。そういうのが一番みっともない。つまらない人。いくら諜報員として優等生でも、二人きりになったときにつまらなかったら価値なしよ。面白くない。ワタシが間違ってた。損しちゃった。こんなところまで連れて来て」

そこまで一気に言うと、彼女は踵《きびす》を返して足早に歩き始めた。

＊

一方、ロイドはと言えば、このときタクシーに乗っていて、「ネクタイを取り替えるために」

一時的に帰宅するところだった。もちちん他にも用事はあったが、二晩にわたる徹夜に近い仕事をともにした仲間には、ただ、ネクタイを替えてくるとだけ言って出てきた。といって、ロイドはネクタイなどしたこともないのだが。

明快な敗北感があった。否。それは漠然とした孤立感だった。ロイドのような男がいまさら孤独に直面したところで何ほどのものかと思うが、これは仕事や性格には関係ない一人の人間としての感慨である。それが顔に出ていたのだろう。

「お客さん」

バックミラーを覗いたタクシー運転手が親しげに声をかけてきた。「どこかで見たことありますね。前に乗せたことがありましたか」

「さあて」

ロイドはミラーを一瞥《いちべつ》して首を振った。「悪いけど、いちいちドライバーの名前や顔を覚えちゃいないんで」

「てことはタクシーにはよく乗るわけですね」

「まぁ、それなりに。だが、お喋《しゃべ》りな運転手には滅多にあたらない」

「そうですか。でも、絶対知ってると思うなぁ。何のお仕事をなさってます？　もしかして刑事さん？」

そこでロイドはもういちどミラーの中を見た。それから、タクシーの中を見まわしてタクシー会社の名前を確認した。

「ああ、分かった」とロイドはシートに身を沈めた。「たしかに一度、君に声をかけたことがある。あのコーヒー・バーで。前の仕事は鍵屋だったかな」

「ええ。やっぱりそうですか。てことは、あれですね、私を推薦してくださった刑事さん」

「推薦？　まぁそういうことになるのかもしれんが、君が時間を持て余していたようだから、声をかけたまでだ。後のことはすべて誰か別の者が処理——というか、手続きしたはずで、その辺も私はよく知らんが」

「ええ。すべて整えていただきました。本当に感謝してるんです。なんというか、この仕事は私に向いているというか、いや、私も前はこんなにお喋りじゃなかったんです。どちらかというと無口な方で」

「そうだろうと見込んで声をかけたんだが、どうやら私の見込み違いだったようだ」

「いや、待って下さいよ。ちゃんと、ほら。ここにこうして——」

運転手はゴソゴソと上着の内ポケットを手探った。

「ありました。これですよ、これ」

一枚の写真を取り出した。ロイドにはすでに馴染《なじ》みとなった顔——かつて街頭で移動写真師がとらえた十一番目のフィッシュの険しい顔である。

「何だか悪そうなヤツですよね。こいつが犯人なんでしょう？　ええ、聞いてます。まだ行方不明なんですよね。運転手が危険な仕事だってことは、この写真を見るたび思い出して震えあがります」

当然ながら、この男は何も知らない――ロイドは運転手の話を聞きながら窓外の街の様子を眺めた。夕方を迎えた商店のイルミネーションが、ロイドの疲れた瞳《ひとみ》を赤く染めたり青く染めたりしている。

すべては徒労である。その写真の男は、もうそんな顔をしていない。だから、照合用にその写真を大切にしまっておいても、残念ながら、その顔の男がこのタクシーに乗ることはない。

それに――とロイドは思う。もし万が一、その男が乗ってきたら、我々が命じたとおり、この運転手は無線を使って我々の情報部に暗号を送ってよこす。が、その結果として、元の運転手が無事救出されるかもしれない。となれば、現在のキノフの職業難を考えると、この男には元の鍵屋に戻ってもらうしかない。その程度の臨時雇いなのだ。

そして、そうなる可能性は大いにあった。

これまでのフィッシュの手口からすると、彼らは必ず乱したものを元どおりに戻してゆく。あのフィッシュがタクシーのナンバーまで控えていたかどうか知らないが、この小さな国なら簡単にアクセスできる。そして、犯行現場に帰ってくるホシに網を張っておくのは我々の鉄則だ。

「何か進展でもあったんですか」

運転手が写真を慎重にポケットに戻しながらそう訊いた。ロイドは答えない。ただ、おそらく進展はあったのだろうと目を閉じる。

そこは暗い道だ――ロイドは彼らの姿を頭の中に描いた。

あの四人の解凍士が、ひとつの言葉から、ともすれば永遠につづくような長大な物語を掘り起こす様を真似て。

あの二人はいまごろ、この街の最も暗いところを歩いている。自分もかつてはそうだったが、街の喧騒《けんそう》をよそに、諜報員はいつでも暗い道を誰にも知られず足早に行く。

ふと、ココノツが初めてロイドの前に現れたときのことを思い出した。連日、検挙されては取調室に送り込まれてきた一連のボヤ騒ぎの容疑者の一人だった。

否。それだけではない。彼女はレンの捜査を進めてゆく中で浮かびあがった熟練の女スパイの姪《めい》だった。彼女もそれを認めた。

「叔母がレンという女性と関係あるかどうかは知らないけれど。ワタシはまだ子供だったし」

「それに、ワタシは叔母を憎んでいた。一緒にいたくなかった」とも言った。その口調に、何やら生臭いものが漂うほどの信憑性《しんぴょうせい》があった。

彼女はどう見ても若かった。そして、暗い道を長く歩いてきた気配が体中にまとわりついていた。ただ、その若さの中に妙な度胸の良さと勘の鋭さが同居していた。その時点で気付くべきだったのだ。私は倦んでいたのだろう。誰も彼もを疑うことに。その認識の甘さがいまになって自分の足もとを揺るがしている。

しかし、それにしてもだ。なぜ、自分の見込んだものは、すべて自分から遠ざかってゆくのか。なぜだ？　私が間違っているのか？

暗いタクシーの後部座席で、疲労と敗北感に埋もれながらロイドは目を閉じた。

いつかその言葉を口にしよう

この街の最も暗いところをココノツとフィッシュが歩いていた。

いまはココノツが先に立って歩き、フィッシュはそのあとに従っていた。二人は何も語らず、語るべきことはすべて語ってしまったのか、二人のあいだにクッションのように挟まれた沈黙が音もなく膨張して二人を圧していた。

語り合うことがすべてじゃない、とココノツは考えていた。でも、思い残すことなく語り合ったときに生まれるものは何だろうとフィッシュは考えていた。

二人は探り合うことが仕事で、その繰り返しの果てに、いま再び二人は探り合い、そうしてその次に何が起きるのかと相手ではなく自分の腹を探っていた。が、それで何かが見つかったとして、その発見に自分が従うかどうか分からない。

いま、二人を包む空気は暗く冷たいが、この向こうに人々の営みがあり、それを世間とか世界と呼ぶのなら、世界と二人のあいだにはさらに大きな沈黙のクッションがあった。二人はもうそこには戻らないと決め、そう決めた自分が、おそらくはいまの二人の原点になっていた。ただ前進あるのみ。二度と戻れない道を行くことが、これまで二人の携わってきた任務だった。

立場や境遇は違うが、二人は「フィッシュ」という同じ基盤の上に乗った同志である。ましてや、どちらかがどちらかを誘惑したわけではなく、語り合ううち微妙にずれていたものが次第に寄り添っていた。そうしたことは世界の側の男と女に起きる日常である。

二人は沈黙のかたまりを、そのまま落とさないように進むのを最後のゲーム――否、任務として遂行していた。どこへ行くのでもよかった。そのままいつまでも二人で暗い道を手探ってゆくことも考えられる。でなければ、紙魚《しみ》である特権を行使し、気ままに本の中を渡り歩いて世界からもボスからも逃れて暮らすことも選択肢としてあった。が、ここにいま働くもうひとつの力は運命と呼ぶには大げさだし、道徳でもなければ狂信でもない。その名付けようもない力が二人を導き、力が二人の私情を削ぎ落としていた。そして、二人がその力の正体を口にしないのは、それまでの習慣で言語化を禁じられていたからだ。

その言葉は暗黙のうちに凍結されている。

諜報員《ちょうほういん》にとっても世界にとっても。数えられる限りすべての人たちの中にその言葉は凍結されている。ともすれば永遠に解凍されず、この世には無いものとみなされてきた。

が、いま暗い道をゆく二人を世界から切り離し、この世とあの世をつなぐ天使のような解凍士を呼び寄せたら――。屈託を捨て、つまらない習慣や規律を排除し、そのうえで、

「このジュレを解凍すべし」

と彼らに手渡したら。

それは、この世で最後のパロール・ジュレになる。

多くの人を動かし、多くの人を引きとめ、多くの人の命を奪ったこの世で最も罪深いパロール・ジュレ。夢の中でもいい。現実と次元を異にする部屋の片隅であってもいい。そこで、あ

の天使のような四人にこの最後の解凍が託されるなら、数えられる限りすべての死者も生者も歓迎するだろう。

それは誰もが知っている言葉だ。誰もが腹の底に抱えてきた言葉。誰もが言いかけては呑《の》み込んできた言葉。その言葉が表す心情が〈離別〉の裏にいつもあった。その言葉を人前にさらすことは、恥部をさらすより屈辱的だと自分に言い聞かせてきた。その言葉が解凍される。解凍されるのはたったひとつのジュレに過ぎないが、実際には数えられる限りすべての人が凍結してきた言葉だ。それを解凍することで彼らの仕事が終息しても、それでも彼らは構わないと考えた。

なぜなら――。

「理由なんてものが必要なのか」と四人のうちの誰かが言った。

「理由なんてじつにつまらない言葉だ」と四人のうちの誰かが言った。

「つまらない偽物の言葉だ。そんな言葉は聞きたくない」「理由なんて、いつだってなかった」「それをあるかのように見せかけた」「誰もが知っていたが」「誰もが知っていたから、誰も言わなかった」「言わないことで――その言葉だけを塗り残して言わない言葉に輪郭を与えた」「庶民の知恵だ」「庶民の言い訳でもある」「生きたかったから」「いつかその言葉を口にしようと思いながら」「いつか解凍しようと」「自分を？」「そうかもしれない」「人の手による作為的な凍結は、いずれ解凍するためにしか為《な》されない」「なのに、いつからか誰もが解凍を畏《おそ》れるようになった」「その理由は？」「理由がないから恐ろしい」「いや、ないはずの理由をつくった」「誰が？」「誰もが」「その理由は？」

堂々めぐりがつづく。そして、人は理由のないことに耽溺《たんでき》する。理由のない衝動に真実があると考える。理由は単なる理屈になる。理屈以前に人には感情があるはずだと誰かが言う。「それこそ理屈だ」「だからそのうち矛盾に気付く」「気付かない者も沢山いる」「僕はそう思わない」「僕もそう思わない」「夢中になると、人は何にも気付かない」「ひどく鈍感になる」「粗暴な生き物になる」「それを言葉でごまかしてきた」「言葉が人を動かし、人を欺いた」「でも、裏返せば言葉がすべてを見抜いてきた」「言葉が人をためらわせて、人を引きとめた」

ならば、その言葉を解凍しよう。

無意味な争いを止めるために。いとも簡単なその言葉を春の陽にさらして凍結を解こう。

「もう、終わりにしよう」

「もう、終わりにしよう」

「もう、終わりにしよう」

四人の解凍士が一斉にそう告げた。

「もう、終わりにしよう——と」

「どうしてそれが言えない？」

「終わりたくないから」

「なぜだ？　理由は何だ？」

「理由を忘れたくて――」

「忘れたいくらい、いまから思えばつまらない理由だった」

「そのあとに起こったことを思えば」

「その愚かしさをなかったことにしようとして別の何かを始める」

「そして、それがまた別の何かを引き起こす」

「たとえば〈離別〉がそうだ」「誰かの小さな過ちが引き起こした」「作為的な凍結は、いずれ解凍するために為される」「幸いにも」「でも、誰がそれを解凍する？」「誰か、では駄目だ」「数えられる限りすべての人によって」「叶《かな》わない理想だ」「結局、僕たちが解凍するしかない」「もう、終わりにしよう、と」「皮肉なものだ。それを解凍すれば、僕らの仕事は終わる」「それでいい。僕らだって自分たちが争いに組み込まれていることを知りながら何もしなかった」「知っていながら何も言わなかった」「知らないはずがないのに」「僕らも同じだ」「その報いだ」「僕らはこのゲームを終わりにしたくなかった。勝つまでつづけたかった」

＊

「ねぇ、もう終わりにしましょう」

ココノツが暗い道の真ん中に立ちどまり、その言葉をたったいま思いついたように口にした。

十一番目のフィッシュも立ちどまり、ココノツの言葉の意味をしばらく考えていた。

「終わりにするとは？」

「駆け引きとか、そういうことを」

「駆け引き？」

「本当のことを言ったり言わなかったり、相手の言うことを信じたり疑ったり」

「自分としては一貫して本当のことしか言ってないし、君の言うことはすべて信じてる」

「そう？　ワタシは本当のことなんて言ったためしがないし、あなたの言うこともまったく信じてない」

「君のそういうセリフこそ、世間では駆け引きと言うんじゃないか」

「だから、そういうのは、もうやめましょう。ワタシはあなたに本当のことだけを言って欲しい。あなたはこれからワタシたちがどこへ行くのか分かってる？」

「レンのところ。アマンダンの」

「本当にそう思う？」

「君がさっきそう言ったから」

「あのね、レンはもうこの世にいないの」

沈黙が音もなく膨らんだ。

「二ヶ月前。肺を病んで——」

*

二ヶ月前にレンが病床に就いてから初めてココノツを枕もとへ呼び寄せた。レンは眠っているように見え、見るからに衰え、手が異様に萎《しな》び、歯茎の痩《や》せ方が尋常ではなかった。

「来てくれたのね、ココノツ」

目を閉じたままで、声はひどくかすれていた。やっとの思いで手を差し出し、ココノツの指に触れると波紋が広がるように口もとをやわらげた。部屋に二人きりだった。

「伝えたいことがあって」

レンはひとつひとつの言葉をゆっくり話した。

「手短に言うけど」

それがレンの口癖だった。

「あのね、ココノツ。もう、終わりにしたいの」

「終わりに？」

「それはね、ふたつあります。ひとつは、あなたが本当のココノツではないということ。わたしには分かっていた。ごめんなさい。でも、いいの。あなたが誰であっても、わたしはあなたが好きだった。それがまずひとつ。それと――。わたしはもうロイドとの無意味な追いかけっこに疲れました。じつはわたし、何となくロイドのことが嫌いじゃない。顔を合わせたこともないけれど、彼の手の内はよく分かる。それはそれは感心する。ただ、どうして彼はあんなにも執念深いのかしら。そこだけが理解できない」

レンはそこでかすかに笑ったように見えた。

「彼はわたしのこの眼を見たいのでしょう。わたしの象徴だから。これを手に入れたら彼も納得する。それですべて終わると思う。だから、わたしが死んだら、そのときはこれをロイドに差しあげてください」

そう言うと、レンは慣れた手つきで義眼を取り外し、それをココノツの掌《てのひら》に握らせた。

「はい、あなたに託しました。わたしが死んだときは――」

「何を言ってるんです」

ココノツが声をあげて義眼をレンの手に戻そうとした。だが、レンはそれを弱々しい力で拒否してココノツに背を向けた。

「その中に、パロール・ジュレをひとつ、樹脂で固めてあります」

義眼を窓辺に射し込む陽の光に透かして見ると、レンの言うとおり、それは水晶を模した人工物で、その中心に透明なコイン状の薄片があった。

「これが――」

「声の結晶。言葉の結晶。この世の最後の神秘。それをアルフレッドが発見した。わたしの幼なじみにして同志。いまは――どこにいるのか。あんなにキノフを愛していたのに」

「いつの話ですか――」

「もう大昔。わたしがレンではなく、ヘレンだったころ。わたしの黎明期《れいめいき》。あの頃は対立もなくて本当に幸福な時代だった。あのときまでは。あのとき、あの事故でアルフレッドの記憶がおかしくなるまで。わたしたちは若くて無知でいつも活《い》き活《い》きしていた」

「事故？」とココノツが注意深く訊《き》いた。

「乗っていた車が横転したの。彼は頻に取り返しのつかない大きな傷をつくって頭を強く打った。事故かと思っていたけれど、しばらくして声明文が送られてきた。それで、狙われたのだと初めて知った。彼とわたしがターゲットだったとはっきり彼らは書いていた。車に細工をした、と。レジスタンスの仕業。あれが始まり。連鎖するように同じようなことが他の国でも起きた。国をめぐって考えが対立した。思いは同じなのに。どうしてなのか――。そして、小さないざこざは、いつの間にか〈離別〉に化けた。わたしは身の危険を感じ、ある人の手引きでアマンダンに隠れた。名前を変えて、顔を変えて、わたしは別人に――ヘレンからレンになった」

「アルフレッドは――」

「彼はすぐにキノフから離れた。記憶障害の治療を受けるためと言っていたけれど、たぶん恐くなって逃げたんだと思う。わたしは彼に裏切られた。そう思うときもあるし、彼もまた記憶をなくして別人になってしまったのだと気をとり直すときもある。でなければ――」

「こうしてパロール・ジュレの神秘を守ろうとはしませんよね」

ココノツが指摘した。

「そう」

　レンがもう一度かすかな笑みを浮かべた。

「わたしはアルフレッドの思いを知っていた。ジュレを発見したのは彼で、わたしは彼の思いをどこかで引き継いできた。どうしようもなく。そのどうしようもなさを含めて、迷惑かもしれないけれど、あなたに託したい」

「この義眼の中のジュレは——」

「アルフレッドの声。彼が自分でつくったジュレ。わたしへのメッセージを閉じこめたと彼は言っていた。十代の終わり。何年前？　違うわね、もう何十年も前。いつか解凍して聞いてみたかったけれど、聞いてしまったらそれで終わりになる。あの頃の活き活きしたアルフレッドはそれで消えてなくなる」

「そんな大事なものを、ワタシに」

「大事かどうかは聞いてみないと分からない」

「聞かなくていいんですか」

「もう、いいの。彼はいなくなってしまったんだし。わたしもじきに——」

「どうして、そんなことを言うんです」

　その一週間後にレンは予告どおり穏やかに息を引きとった。そして、ココノツの手の中に水晶の義眼が——誰も聞いたことのないひとつの言葉が残された。

「君の声色から察すると、そのレンの話は嘘ではないと思う」

「ワタシは嘘なんてひとつもついてません」

「でも君はさっき、私をレンのところへ連れてゆくと言った」

「あなた、もしかして本当にレンに会いたかった？」

「そうじゃなく、なぜ、そうして嘘をついてまで気を引こうとするのか――」

「女が男の気を引く理由なんて他にあります？」

フィッシュはその問いに答える代わりに、

「レンの眼を見たかった」

そう言うと、もしかして自分はまだ彼女を信じていないのかと意外に思った。

するとココノツがそうした思いを一笑に付すように、フィッシュの目の前に無言でそれを差し出した。否。どこから出てきたのか、闇の中から手品で取り出したみたいに、それがココノツの手の中にあった。

＊

本物の水晶ではないつくりものだと分かっていても、本物以上の複雑な輝きをたたえていた。義眼に加工する前は水晶を模した綾線を持っていたことが痕跡《こんせき》から窺《うかが》え、中心には淡く光るものがあった。ほのかに青く発光しながら水の中を浮遊しているようで、水晶以上の水晶に、眼球以上の眼球にそれは見えた。
この街の最も暗いところで、それは二人の道行きの探照灯のように青白い光を放った。
二人は長いあいだその眼を見ていた。

どこか遠くにある見知らぬ本

ＯＲ2電信班26号ＦＩＬＥ8——発信場所不明。

第十一番目のフィッシュより電信班〈本部〉宛〈最終報告〉全文。

長居は禁物であると命じられているとしても、時間制限があるわけではないこの任務の〈最終報告〉は、ただ私の一存によって判断される。そうした認識の上でこの一文が〈最終報告〉になることを宣する。これをもってキノフに於《お》けるパロール・ジュレをめぐる調査を終了したい。

確信をもって終了を宣言するのはそれ相応の理由がある。結論と言い換えてもよい。結論を報告書の冒頭に記すのは私の流儀ではないが、今回に限り結論から報告する。

結論——。

我々がその謎の解明に翻弄《ほんろう》されてきたパロール・ジュレとは、じつのところ詩の一形態である。

これまで、まことしやかに語られてきた「ジュレの凍結」とは、物質及び情景に対する観察者の思いや感慨の発露を意味する。これはこの地にのみ生じる特殊な現象ではなく、我々の国に於いても同様の現象が生じる。ただ、それを「凍結」と呼ぶか「感嘆」と呼ぶか。言葉上の相違でしかない。

重要なのはむしろ「凍結」より「解凍」の方であり、「凍結」を経た物質から「感嘆」を読みとる作業を〈解凍士〉と呼ばれる詩人らが一手に請け負っている。彼らは一人一人が無名の、しかし、大変に優れた詩人であり、彼らはおよそあらゆるものから「詩情」を読みとってみせる。しかし、その読みとりはきわめて独自なもので、何ら普遍性を持つものではない。

いわば〈解凍士〉は複雑な鏡を組み合わせた万華鏡の如きものを覗《のぞ》き込んでいる。それは見るたびに様相を変え、そのときの詩人の体調や集中力によって変化する。

が、そのときそのときに見えたものをそのまま言葉に変換すれば、それで「解凍」はひとまず完成となる。したがって、パロール・ジュレとは物質や現象そのものを指して呼ぶのではなく、何ら変哲もないものを翻訳するその行為を指す。

我々は、事前の誤った情報からジュレが言葉の凍結した「物質」であると推測してきた。しかし、これより大幅に訂正しなくてはならない。そうしたものはキノフに存在しない。少なくとも私は遂《つい》にひとつも目にしなかった。それに類推されるものも存在しなかった。したがって、重ねて結論を言えば、それは科学的な神秘とかけ離れた文芸の域にとどまる。我々は存在していないものを追い求めていたわけで、答えが存在しないがゆえに、自由なトランスレートが〈解凍士〉＝詩人によって為《な》されてきた。

以上のような結果からも明らかなように、この地の人々はおしなべて善良で夢見がちな市民である。彼らはおよそ周辺国に対して力を誇示するような性質ではない。彼らは幸福な歴史を歩んできた平凡な人々である。

今回の調査中、我々と同様の推察に動かされた若干名の諜報員《ちょうほういん》の暗躍が認められた。無論のこと、彼らも私と同じ結論に至り、著しい落胆と共に早々に撤退した。長期滞在する者は皆無で、私としてもこれ以上いたずらに滞在を延ばしても期待に応《こた》えるような結果は得られないと判断した。よって、これを〈最終報告〉とし、速やかにこの地より退散する。

以下、この地を離れるにあたって実行したいくつかの処理と、ジュレの件とは別に私が個人的に関わった事柄についての報告を付す。

最初にタクシー運転手の返還について。

すでに報告したとおり、この街に潜入した当夜、速やかに情報を収集する手段として運転手を一名、『嘆き鼠の回想』なる小型本に封じた。これを通常どおりの解放策に則り、キノフ六番街にあるタクシー会社の発着所に返還した。通常どおりの手順を経て封印を解いたので、書物より抜け出た彼は当夜の記憶及び書物内に拘禁された記憶は消滅されたままである。

「私は一体どうしたんですかね」と目覚めた彼が問うので、「軽い事故だったが、頭を打ったようだ」と通りがかりの者を装った。「失礼ながら、コートのポケットに免許証があったので、こちらまで私がお連れした」と告げたところ丁重な礼を受けた。彼は名前の定かではないスパイスの小枝を手にして不審そうだったが、仮に彼が私の顔を記憶し、数時間後に「タクシー運転手失踪《しっそう》事件」の担当刑事に「その男の顔は」と訊《たず》ねられても手遅れになるよう、私はホテルの部屋に戻って新たな〈変貌《へんぼう》〉を遂げた。当面の間に合わせであるが、私はすでに当局のマークから外されているようなので、〈変貌〉の過程も完全に知られることなく成功した。

新たな人物は思うところあって若い男性——二十一歳か二十二歳のはずである——を選択した。同期は良好で、この報告書を書いている現時点では違和感なくシンクロしている。前回、報告した鳥口職人の男はもうひとつ馴染《なじ》めず、遂に一度として彼の記憶を体感することが叶《かな》わなかった。

記憶といえば、この都には深く同情すべき不幸な記憶が見当たらない。この地は何らかの力によって庇護《ひご》されている。血管路地街が悪場所として機能し、不埒《ふらち》な企《たくら》みはすべてそこへ吸収される。故にこの都には他の都市部で行き当たる〈離別〉前後のテロリズムの悲惨が見当たらない。報告の主旨から離れるが、我々がこうした任務を遂行して行き当たるのは、常にあの時代の見知らぬ傷である。ときに、任務とは別の興味を持ってその都の負った傷に取り込まれてしまうこともある。そのあまりの悲惨さと不条理に、任務の根本を顧みてしまうこともある。しかし、この都にはそれがなかった。したがって、今回のこの報告には私がこれまで記してきたすべての報告書にあった戸惑いと迷いがない。結論を最初に述べたのもそうした理由による。

調査の途中で唯一、注目したことがある。唯一、と念を押すのは、これ以外に特筆すべきものが見当たらないからだが、あるいは、この一事も報告に値するものではないかもしれない。

それは「アマンダンのレン」と呼ばれる娼婦《しょうふ》と彼女を追う刑事に関することだ。

発端はココノツなるウエイトレス——年齢不詳——と偶然出会ったことによる。この「偶然」にはいささか懐疑的になる面もある。というのも、私が変貌のために肉体を借り受けた鳥口職人は、そのウエイトレスと過去に接点を持っていた可能性がある。確たる証拠はないが、これは彼女と対面してからの自身の内面の印象による。私の中の「彼」が彼女の立ち居振る舞いに反応することが複数回あった。もし、二人が過去において出会っていたのなら、こうした「偶然」を装った成り行きの方が私にはパロール・ジュレよりもよほど神秘として映る。小さな都ではあるが、共に記憶が曖昧《あいまい》になるほどの時間を経て出会っているようなので、気付かなければそれまでである。しかし、私の中の「彼」は彼女に強く反応した。もしそうでなければ、大衆の集うビアホールのウエイトレスと気安く会話を交わすことなど考えられない。

〈変貌〉の不安定さからアルコールの摂取に無防備になり、迂闊《うかつ》にも少しばかり酔ってしまったせいもあろう。しかし、私にしてはあまりに簡単に心を許した。結果として、それがアマンダンのレンへと繋《つな》がったのであるが。

このレンと呼ばれる女――おそらく本名ではない――が何者であるかは、ココノツ嬢より聞き出した。さらには、私をマークしているキノフの刑事――その名をロイドという――が、レンを長年にわたって追いつづけていることも判明した。

このロイドなる刑事については、すでに私なりの調査を終えていたが、彼の仕事はパロール・ジュレの探索に潜入する諜報員を根こそぎ洗い出して確保することだった。一般には極秘とされている〈解凍士〉の活動を牛耳っているのもまた彼である。そのいわくつきの刑事が長年にわたって追うレンとははたして何者か。ココノツ嬢の話を聞くうち、その女が「水晶のような義眼」を装着していることを知った。ここにまたもうひとつの偶然がある。その女こそ、あの移動写真師が追い求めていた女であり、写真師はやはり当局と連携し、おそらくはロイド刑事と結託しているのだろう。ただし、ココノッ嬢が語った話の真偽は〈指導部〉の判断に委《ゆだ》ねたい。

ココノッ嬢が言うにはレンは自分の叔母《おば》の知り合いだという。自分も子供のときにレンと親しくし、いまでもときどき会うことがあるらしい。そこで私は賭《か》けに出た。かなりきわどい賭けであったが、このウエイトレスに、君はパロール・ジュレなるものを知っているかと直截《ちょくせつ》に訊《き》いてみたのだ。すると彼女は、それは古くからこの街に伝わる声霊の名前であると返答した。声霊とは声の幽霊であり、声だけがあの世から帰って独り言をつぶやくという。もちろん迷信であることを彼女は忘れず付け加えた。またの名をデーウィー・ドーウィー。「夜の鱗粉《りんぷん》」と称するものを煌《きら》めかせて半透明なまま空中を浮遊するという。

この時点で私は、パロール・ジュレなる名称はこの都に流布するお伽話《とぎばなし》に由来するものであるとほぼ断定した。ただし、ロイドという――いささか頭のおかしな――刑事が、伝説と現実の区別がつかなくなり、子供のようにそれを追い求めているという事実は興味深い。これは私の推測だが、その哀れな刑事は、この都に潜入する多くの諜報員が、こぞってパロール・ジュレの神秘を盗み取ろうとしていることに着目し、最初のうちはそれを餌にして諜報員たちを釣っていたところが、いつのまにか自分もその伝説に取り込まれて信じるに至ったと思われる。

伝説によれば、ジュレの形態は半透明の流動体であるが、あの世の声を宿らせた途端に結晶化して青白い輝きを放つという。その青白い輝きをロイド刑事はレンの義眼の中に見出していた。

ロイド刑事の思い込みは彼の周辺に伝説を波及させ、伝説に否定的な見解を示さなかった四人の詩人を集めて〈解凍士〉と呼ぶようになった――というのは私の憶測である。

いずれにせよ、こうした浮世離れした伝説を、事情を知らない他国の者が中途半端な情報にて過信し、これに対処する刑事までもが宗教的ともいえる信仰とその布教に努めた。

では、事実はどうであるのか。ロイド刑事が妄想したとおり、レンの義眼に伝説のジュレが埋め込まれていたのか。ココノツ嬢いわく「レンはもともと青い目をしていたので、義眼にもそうした工夫をしただけです」

正直に告白すれば、万に一つの可能性を私も信じていた。それは私の諜報員の性《さが》であったろうが、この伝説が人を引き込む力を持っているのもまた確かである。

人のつぶやきというものが――伝えようとして伝えられなかった言葉や遂に言えなかったこと、秘密、隠し事、弱音、本音、真実といったものが、人知れず凍結してこの世のどこかにあるという伝説。それは声の幽霊であり、いまはもう忘れられた遠い声である。それがなかなか訪れぬ春の陽によって遂に解凍されたとき、はたして解放された声はどんな言葉を発するのか。この奇妙に歪《ゆが》められた世界の中で、多くの市民がその伝説に親しんだとしても不思議ではない。

＊

「君はそれをどうする」とフィッシュがココノッに問うと、

「レンに言われたとおりにする」とココノッは迷わず答えた。

フィッシュが最後の報告書を書く三日前、彼女はそれを儀式のように執り行った。すでに彼は若返り、彼女はライコ叔母さんの衣服を身に着けて初老の女性になりすましていた。傍目《はため》には奇妙なカップルに見えたろうが、幸い誰も二人の様子に気をとめる者はなかった。

彼らはこの都の多くの人がそうするように、あの日と同じ天気のいい昼下がりに墓地へ出かけて、三つの墓に別れを告げた。

ひとつは〈烏口職人〉の彼の墓。

ひとつは彼女の本当の名が刻まれたレンの墓。

そしてもうひとつは三年前に当局によって葬られた七番目のフィッシュの墓。

三つ目の墓の前でココノッは長いあいだ目を閉じていた。

「自分の墓参りをするのはどんな気分？」と若返ったフィッシュが訊いた。

「生まれ変わる気分よ」

それからしばらくの沈黙をおいて、ココノッがフィッシュに訊いた。

「これからどこまで行くつもり？」

「どこか遠くにある見知らぬ本の中まで——」

フィッシュの答えを聞き、ココノッはその本に読みふけるもう一人の自分——本物のココノッの姿を思い浮かべた。彼女はいま、どこで何をしているのか。この都で負った傷をどこで癒《いや》しているのか。ふたたび傷を負うことを怖れ、どこか遠くの見知らぬ街で部屋の中に閉じこもり、ただひたすら本ばかり読んでいるのではないか。

いつか彼女に会ってみたいとココノツは思った。本から本へ渡り歩く逃避行の中で、彼女が読みふける本に辿り着く。そうしたら、本の中から、ワタシだよ、と言ってやるんだ。

「ワタシ、あなただよ」

ココノツは自分の墓に向かってそう告げた。

それから二人は郵便局へ行き、梱包《こんぽう》したレンの義眼をロイド宛ての小包として発送した。ココノツはしばし思案したのち、発送人として墓に刻まれたレンの本名を選んだ。ロイドはその名を知らないだろうから、誰からの小包かとおそるおそる開くに違いない。

その姿を思い浮かべながら二人は古書肆《こしょし》に立ち寄った。当面の道行きに際し、手ごろな本を数冊購入した。それでもうこの都ですることはない。フィッシュがでっち上げた虚偽の最終報告が本部で解読されるころには、二人はすでに「どこか遠くにある見知らぬ本」へ向かう途上にある。

あれは神様が気を抜いた一瞬だ。

午後便で届いた小包の送り主を確認するなり私は息を呑《の》んだ。

　ふらつきながら椅子を離れ、どういうことだ、とつぶやいて部屋の中を歩き回った。じっとしていられなかった。偶然か。いや、ヘレン・ウルヴェリンという名はそうそうあるものではない。

　いくつかの可能性が頭の中にめぐらされた。

　消印は「非越境」の通常国内郵便であるから、送り主はキノフにいる。

　脅迫か。彼女の名で送ってきたということは、私がアルフレッドであったと知る者の仕業だ。我々はアンタのことを何もかも知っている、と送り主は言いたいのだろう。

　いや、待て。結論を急ぐことはない。いずれにしても不用意に荷を解いてはならない。といっても、解く前に暴発することも充分考えられる。

　私は小包を手にし、四方から点検して頭の中に散った細かなパーツを拾い集めるように冷静さを取り戻した。

　そのうえで、とりあえず結論した。

　冷静になって考えるに、私はいまここで命を落としてもまったく構わない。むしろ、最良のタイミングではないか。そろそろ終わりにしたい。潔く審判の日を迎えたい。仮にそれが策略であったとしても、彼女の名で送られてきた爆弾によって生を閉じるのは私にしては出来過ぎの終焉《しゅうえん》だ。恐れることはない。アルフレッドという男はあのとき——車に細工が仕掛けられた時点で終わったのだ。モリセやロイドとしての自分など余剰である。私はそうして何人もいるが、誰一人として生き長らえる価値はない。

私はもういちど、ヘレンの名を確かめた。インクが滲《にじ》んでいるが確かに彼女の名だ。が、到底、彼女が書いたものとは思えない。直感で分かる。誰かが仕掛けている。なぜだろう。なぜ、誰も彼も私に仕掛けてくる？

私は椅子に戻り、デスクに小包を置いてしばらく眺めた。無意識に頰《ほお》の傷をなぞっていた。傷の奥には封印したアルフレッドの顔がある。どんな顔であったか忘れてしまった。青二才のアルフレッド。気弱なアルフレッド。あのころに戻りたいのか。もういちど彼女に会いたいのか。

会えるものなら——。

戻れるものなら、私は私がパロール・ジュレを見つけたころに戻りたい。少年期の終わりの時間の、もう後戻り出来ないと知りながら前へ進んだあのころの、澄んだ空気と曇った空のもとに還《かえ》りたい。

あのころの街は色がなかった。派手な電飾も宣伝も人の波もなかった。曇り空の下にがらんどうの味気ない時間が流れ、その空疎が不安定な年齢にさしかかった自分の心情と融《と》けあっていた。私は移民の父と移民の母のあいだに生まれた。だから、街は純粋に私の街とは言い難く、しかし、私の背景であった灰白色の街は、私の不安を際立たせることはなかった。私はいつも街と一体化していると感じていた。

その街に少しずつ変化が兆し始めた。何かが変わりつつあった。「変わらなければならない」と新聞が書きたて、「未来を変えるのは君たちだ」と学校ではそんな言葉が繰り返された。たとえそうなのだとしても、街と引き換えに未来を変えるのは気が進まない。いまのままでよかった。変わりたくなかった。それなのに、信じ難い速さで街は目に見えて変わっていった。

私は打ちのめされてうなだれた。いつでも自信がなかった。はたして自分は何者になるのか。どこへ行くのか。ある日は「何者にでもなれる」と豪語し、次の日には背を丸めて変わりゆく街と世界を呪った。一人でいると心もとなくなって誰かに会いたくなる。それでいて、意味もなく群れるのは性にあわなかった。詩や小説を読むのが好きだったが、自分には詩情も思想もないと知っていた。思想がないことを、むしろ誇りに感じた。自分はどのような言葉にも踊らされない。自分に似合わない帽子も襟巻きも不要だ。煙草も吸わないし酒も飲まない。そうしたものに頼ってしがみついて自分を律したり甘やかしたりするくらいなら、何も主張せずに曇り空の下で静かに暮らす方がいい。

「それがつまり、あなたの主張じゃないの?」

あるとき、彼女にそう指摘された。

ヘレンの家族と私の家族は同じアパートの二階と四階に住んでいた。同い年である彼女は私の幼なじみだったが、やがて友情とは別の感情が芽生えて恋人になった。彼女は私の足りないものをすべて持っていた。洞察力と判断力と行動力。それに優秀な思想まで。十代にして彼女には思想と呼んでしかるべきものが備わっていた。大学へ進んで社会学を専攻し、「もっと世の中を知りたい」と意気込んでいた。

私はといえば進学を先延ばしにして執行猶予の時間を持て余していた。なるべく道を逸《そ》れ、一人でうつむいて曇り空の街を歩いた。常に歩きながら何ごとかつぶやいていた。

あの日はとりわけ寒く、白くけむった息がそのまま凍りつきそうな午後だった。

いや、実際に凍ったのだ。息というより声が。でなければ「言葉」だ。

それを私はこの目で見た。その瞬間を見た。あれは神様が気を抜いた一瞬だ。見せてはならないものを私に見せた。神様の失態。私にしてみれば奇跡だった。うつむいて歩く自分の口から言葉が結晶して路上に転がった。小気味よい乾いた音をたてて――。

何が起こったのか最初は理解できなかった。なにしろ言葉が凍ったのだ。私の声が。それは道を逸れた私が私自身に向けた言葉だった。

「これから、どこへ行く？」

私は背を丸めながら自分にそう訊《き》いた。ほとんど無意識に。その声が凍ったのだ。水晶でつくられたコイン状のものが足もとに転がり、曇り空から漏れる陽の光を控え目に反映させていた。私はそれを拾いあげた。指先に冷たかった。見たとおりの薄氷の如きものであったが、意外にも金属のように固くて容易に溶けそうになかった。私はそれをハンカチに包んでポケットにしまい、夕方の待ち合わせ場所で真っ先にヘレンに見せた。

「何、これ？」と訊く彼女の瞳に街の曇り空が映っていた。

「言葉。声。僕の――」

「どういうこと？」

「言葉が凍った。本当に。この目で見た。このところ、どうしていいか分からなくて、迷いながら誰へでもなく自分に向けた言葉がみるみる凍った。君は知っていたか？　言葉はどうやら凍ることがある」

「何を言ってるの？」

彼女は最初、言葉の凍結を信じなかった。ところが、それが彼女の手の中で溶けたのだ。不意をつくように。何の予告もなしに。前途ある彼女の情熱が――微熱的な体温がそれを溶かした。

「あ、溶ける」と彼女が声をあげたのと同時に、握りしめた彼女の手の中から――手の中のコイン状の薄氷からくぐもった声が甦《よみがえ》った。

「これから、どこへ行く？」――と。

彼女はいつでも聡明《そうめい》で、頼りなく気弱な私の味方だった。

「すごい発見」と彼女の目から曇り空が排された。「あなた、すごいものを見つけた」

そうかもしれない。だが、それはすぐに溶けてしまった。二人の経験だけが唯一の証拠で、たった二人では発見と妄想の区別がつかない。が、彼女は微熱的に私を励ましてくれた。

「わたしには分かるの。あなたの考えと言葉は孤立してる。どこにも収まるところがない。だから、凍った。世の中が変わってゆくとき、どうしてもその流れに乗りきれないものがある。そうしたものは凍るしかないの。凍りついて、思いや考えを凍結させて次の流れを待つしかない。それはもう仕方ないこと。あなたのせいじゃない」

彼女はこうも言った。

「わたしの言葉はきっと凍らない。わたしの声はもう透明な結晶になどならない。手垢《てあか》のついた言葉をたくさん身につけてしまったから。もちろん、詩人にもなれない。だから、あなたを支持する。あなたは出来る限り留《とど》まって。流れに抗《あらが》って。それが一番あなたらしい」

私にはそのときまだ彼女の言う意味がよく分からなかった。

「あなた、知らないでしょう。わたしはあなたにずっと憧《あこが》れてきた。あなたが頑《かたく》なに守っているものを、わたしも手に入れたいと願ってきた」

私が何を守っているというのか。私はただ恐れていただけだ。前へ進むことを。前へ進むことで何かを失うのを子供のように恐れていた。何を失うのか自分では分からないのに、何かが失われて損なわれるなら、どんなものであれ、手もとに引き寄せておきたかった。それが魅惑的な神秘を湛《たた》えていなくても構わない。そんなことは重要ではない。どんながらくたでも、それが消えてしまうことを私はただ恐れていた。

そんな臆病者《おくびょうもの》は他にいなかった。一人もいなかった。まだ、あのころは——。

だから、彼女が言うように、あたかも私だけが街の中で孤立して私の言葉だけが凍った。

私の独白はことごとく凍りついた。面白いように凍った。凍れば凍るほど、私はさらに孤立するしかなかった。唯一、彼女だけが支えだった。

「いつかきっと皆が理解してくれる。それまではその声をしまっておいて」

彼女の言葉にヒントを得て、私はいくつかの凍った言葉を樹脂で固めて保管することを思いついた。凍った言葉を「パロール・ジュレ」と名付けたのも私だ。あのときのあの孤独な結晶が、時代が移ろうにしたがい、病が伝染するように街の人々に波及していった。孤独と秘密が伝染した。来るべき未来が街を変えてゆくにつれ、私は私のものではない凍った言葉を路上で見つけるようになった。市民が言葉を自由に発言できない時代が忍び寄っていた。

それだけではない。

この街には知られざる孤独の歴史がある。街と世界が転換するたび、孤独の時間をその狭間《はざま》につくってきた。そのときそのときの孤立した言葉が行き場を失って凍りついた。

古くから街に伝えられる声の幽霊――声霊の伝説は、言葉の凍結とその解凍が現代に始まったものではないことを示している。私はそう思う。そして、伝説がこの街にのみ残されたのは、街が北の冷気に浸されていることと、地味で古風な、しかし、誰もがかつて親しんでいた質素な暮らしが、世界から一歩離れることでめずらしく保たれていたからだろう。

それが、たびたび脅かされた。

内からも外からも。変化を求める声に火がつくと、質素は貧窮と見なされて市民権を失った。変化は都合よく前進と言い換えられ、前進は古いものを端から破壊していった。街は何度も壊されてはつくり変えられた。街の歴史はいつからか守ることではなく破壊に淘汰《とうた》された。

その片隅で、破壊を拒絶する透明な子供のままの魂が——声の幽霊が、道を逸れた者に宿って、世界には聞こえない小さな声をつぶやいた。それをすなわち、独り言という。

「そのとおりだと思う」

と彼女も小さな声でつぶやいた。

「そのとおりだけど、もう後戻りはできないの」

大昔。地球は巨大な象によって支えられていた。その象が支えることに疲れて暴れ始めたらどうなるだろう。手なずけるには超越的な力が必要になる。

「神秘を利用したらどうだろうか」と一人の男が思いついた。

「どんな神秘を？」と別の男が問いただした。

「伝説の声霊を呼び戻して、街が正しく前進するにはどうしたらよいか声霊にお伺いする」

「その筋からの噂だが」と別の男が思い出したように言った。「アルフレッドなる青年が伝説の声霊を発見したとか——」

そうして私は命を狙われたのだ。父から借りた整備したての車が象のように暴走して制御できなくなった。いや、狙われたのは私ではない。正確にはパロール・ジュレの神秘が狙われたのだ。神秘を知るものを抹殺すれば、神秘はその高い純度を永遠に誇れる。

私は神秘や命よりも彼女が巻き添えになってしまったことが許せなかった。自分を許せなかった。道を逸れていたはずなのに、いきなり道の真ん中に引きずり出されたような気がした。そんな私を私は即刻消してしまいたかった。彼らに消される前に。

私は街を離れた。街から逃げ出した。しかし、新聞が事故の背後にある事件を嗅《か》ぎつけると、公安局がヘレンを問い詰め、私とパロール・ジュレの存在を引き出して、車に細工をした者たちの思惑を測った。彼らの正体はしばらく不明だった。当局は捜査が進展しないことに苛立《いらだ》ったのか、私とヘレンを彼らの一味と決めつけ、「仲間割れか？」と新聞が小さな記事をしためると、それが彼らを大いに刺激した。

予想外の報道に彼らは「聞いていない」と互いに疑心暗鬼となり、大きな組織になりつつあった彼らは、それをきっかけに内部抗争が起きてそのうちふたつに分裂した。抗争はしだいにエスカレートし、最後には「小さな戦争」とまで呼ばれるようになった。

後に歴史年表でひとくくりにされる〈予感〉の時代が重く冷たく引き延ばされ、その間に似たようなことが各地で連鎖して勃発《ぼっぱつ》した。あるいは、孤独と秘密に火がついたのかもしれない。重苦しい長い時間だった。そして、街はおろか国までもが巻き込まれそうになったところで、遂にとっておきの注射が打たれた。

〈離別〉が施行されたのである。

私はどさくさに紛れた。聞いたこともない名前と見たこともない顔を持ち、年齢すら誤魔化して熟練のスパイを装った。どこの国でもよかった。使命もないのに忍び込み、任務でもないのにその国のありもしない秘密を探った。すべてが茶番だった。〈離別〉という名の大きな茶番劇の中で、私は——いや、我々は思いつく限りのゲームに興じてきた。

意味もなく二重、三重のスパイを演じ、わざと失策をしてその国で身柄を拘束された。拘束した者たちは私に諜報《ちょうほう》活動を命じたが、彼らにしても、どこの国であろうが構わなかったのだろう。たまたま送り込まれたのがキノフだった。いや、たまたまではない。私が彼らに囁《ささや》いたのだ。あの街にはとびきりの神秘が残されていると。

いつか必ず戻ってくると決めていた。時計がひとまわりしたのである。モリセとして潜入した私はロイドと呼ばれるようになり、そして、あたかも時を超えるようにしてヘレンからの小包が届けられた。私はこうしてアルフレッドに戻されるのだ。化けの皮が剝《は》がされるのだ。いつかこういう日が来ることを、恐れながらもどこかで願っていたのではないか——。

自分では冷静なつもりだったが、包みを開くときに滑稽《こっけい》なほど手が震えた。爆発を恐れたのではない。かすかな期待があったのだ。もういちど彼女に会えるかもしれない——と。

しかし、期待は添えられた簡素なメッセージによってはね返された。

——ロイド様。レンの遺品です。

ただ一行そうあって、一緒に重い音をたてて転げ出てきたのは彼女の眼だった。

彼女の水晶の眼。

手に取ったその眼の中に、薄氷のようなパロール・ジュレが青白く輝いていた。記憶があった。その形状と青い色に。ずいぶんと時間がかかったが、震える手の中でようやく彼女と彼女がつながってひとつになった。解凍の必要はない。解凍するまでもないだろう。

それは、これから何度もつぶやくことになるひとつの言葉だ。

まだ誰も知らない、誰も聞いたことのない忘れられたひとつの声だ。

解説

古屋　美登里

この作品にはたくさんの語り手が登場し、彼らの残した手がかりが推進力となって物語は展開していきます。その手がかりとは記号化された言葉であり、意味であり、意図であり、意志です。あるいは罠とも言えるかもしれません。

モノは名を付与されて初めてそのモノの存在が定義されます。あるモノを「ヒト」と、あるいは「オンナ」や「オトコ」と名づけることで、そのモノは意味を纏います。この作品ではすべてのモノが新しく細やかで、それ故にかなり怖い世界です。ファンタジーの世界ではよくあることですが、規定の概念では摑めないものを摑むという大きな試みに、この物語も自らを捧げているように見えるからです。

作品の舞台となっているキノフという街には、言葉が凍って落ちた「パロール・ジュレ」という不思議なものがあり、それを解凍して言葉を再生させる「解凍士」が存在します。この聞き慣れない、でもとても美しく響く言葉「パロール・ジュレ」とは、吉田篤弘さんによれば、渡辺一夫の「凍った言葉《パロール・ジュレ》の伝説」という文章に由来するそうです。戦争中に凍りついてどこかに隠されていた「言葉」が、戦後に解凍されてあちこちから聞こえてくる、という現象について書かれたことに感銘を受けたということです。

ではこの物語における「パロール・ジュレ」とはどのようなものでしょう。なぜ凍るのか。解凍はどのように行われるのか。なんのために解凍するのか。そもそも解凍士とはどのような人がなるのか――。

この謎を解明するためにその街に遣わされたのが、十一番目のフィッシュと呼ばれる諜報員です。彼は、なんと紙魚《しみ》なんですね。本の中に棲んでいて紙を食べてしまう、小さくてよく見えないダニのような、アレです。

紙魚《フィッシュ》は、本を媒介にしてこっちの本からあっちの本へと移動し、そのうえ作品中の人物と同化する能力を持ち、しかもその人物を具現化し、現実世界に引き出して、その人物になりきることができるのです。たとえばこの十一番目のフィッシュは『烏口職人の冒険』という本の中に入り込み、職人そのものとなって現われ、ひそかに情報を集めていきます。これはまさに愛書家の夢ですね。

一方この街には、冷徹で有能なロイドという刑事がいて、この人は解凍士の元締めみたいなこともしています。そして長年にわたる調査から、凍りついた言葉にはある一定の法則があることに気づき……。

物語では、このふたりとかかわりを持ったさまざまな人物が、それぞれの過去や哲学や雑学や無意味なことを話して煙に巻いたり、重要なヒントを示したりします。けれども本当に知りたいことはなかなか口にしないのです。また、人々の話には、時系列や空間識から逸脱した、

「こちら側」の定規では測りきれないものが含まれていて、フィッシュも読み手も、言葉の網の中に閉じ込められた気持ちになります。そして「パロール・ジュレ」とは悲しみと孤独で覆われた透明な繭のような存在に思えてきます。

吉田篤弘さんは、言葉に搦めとられてしまっている作家です。したがって本書の中にも一筋縄ではいかない言葉がたくさん潜んでいて、読み手を攪乱してきます。

吉田さんの近著『うかんむりのこども』（新潮社）の中にある、文字を売る店の話がわたしは大好きなのですが、本書にも不思議な文字を売る店が街の片隅にひっそりと開いています。吉田さんはよほど「文字を売る店」がお好きらしい。いや、それればかりか「星を売る」こともお好きで、実際にその店を創ってしまわれました（二〇一四年一月から三月まで世田谷文学館で「星を賣る店」という展覧会を開いています）。

日々、言葉を解体し、解読し、解語し、解釈し、解説し、解析し、解明し、解剖し、解決している吉田さんらしく、この作品にはひとつとして無意識につけられた名詞はありません。第一、街の名の「キノフ」も、「きのふ→昨日」から来たに決まっています。これに気づいたときわたしはひそかに解顔しました。

こうした神経の行き届いた名詞が、この作品の中には道案内の目印のように散らばっていますし、いかにもクラフト・エヴィング商會が創ったとしか思えない小物がたくさん登場します。そもそもパロール・ジュレというものこそ、商會のウィンドーに飾られてしかるべきものではありませんか。架空であることの面白さとはかなさをよく理解している人でなければ創れない作品です。

ルイス・キャロル風の味付けがされたハードボイルドや冒険スパイ小説やファンタジーのように見えて、実はその中心に置かれているのは「声」であることが読み終わってからわかる、とても深遠な作品です。

（翻訳家・エッセイスト）

本書は二〇一〇年三月に小社より刊行された単行本『パロール・ジュレと紙屑の都』を改題し、文庫化したものです。

パロール・ジュレと魔法《まほう》の冒険《ぼうけん》

吉田篤弘《よしだあつひろ》

平成26年 2月25日 初版発行
令和5年 12月20日 6版発行

発行者●山下直久

発行●株式会社KADOKAWA
〒102-8177 東京都千代田区富士見2-13-3
電話 0570-002-301(ナビダイヤル)

角川文庫 18447

印刷所●株式会社KADOKAWA
製本所●株式会社KADOKAWA

表紙画●和田三造

●お問い合わせ
https://www.kadokawa.co.jp/（「お問い合わせ」へお進みください）
※内容によっては、お答えできない場合があります。
※サポートは日本国内のみとさせていただきます。
※Japanese text only

ISBN978-4-04-101259-8 C0193

角川文庫発刊に際して

角川源義

第二次世界大戦の敗北は、軍事力の敗北であった以上に、私たちの若い文化力の敗退であった。私たちの文化が戦争に対して如何に無力であり、単なるあだ花に過ぎなかったかを、私たちは身を以て体験し痛感した。西洋近代文化の摂取にとって、明治以後八十年の歳月は決して短かすぎたとは言えない。にもかかわらず、近代文化の伝統を確立し、自由な批判と柔軟な良識に富む文化層として自らを形成することに私たちは失敗して来た。そしてこれは、各層への文化の普及滲透を任務とする出版人の責任でもあった。

一九四五年以来、私たちは再び振出しに戻り、第一歩から踏み出すことを余儀なくされた。これは大きな不幸ではあるが、反面、これまでの混沌・未熟・歪曲の中にあった我が国の文化に秩序と確たる基礎を齎らすためには絶好の機会でもある。角川書店は、このような祖国の文化的危機にあたり、微力をも顧みず再建の礎石たるべき抱負と決意とをもって出発したが、ここに創立以来の念願を果すべく角川文庫を発刊する。これまで刊行されたあらゆる全集叢書文庫類の長所と短所とを検討し、古今東西の不朽の典籍を、良心的編集のもとに、廉価に、そして書架にふさわしい美本として、多くのひとびとに提供しようとする。しかし私たちは徒らに百科全書的な知識のジレッタントを作ることを目的とせず、あくまで祖国の文化に秩序と再建への道を示し、この文庫を角川書店の栄ある事業として、今後永久に継続発展せしめ、学芸と教養との殿堂として大成せんことを期したい。多くの読書子の愛情ある忠言と支持とによって、この希望と抱負とを完遂せしめられんことを願う。

一九四九年五月三日